PC

DANS LE CERVEAU DES COMÉDIENS

ANOUK GRINBERG

DANS LE CERVEAU DES COMÉDIENS

Rencontres avec des acteurs et des scientifiques

Odile Jacob
POCHES

3, rue Auguste-Comte, 75006 Paris

www.odilejacob.fr

ISBN : 978-2-4150-0843-7
ISSN : 1621-0654

« L'art est un jeu – le jeu de l'esprit. Le jeu majeur de l'homme. Un enfant regarde un instant une boule de chiffon – une pensée le traverse ; cet objet est un Peau-Rouge. Il décide de croire que cette poupée de chiffon est un Peau-Rouge. D'en avoir peur comme on a peur des Peaux-Rouges. Il en a peur en effet. Il sait bien que c'est aussi seulement un chiffon noué : il entre à l'origine une bonne part d'humour dans ce mécanisme qui le conduit à décider que cette poupée sera un Peau-Rouge ; il sait qu'ayant décidé d'y croire, il va tout à l'heure y croire en effet ; il sait bien que c'est ainsi que procède l'esprit ; c'est justement l'essai et la vérification de ce processus mental qui l'émerveillent ; il joue à faire aller son esprit comme les bébés à faire marcher leurs petits pieds. Moi aussi. »

Jean Dubuffet,
Prospectus et tous écrits suivants.

INTRODUCTION

Je joue depuis quarante ans, me suis appelée de beaucoup de noms, me suis retrouvée dans la peau d'une vieille femme, d'une tortue, d'un tyran ; j'ai fait mourir mon père des centaines de fois, j'ai été analphabète, avocate, putain ; j'ai senti le corset du XVIIIe siècle me faire changer de pas. Un mois plus tard, je jouais une SDF et les gens de la rue s'écartaient de moi pour de vrai. Bien sûr, j'ai feint, mais pour vous faire croire à ces histoires, pour faire vivre ces êtres de fiction, j'y ai cru sincèrement, électriquement. C'est ça, le job des comédiens : bien mentir, et pour y arriver, on doit à un moment oublier que l'on ment, sinon ça ne marche pas, l'incarnation resterait à mi-distance.

L'ennemi pour un acteur, c'est le faux, et pourtant il nage dedans, et il en fait son allié pour être de plus en plus vrai humainement et artistiquement. Il y a dans cette pratique quelque chose de si paradoxal : on joue à ne plus jouer, on joue pour laver la vie de son théâtre permanent.

Mais on ne sait pas quoi penser de l'authenticité des acteurs. De quelle matière sont faits ces gens qui jouent à la vie ? Comment peuvent-ils sentir dans leurs fibres ce qu'ils ne sont pas et n'ont jamais vécu ? Est-ce un art de l'empathie ? Une déformation ? Jusqu'où doivent-ils croire à une histoire pour être crus ? Sur quoi appuient-ils en eux pour déclencher les émotions, les rejouer à heure fixe, parfois des centaines de fois ? Comment font-ils pour reproduire ces comportements qui nous échappent à tous, puisqu'ils sont stockés dans un endroit du cerveau sur lequel nous n'avons pas la main (comme éclater de rire, trembler de rage, avoir les pupilles qui se dilatent de terreur) ?

La maîtrise chez nous passe par une forme de dépossession, voire de possession. C'est bizarrement cela, la présence. Ça pourrait ressembler à la folie, sauf que dans la folie on ne maîtrise rien et c'est le malheur, alors que dans le jeu, on maîtrise cet abandon, et on retombe sur nos pattes ; on n'est pas malheureux même quand l'histoire est triste. Ah bon ? Jouer un drame ne rend pas triste ? Non, quand ça touche au vrai, ça fait « tilt » et nos cerveaux aiment ça ! Un acteur, c'est un athlète et un funambule ; un obsédé de la vérité surtout, un illusionniste aussi.

Mais qu'est-ce que notre cerveau comprend au jeu ? Comment vit-il la fiction ? Qu'est-ce qui n'est pas du jeu dans le jeu ? Comment le cerveau œuvre-t-il à nos métamorphoses ? La conscience bien sûr, l'inconscient, l'imagination, l'intuition, l'empathie, les souvenirs, les émotions, la mémoire de l'espèce, le reptile, le corps, tout cela dans une mystérieuse organisation qui joue, et ne joue pas la comédie.
Notre santé dans cette histoire est un mystère.

Autre chose qui m'émerveille et qui ajoute beaucoup aux étrangetés de nos cerveaux : tous ces gens qui viennent s'asseoir dans des boîtes noires pour partager le sort de leurs semblables, qui prennent part à l'histoire au point d'oublier que c'en est une. Sur quoi repose cet étrange repas de sentiments ? Que se passe-t-il dans leurs cerveaux quand ils éprouvent des vraies émotions ?

Autrefois, on lisait Shakespeare ou Molière pour se comprendre ou pour entrer dans la tête des autres. Aujourd'hui, la neuroscience nous offre une connaissance fantastique sur ce qui se passe à l'intérieur de nous ; et rien n'est comme on croit.

Neurosciences et jeux ne se connaissaient pas, alors qu'ils sont chacun à chercher pourquoi les hommes sont comme ils sont, ce qui les tient en vie, ce qui les casse. C'est bizarrement grâce à ce qui ne marche pas que les scientifiques comprennent l'esprit humain. Nous aussi.

Le savoir des comédiens est de rendre vivants des personnages pour qu'ils soient comme les hommes : des gens sonnés, des sentiments ambulants, des inconscients sur pattes.

Le savoir des neuroscientifiques est un savoir sur la vie, plein de vie, et plein de cocasseries.

Autres points que nous aurions en commun ?

Les scientifiques appellent nos cerveaux des boîtes noires ; nous, on travaille dans des théâtres qu'on appelle des boîtes noires.

Ils étudient le moi ; on s'y enfourne.

Ils étudient des troubles de la personnalité ; on les frôle souvent, en puisant dans la folie la part de vie qu'elle contient.

Ils parlent de représentations mentales ; on travaille à faire des représentations.

Ils parlent de fictions permanentes ; on s'y coltine.

Est-ce seulement des polysémies, ou est-ce que le jeu parlerait la langue du cerveau ?

Il y a six ans, quand je suis allée trouver Lionel Naccache pour lui demander de m'aider à comprendre ce que vivaient nos cerveaux quand on jouait la comédie, il m'a dit : « Aucun de nos outils ne nous permet de mesurer l'activité de ton cerveau quand tu joues. On n'est pas encore en capacité de pouvoir vraiment décoder ce qui se passe en temps réel. Par contre, ce qui pourrait être intéressant, et honnête, c'est de t'expliquer quelques briques de l'édifice mental, et toi, tu pourras y faire ton marché. À la lumière de ce qu'on sait, tu essayeras de comprendre ce qui se joue dans le jeu. »

Il m'a raconté beaucoup de choses, et m'a mise sur la piste de beaucoup de livres. Je suis allée interroger d'autres neuroscientifiques.

J'ai compris qu'il était impossible de comprendre ce qui se passe dans un cerveau qui s'échappe de lui-même sans comprendre qui est Je dans la vie normale. Alors au Palais de la science, j'ai poussé mon caddie : j'ai attrapé des « briques de l'édifice mental ».

Ce devait être un voyage dans le cerveau des acteurs, mais la découverte de nos fonctionnements cérébraux en a fait exploser le contenu : c'est devenu une enquête qui zigzague du jeu au Je, avec au cœur, cette pulsion si humaine de se raconter des histoires. Nous sommes tous interprètes.

Le récit ne va pas droit, ça ne veut pas, ça ne peut pas : on veut explorer le réel, et on tombe sur une mine de leurres, d'inventions. On veut explorer l'imaginaire, et on rencontre la réalité. Être soi, juste soi dans le monde, avec d'autres que soi, fraternise avec beaucoup d'illusions. Comprendre dans le jeu comment on devient un autre fait passer des frontières que l'on croyait étanches. On construit dans le mercure. Mais « on n'a pas le droit de penser une chose sans l'amener où elle mène[1] ».

À travers ce voyage, peut-être que l'on comprendra mieux notre bizarre métier, et qu'on pourra mieux frayer avec nos propres étrangetés : tout le monde a l'expérience de son propre cerveau, sans trop savoir de quoi sont faits ses pensées, ses sensations, ses émotions, son inconscient, sa conscience, les flux et reflux de nos identités. Tout le monde se raconte des histoires. Tout le monde se fait des idées sur la réalité, sur le mensonge et la vérité.

Tout le monde a le droit de s'en libérer.

---

1. Louis Aragon, *Henri Matisse, roman*, Gallimard, collection « Quarto », 1998.

Pendant toutes ces années où j'ai joué et regardé les autres faire leur métier, je ne pouvais pas m'empêcher de me demander ce qu'on faisait vivre à nos cerveaux. C'étaient des partenaires fantastiques pour s'échapper de nous-mêmes, mais je me demandais ce qu'ils vivaient quand on les faisait sauter comme des pop-corn dans la vie des autres. Je les trouvais bons joueurs, mais bravaches et casse-cou. Je me demandais s'ils aimaient particulièrement les secousses, si nous n'étions pas de sacrés exploitants de cerveaux.

Comment dire cela ? Les acteurs ne me fascinent pas toujours. Je fais ce métier avec passion, mais ce n'est pas toute ma vie, pas mon obsession. Alors pourquoi vouloir parler de certains d'entre eux, qui sont des virtuoses de la métamorphose ? Parce qu'en mentant très bien, ils portent la vie, et ça, ça me fascine. On se sert des artifices pour renverser des artifices, avec des apparences on traverse des apparences.

Je suis obsédée par la vérité, hantée par la triche. Le théâtre de la vie, les semblants sont un poison pour moi. Je croyais être seule à le sentir, mais tous les acteurs qui témoignent au début de ce livre parlent de cela. C'est peut-être depuis cette faille que naissent le pouvoir de sentir et la présence à l'autre.

Puis un jour j'ai rencontré la neuroscience, qui m'a aidée à faire la paix avec ce que je croyais être une vie de mensonges. Ce que j'ai découvert de nos fonctionnements cérébraux était si libérateur de vie que j'ai eu envie de partager ce trésor, qui nous rassemble.

1

PORTRAITS D'ACTEURS

À chacun ses ruses pour en finir avec les ruses

(Balade n° 1 dans le jeu)

Qui sont les acteurs ?
Ce sont souvent des gens timides, solitaires, parfois bègues ; dans l'enfance, ils étaient sur la touche, pas pareils, pas beaux ou trop beaux. Des citernes d'émotions, souvent empêtrés dans une trop grande authenticité. Aucune fierté à ça, c'est plutôt une infirmité : au début, tout le monde a envie d'être comme les autres. Avoir trop d'antennes peut rendre un peu débile en société. À l'école, ils étaient rarement les premiers, comprenaient mal les règles, les ordres. Ne pas faire comme les autres ne les mettait au-dessus de personne, au contraire ; avant d'être dans la lumière, ils étaient souvent le dessous du panier. Depuis l'enfance, le mimétisme social agit comme une promesse d'avoir une place dans la grande maison-monde, être un parmi les autres. C'est une sécurité pour beaucoup, qui donne le cafard à d'autres.
Est-ce parce qu'ils se sentent étrangers parmi leurs semblables qu'ils iront plus tard nicher dans leurs esprits, leurs corps, et endosseront leurs secrets ? Ce qui est sûr, c'est qu'ils sont dans les fictions comme des poissons dans l'eau, parce que la vie touche trop et pas assez ; la vie ne suffit pas. Ils ont préféré vivre d'autres vies que la leur. Beaucoup y voient une fuite :

« Comment peux-tu être toi à force de jouer tous ces personnages ! ? » Moi je crois que c'est l'inverse : ce sont des gens qui se jettent dans la vie et qui répondent présents. Oui, c'est ça, jouer : être ceux à qui les choses arrivent, se laisser toucher, comme à la bataille navale. Et même si c'est pour de faux, c'est quand même pour de vrai.

ANOUK. – D'où ça t'est venu, l'envie de jouer la comédie ?

DOMINIQUE VALADIÉ, *comédienne.* – J'avais beaucoup de mal avec les gens. Je n'accrochais pas… Il y avait une fascination à les regarder faire. J'avais l'impression que je n'arriverais jamais à être pareil, comme s'ils étaient dans la vie, et que moi je les regarderais toujours. Quand je me promenais toute seule, je me chantais la chanson « Tous les garçons et les filles de mon âge se promènent dans la rue deux par deux, alors moi… ». Jouer, c'est devenu une béquille ; en allant sur scène, j'avais l'impression que je faisais partie du monde.

*

ANNE KESSLER, *comédienne.* – Je m'ennuyais avec les gens qui avaient trop de codes. Je ne comprenais pas que les apparences décident à ce point-là de tout. C'est très fatigant, les gens sans profondeur. Au-delà de l'ennui, ils te donnent l'impression que tu n'appartiens pas au monde. Ça rappelle ces souvenirs d'enfance où tu n'avais pas la gomme rose, tu avais la gomme bleue, et soudain, tu sortais du genre humain.

ANOUK. – Mais dans le jeu, on nage aussi dans les apparences ?

ANNE KESSLER. – Oui, mais on les bouscule, on les traverse. Souvent, les auteurs parlent de ça, de ne pas se fier à l'apparence, aller au-delà des apparences.

*

ANOUK. – Tu crois que le goût de jouer vient d'une envie de vivre qui n'est pas rassasiée dans la vraie vie ?

PATRICK CATALIFO, *comédien.* – Non. On peut très bien ne pas avoir envie de vivre, mais avoir beaucoup envie de jouer. L'envie de jouer, ça a à voir avec l'enfance, n'avoir pas envie de rentrer dans le moule, pas envie d'être dans la vie telle qu'on nous en parle. On ne veut pas faire partie de ces scènes, on ne veut pas jouer comme tout le monde, on n'y croit pas dans ces règles-là, on dirait que ce n'est pas vrai. Des fois, je me dis qu'on joue pour avoir le droit d'être soi-même. C'est la beauté d'être autant soi-même.

*

GRÉGORY GADEBOIS, *comédien.* – Je passais des heures à regarder les gens, comment ils se parlaient. Je ne comprenais pas comment ils faisaient tout ça si naturellement. Pourquoi eux et pas moi ? J'étais hanté par le fait de ne pas être normal.

ANOUK. – Tu crois qu'on est des Dumbo ?

GRÉGORY GADEBOIS. – Je ne me souviens plus bien de l'histoire de Dumbo…

ANOUK. – C'est un petit gars qui est né avec des trop grandes oreilles, il se prend les pieds dedans, il marche sur lui-même, il est ridicule pour tout le monde, les gens rient de lui, mais un jour, il y a quelque chose de magique qui se passe : avec ses grandes oreilles, il se met à voler et soudain, il fait rêver les gens. Ce qui était son malheur devient un moteur à propulsion.

GRÉGORY GADEBOIS. – Oui, c'est ça, c'est exactement Dumbo ! « À cause de… » devient « grâce à… ».

C'est peut-être ça : gagner sa vie. Mais c'est une expression terrible…

ANOUK. – Non, ce n'est pas terrible. Dumbo, il a gagné sur sa vie, sur sa vie d'éléphant qui se prenait les pattes dans ses grandes oreilles. Dumbo, ce qui le sauve, c'est qu'à un moment, il rencontre un petit être qui s'installe sur sa tête, et qui lui dit « vas-y ! ». Il écoute cette voix qui le porte, et comme par magie, il décolle. C'est un peu ça les metteurs en scène quand ils nous disent « c'est toi qu'il me faut pour raconter cette histoire ».

GRÉGORY GADEBOIS. – Oui. Moi, c'est les mots que j'adore. C'est le chemin qu'ils prennent pour nous éveiller.

ANOUK. – Comment ça se fait qu'en ne te croyant pas normal, tu aies voulu te montrer devant des gens, être filmé ?

GRÉGORY GADEBOIS. – Mais ce n'est pas moi ! Il y a l'alibi du personnage. Il y a les textes. Un acteur sans texte, ce n'est plus rien. Il n'y a pas de pensée, il n'y a pas la liberté. Je peux dire « je t'aime » sincèrement parce que quelqu'un veut que je le dise. Je joue, alors j'ai le droit.

ANOUK. – Est-ce que tu sais toujours qui tu es à force de te prendre pour d'autres ?

GRÉGORY GADEBOIS. – Je n'ai jamais bien su ce que ça voulait dire, être soi. Les gens dans la vie, ils ont seulement le droit d'être eux, et encore, pas tellement. Ils sont tous dans une bulle, et ils regardent la vie à travers leur bulle. Les acteurs aussi, ils sont dans une bulle, mais c'est une bulle qui englobe toutes les bulles. Notre boulot, c'est d'entrer dans les bulles et regarder les bulles entre elles. Ce qui est intéressant, c'est comprendre pourquoi les gens disent ce qu'ils disent, pourquoi ils sont comme ils sont les uns avec les autres.

*

Jacques Weber, *comédien*. – Quand je joue, je me dis : je ne suis jamais plus moi-même que derrière ce machin ! Mais ce n'est pas un personnage pour moi, c'est une espèce de rideau transparent que je mets devant moi, comme un lépreux. Les lépreux, ils se mettent des trucs sur le visage, et avec ça, ils arrivent à avancer, ils peuvent aller voir les autres.

Anouk. – Mais Jacques, comment tu comprends que les acteurs ne se trouvent pas si beaux, pas si intelligents, pas si bien, et qu'ils aillent quand même devant les gens, qu'ils leur jouent des airs, en se prenant carrément pour des violons puisqu'ils jouent sur leurs propres cordes ?

(Jacques reste silencieux.)

Anouk. – Tu es lépreux, mais ton violon n'est pas lépreux ?

Jacques Weber. – Oui. C'est bizarre. Pourquoi il y a plein de gens qui veulent faire ce métier ? On a besoin de lieux où le jeu est sain, assumé : « Mesdames, messieurs, ici, le mensonge est authentifié, identifié », et là-dedans, on a toute la permission du monde d'être mystérieusement, sauvagement, miraculeusement vrai, de saisir des moments de vérité. Au-delà de ça, le jeu, ça n'a pas d'intérêt, c'est une singerie.

*

Quentin avait 9 ans quand on a fait cet entretien. C'était un enfant particulièrement sensible aux histoires des autres. Il aimait surtout jouer des drames, et il s'y balançait comme si c'était sa vie. S'il jouait un petit faon perdu dans la forêt, il ne voyait plus qu'on était dans un salon, il était dans la forêt. Le chasseur qui lui tirait dessus lui faisait mal. Je lui mettais de la confiture de framboise là où la balle l'avait touché, et il croyait tellement à sa blessure que je voyais le sang couler. D'instinct, il savait tout du jeu. Il oubliait la caméra ; la seule chose qui l'occupait, c'était la vie.

ANOUK. – Tu penses à un personnage comme à un personnage, ou comme à une personne ?

QUENTIN. – Comme à une personne. Quand je joue, je pense « c'est moi ». Si tu joues ma mère, je pense « tu es ma mère ». Si quelqu'un joue mon frère, je pense « c'est mon frère ».

ANOUK. – D'où te viennent toutes ces larmes quand tu joues ?

QUENTIN. – De ma pensée des autres. De mon cœur. Je sais ce que pensent les gens au moment où ils sont. Quand je vois quelqu'un, je vois s'il est malheureux, je vois s'il est joyeux.

ANOUK. – Ça te fait pareil dans la vie ?

QUENTIN. – Oui, mais je dois le cacher, alors que quand on joue, on peut lâcher son cœur. Je voudrais que la vie dans les jeux soit la vie que je rêve.

ANOUK. – Je ne comprends pas.

QUENTIN. – Quand tu joues un personnage qui a une grande tristesse, tu peux la ressentir, alors que dans la vie, tu dois mentir tout le temps. Par exemple dans la vie, quand tu es triste à cause de quelque chose que tu n'arrives pas à oublier, tu montres de la joie pour oublier tes malheurs, tu caches tes émotions pour faire plaisir à tes parents.

ANOUK. – Alors jouer, c'est arrêter de tricher ?

QUENTIN. – Tu triches quand même puisque tu joues, mais tu triches moins que dans la vie.

ANOUK. – Quand tu joues, ça t'arrive de croire que c'est vrai ?

QUENTIN. – Bah… si tu ne crois pas, tu n'arrives pas.

ANOUK. – Tu crois que tout le monde a ce don ?

QUENTIN. – Il faut être empathique pour faire ça.

ANOUK. – C'est quoi l'empathie ?

QUENTIN. – L'empathie, c'est se mettre à la place des autres. Si tout le monde était empathique, tout le monde pourrait le faire. Il faut s'abandonner.

ANOUK. – Mais il y a des gens très sensibles qui ne peuvent pas s'abandonner.

QUENTIN. – Par exemple, quelqu'un qui aime sa personne, qui est sûr de lui, qui ne voudrait rien changer, il ne peut pas changer de peau parce qu'il veut être lui, donc il est lui. Alors que quelqu'un qui voudrait être plus heureux, c'est plus facile.

*

Je mentais tout le temps, je ne pouvais pas faire autrement, sinon je ne respirais pas. Je mentais tellement que j'étais obligée de tenir des cahiers pour ne pas me tromper de version selon qui je voyais : une fois, je disais que ma mère était morte et j'y croyais, une autre fois que c'était une femme sévère qui me punirait si je prêtais ma colle (alors qu'en fait, ma mère était bien loin). J'étais aussi persuadée que je venais du Groenland et je voulais que mes parents me renvoient d'où je venais. Les gens autour de moi étaient atterrés ; ils me disaient tellement que c'était mal de mentir que la seule façon de ne plus le faire, c'était de me taire. J'avais fait honte avec mes mensonges, mais moi, c'est la vie qui me faisait honte. En m'empêchant de mentir, c'est comme si on me jetait toute nue sur le carrelage blanc de la vérité. En ce temps-là, je n'avais aucun sentiment d'être moi ; quand on m'appelait par mon nom, ça m'étonnait. Tout me semblait opaque chez les gens, mais comme ils avaient l'air bien calés dans la réalité et qu'ils étaient plus nombreux que moi, ils avaient l'air d'avoir raison. Quand ils parlaient, je ne comprenais rien à ce qu'ils disaient, ça me faisait comme un boa de mots dans la tête. Je comprenais d'autres choses, comme si je captais des fréquences de bêtes. J'avais l'impression que ma présence ici était une erreur d'aiguillage. C'est dans cette période noire sur les carrelages blancs qu'on m'a proposé de jouer dans des films, j'avais 11 ans. J'étais bien étonnée qu'on me demande ça, incroyable qu'on me dise : « Viens, c'est toi qu'il faut ! », incroyable d'entrer dans un monde où on avait le droit de raconter des histoires et que ça ne s'appelait plus mentir, mais travailler.

– Tu rêvais d'être comédienne ?

Pas du tout. Même si j'étais petite, je ne voulais plus faire partie de la circulation. Je pensais que nonne, ce serait pas mal pour continuer de me taire, même si je ne marchais pas aux histoires du bon Dieu. J'avais un tel besoin de trouver un abri que j'étais prête à faire semblant de croire à n'importe quoi pour disparaître du monde extérieur. J'étais mystique comme un sanglier. Je n'avais pas une parcelle de fierté dans ma vie, aucune sécurité, et aucune autorisation d'être. Les gens me faisaient taper le cœur. Ce sont des metteurs en scène, amis de mon père[1], qui m'ont vue à la maison ; je ne sais d'ailleurs pas ce qu'ils ont vu parce que je n'ai rien fait pour eux. Je n'avais jamais pensé jouer la comédie. Pour moi, c'était réservé aux êtres qui font rêver, aux plus beaux poissons de la mer, ce que je n'étais pas. Je ne savais pas que tous mes

1. Michel Vinaver, auteur dramatique, traducteur.

je-ne-peux-pas étaient de l'énergie, et que ce qui me déchirait à l'intérieur pouvait faire passer de la lumière au-dehors. Je suppose que mon désarroi d'enfant était comique parce qu'il me débordait de partout, y compris du corps. Je me souviens, à la première de *L'École des femmes* de Molière[2], quand je suis entrée en scène, la salle entière a éclaté de rire. Je n'ai pas compris pourquoi : je n'avais rien dit, rien joué, rien fait ; j'avais juste fait trois pas avec un chiffon dans les mains. Les acteurs, même les enfants acteurs, sont des gens qui portent les plats chauds pour les autres.

Si on est un albatros, avec des grandes ailes qui traînent comme deux balais au sol, on est le premier ahuri de pouvoir voler, et on passera sa vie entière à se demander qui de nous est le vrai, et si nos ailes s'ouvriront au moment où il faut.

Le trac, c'est la peur atroce des ailes collées au goudron de soi…

J'ai continué de jouer au théâtre, c'est devenu assez vite un métier. C'était facile pour moi, mais ça me rendait triste aussi, comme si feindre était une condamnation qui ne se lèverait jamais, comme si jamais je ne pourrais me poser. Peut-être parce que j'avais beaucoup menti avant, et m'étais retrouvée bannie, au cachot de ma tête, le faux me donnait la nausée, m'écorchait littéralement les oreilles, ce qui est vraiment déplacé quand on joue la comédie. Imaginez un poisson qui a le mal de mer… Les autres acteurs autour de moi avaient l'air d'aimer, ils passaient tranquillement d'être à paraître et de paraître à être, comme des amphibies ; mais moi, je devais tout le temps plonger au fond et jaillir. Je me demandais pourquoi je devais encore et toujours faire semblant, alors qu'en fait, j'aimais tellement la vérité. C'est elle seulement qui

---

2. *L'École des femmes* de Molière, mise en scène de Bernard Sobel, Théâtre de Gennevilliers, 1985. Avec Philippe Clévenot, Charles Berling.

me plaisait, qui me touchait, qui me faisait rire et respirer. Alors, pourquoi passer tant d'heures de ma vie à être double, avec des doubles ? Pour extraire quoi de ces illusions ? Je ne le savais pas, mais je savais, à certaines heures magiques, que j'avais mes raisons, incompréhensibles mais impérieuses. Raisons n'est pas le mot, c'est plutôt pulsion, propulsion. Les saumons, pourquoi ils remontent le courant en volant au-dessus des torrents ? Pourquoi ils ne le descendent pas comme les autres ? Parce qu'ils remontent à la source pour se reproduire, là où l'eau est plus fraîche, avec plus d'oxygène. Ils ne savent pas pourquoi ils font ça, mais ils y mettent toutes leurs forces, et on les voit voler au-dessus de ce qui devrait les emporter. Depuis des années, je crois que je fais comme eux. Je n'ai jamais aimé le théâtre quand « on fait du théâtre », ou le cinéma quand « on fait du cinéma », je trouve ça ridicule et obscène. Quand on est avec des faussaires, quand les mots ne font rien, quand on n'est pas ému parce que ce n'est pas vrai, c'est une des expériences humaines les plus désespérantes qui soit dans un pays en paix. Mais je l'adore le jeu, quand parfois, c'est la vie qui est donnée vivante. Alors, c'est l'émotion la plus indicible.

Tous les grands auteurs donnent le sentiment d'appartenir à une communauté humaine. Interpréter, c'est une façon de sortir de la centrifugeuse : La vie, c'est ça ! Toi, c'est ça ! Tu es une femme, un homme, Tartempion... Tu es mignon, vilaine, lumineuse, difficile. Un chat, tu ne le seras jamais... Laissez-moi faire ma route.

Il suffit de tomber sur de vraies personnes, de vraies histoires, pour que les murs contre lesquels on butait deviennent le début d'être en vie. Je ne sais pas s'il faut toujours de la contrariété pour parler sa vraie voix, mais il faut sans doute quelque chose dont on doive se libérer ; il faut ne pas supporter quelque chose pour avoir le besoin vital de trouver une solution. Mais il faut aussi que la menace n'ait pas eu le temps de ruiner l'amour dont on était capable, sans quoi on est fichu. C'est ça qui m'est arrivé, le jeu est arrivé avant que je sois fichue.

2

LA LIBERTÉ DE SENTIR

(Balade n° 2 dans le jeu)

Les textes pour nous, c'est la vie. C'est vrai. Une miniature du monde. C'est toute l'émotion humaine qui est représentée. C'est la représentation exacte de nos vies.
Les répétitions au théâtre commencent toujours par des lectures autour de la table : on lit lentement, on relie. On dit les mots, et les mots nous renvoient à ce qui n'en est pas. C'est senti, éclairé. On explore les situations humaines comme jamais c'est permis dans la vie. On se souvient de tant de choses vécues, vues, tues. On se fie à notre intuition, on s'en méfie aussi. On fuit les évidences, le naturel, qui est souvent une boîte de conserve. On peut rester des heures sur une scène pour comprendre ce qu'ils ont dans la tête, pourquoi ils disent ça, ce qu'ils vivent. Chaque virgule, chaque point compte : ce sont des miniprises pour monter la montagne, être avalée par elle. On entre dans la pensée de l'auteur, on entre dans ce qui n'est pas de la pensée. Un texte, c'est un iceberg : on sonde le bas, qui est la clé de ce qui se voit. On est archéologue aussi, on dessable des émotions enfouies avec nos petits pinceaux. Ça utilise toute la finesse de notre mémoire, notre empathie, notre imagination, nos nerfs, l'intuition.

Molière, Shakespeare, Joyce, Racine, ça peut être très inquiétant : des palais de mots. Il faut oser traduire la beauté dans

une langue brute en soi, se demander à tout instant : en quoi ça me regarde, qui est sous la conscience, dans ma mémoire, sous la pudeur ?
On peut bien dire le plus beau des textes, c'est à la partie silencieuse qu'on se vouera. Ce n'est pas parce qu'un texte est bien écrit que les personnages pensent ce qu'ils disent. C'est justement parce que c'est bien écrit qu'il y a des écarts. Un texte est vrai s'il est plein de faussetés.
Il y a dans chaque grand texte un battement humain, et ce battement humain s'écoute avec notre propre battement.

Anne Kessler, *comédienne*. – Dans « Auteur », il y a « Autorité ». Il te prend par le col, il te dit : « Écoute-moi ! », et tu te calmes et tu écoutes tout, jusqu'au « Oh ! » de la petite servante qui ne dira que ça dans toute la pièce. Tu prends tout en considération, et tu crois que c'est vrai ce que tu lis. Tu crois que si les personnes entraient dans la pièce, elles ne seraient pas moins vraies que ce que tu vois dans ta tête. Mais un auteur, c'est quelqu'un de très délicat. Il est comme un malade, à la merci de ce qu'on va lui faire, il ne peut pas parler. Il faut avoir plein d'attentions pour lui. On doit inventer, le surprendre, avoir de l'humour. Au début, on est proprement intimidé par les grandes œuvres, mais on ne doit pas garder cette timidité parce que l'auteur, lui, il a eu la force de ne pas l'être. Il a fait face, il est allé regarder très loin dans ses sentiments, et c'est ce chemin qu'il nous fait faire après. Par moments, j'ai une impatience que ça m'appartienne, et pourtant il faut être très patient.

Anouk. – C'est le temps de la greffe ?

Anne Kessler. – Oui, c'est une greffe du cœur quasiment.

Anouk. – Quand tu lis une pièce dans laquelle tu vas jouer, tu la lis en professionnelle ?

ANNE KESSLER. – Dans la fable de La Fontaine, il y a un cerf[1], très fier de l'immense bois qu'il a sur sa tête. Un jour, il doit fuir un danger, mais il n'arrive pas à courir parce que ses bois cognent toutes les branches. Si on pense comme un acteur, nos bois cognent de tous les côtés, c'est la vanité. Mais si on lit en se mettant de côté, on voit, on sent.

ANOUK. – Tu cherches la voix du personnage ?

ANNE KESSLER. – Je ne travaille jamais ma voix. C'est le texte qui la travaillera, ce n'est pas à moi de la trafiquer. Moi, je cherche à ramener le plus simple, le plus sincère, pour être juste une passeuse. Ils nous embêtent ceux qui montrent trop leur richesse. J'aime bien ceux qui peuvent beaucoup mais qui ne donnent que ce qu'ils doivent donner. Les personnages, il faut les accompagner, légèrement. Il ne faut pas les dépasser.

On nous a tous éduqués pour être intéressants, et c'est humain de le vouloir, surtout quand on a le toupet de se montrer. Mais ce qui nous est demandé ici, c'est justement de ne pas faire les intéressants, ne pas être trop pressés à le devenir. Surtout, ne pas faire de chichi, ne pas imiter de l'extérieur, ne pas prétendre vite comprendre. Chaque personnage est une énigme, personne n'est cohérent. On ne doit pas réduire à ce que l'on comprend. Si on ne sait, on ne sait pas ; ça vaudra toujours mieux que de faire semblant. Plus tard, mais seulement plus tard, il nous faudra à tous un peu d'habileté, de dextérité, mais pas tout de suite, et jamais trop non plus. Le théâtre se fait avec ce qui n'est pas. Ce qui compte dans ces premières lectures, et qui comptera toujours, c'est de lâcher ce qu'on sait pour livrer passage

1. Jean de La Fontaine, « Le cerf se voyant dans l'eau », *Fables*, Le Livre de poche, 1971.

au feu intérieur de chaque texte. Chaque bon auteur, avant d'être un géant du patrimoine de la culture, a été seul avec des secrets, en partie inconscient de ce qu'il faisait.
Les gens croient que le plus difficile, c'est de dire tous les mots. Non, le plus difficile, et le plus passionnant, c'est de porter si fort à l'intérieur ce qui les a fait naître, que ces mots si beaux se mettent à briller par leur insuffisance. (Même Racine.)

> Louis Jouvet, *comédien et metteur en scène.* – « Pour l'entendre [une pièce], il s'agit de faire taire en soi toute supériorité, tout sens critique et de s'abandonner, de se perdre dans la diversion qu'elle apporte et le bonheur qu'elle contient[2]. »
>
> « [...] Il faut être ignorant pour être inventeur, mais il faut une ignorance qui soit un discernement [...]. Toutes nos investigations sont rêveries physiques, animales, et doivent nous reporter, remettre à la source de l'écriture. [...] Attente d'une lueur, d'un écho, d'une correspondance pour quelque chose en soi de sensible, uniquement pour l'orientation, dont on ne peut dire le plan, ni le siège en soi, ni quel sera l'élément provocateur. Signal ou signe qui concerne à la fois, ou l'un après l'autre, l'esprit et le corps, qui vient de l'âme ou de la matière, abstrait ou concret, mais qui comble l'attente, rassure, et permet avec certitude l'action[3]. »

Il y a quelque chose d'inhérent à ce métier (quand les conditions humaines et artistiques sont réunies), c'est le plaisir de l'orchestre humain. Jouer, c'est jouer ensemble. Ce sont toujours des histoires de gens avec des gens ; sauf qu'ici, on s'accorde.

---

2. Louis Jouvet, *Témoignages sur le théâtre*, Flammarion, 2009.
3. Louis Jouvet, *Le Comédien désincarné*, Flammarion, 2009.

C'est incroyable, on est payé pour être humain.
Ces premiers jours où l'équipe est réunie sont toujours curieux : on découvre ceux avec qui on va jouer à la vie, ceux qui nous feront croire. Voilà… ton mari, ton amant, ta mère, le roi qui te tuera. En si peu de temps, on dit des mots d'amour à un acteur qu'on ne connaissait pas, et il vous regarde avec des yeux qui rappellent de beaux souvenirs. On a de l'humour. Du tact.

ANOUK. – Est-ce qu'il y a des limites à ce que les acteurs peuvent sentir ?

ANNE KESSLER, *comédienne*. – Je crois que si je me dis « je suis ça », je deviens ça, je le sens en moi.

ANOUK. – Si je te dis « tu es un chêne », tu seras un chêne ?

ANNE KESSLER. – Bon, le chêne, ce n'est pas ce qu'il y a de plus facile, comme être un ticket de métro, mais si je dois jouer une vache, je vais y croire. Si tu veux que je sois vieille, que je sois belle, que je sois jalouse, mystique, atroce, ça va me plaire.

3

NOUS HABITONS TOUS LE CORPS DES AUTRES

L'empathie dans la vie et dans le jeu

D'où vient cette faculté de sentir les autres en soi, les sentir plus que soi-même ? Est-ce un délire de l'empathie ? D'ailleurs, qu'est-ce que c'est, l'empathie, cette faculté que nous avons tous plus ou moins en partage, qui fonde notre civilisation, et sur laquelle repose entièrement la magie du théâtre et du cinéma ?

Les neuroscientifiques font l'hypothèse que les racines de l'empathie se nicheraient dans nos neurones miroirs. Sans en avoir aucune conscience, nous sommes les miroirs les uns des autres, nous nous mimons en permanence, et nous faisons dans notre tête ce que l'autre fait. Si j'agite ma main gauche devant vous, la zone qui contrôle votre bras gauche va s'agiter en miroir. Si je me gratte le front, vous vous toucherez le front, sans savoir pourquoi. Si je vois quelqu'un boire une potion dégoûtante, j'éprouverai du dégoût. Montaigne le savait, avant que la science ne le prouve : « La vue des angoisses d'autrui m'angoisse matériellement. [...] Un tousseur continuel irrite mon poumon et mon gosier [...]. Je saisis le mal que j'étudie, et le couche en moi[1]. »

1. Michel de Montaigne, *Essais*, livre I, Le Livre de poche, 1972.

Si je me coupe le doigt devant celui qui m'aime, il aura mal dans son doigt. Pourtant, il sait bien qu'il ne s'est pas coupé, mais le fait d'avoir mimé en lui ce qui m'arrivait va activer sa douleur. Son cerveau réagira comme si ça lui était arrivé.

Laurent Cohen, *neurologue*. – « On sait maintenant qu'une grande partie des régions cérébrales qui s'activeront seront les mêmes, que vous voyiez quelqu'un avoir mal ou qu'on vous fasse réellement mal[2]. »

Cette capacité à partager les mouvements et les émotions de nos semblables n'est pas une qualité morale, c'est quelque chose de très physique, inconscient, involontaire, qui se passe au niveau biologique, un peu comme si nous avions le sens de l'autre enfoui dans notre corps, bien avant que toute relation personnelle commence.

Frans de Waal, *primatologue et éthologue*. – « Puisque les neurones miroirs ne distinguent pas entre notre comportement et celui des autres, ils permettent à un organisme de se glisser dans la peau d'un autre [...]. Ces neurones fusionnent les individus au niveau corporel. [...] Les humains ne décident pas d'être empathiques ; ils le sont, c'est tout[3]. »

Frank Bellivier, *psychiatre*. – C'est parce que nous avons une représentation interne de l'autre, dans sa constitution physique, mais aussi dans sa constitution émotionnelle, que nous sommes capables, implicitement et explicitement, de communiquer avec lui.

---

2. Laurent Cohen, *Pourquoi les filles sont si bonnes en maths. Et 40 autres histoires sur le cerveau de l'homme*, Odile Jacob, 2012.
3. Frans de Waal, *Le Bonobo, Dieu et nous*, Babel, 2015.

Certains spécialistes des neurones miroirs et de l'empathie appellent cela la « simulation incarnée », ou la « résonance émotionnelle ». Nous sentons ce que l'autre sent, nous prenons part à sa vie au point d'en faire l'expérience dans notre corps ; nous le comprenons, nous nous émouvons pour lui parce que ses émotions sont inscrites en nous. Nous les simulons intérieurement, et ses émotions se synchronisent avec les nôtres. Sa joie, sa peine, sa peur réveillent notre joie, notre peine, notre peur. Si je vois un étranger pleurer au Père-Lachaise, je serai triste aussi. En fait, il n'est pas étranger.

Quand on ne connaît pas l'existence de ces étranges neurones, on ne comprend pas toujours pourquoi parfois on tangue au fond de soi, pourquoi notre cœur tape, pourquoi on est soudain triste ou heureux, alors qu'il ne nous est rien arrivé apparemment. C'est que quelqu'un loge en nous. Il peut bien être un étranger, voilà que nous portons ses valises qui sont celles du monde humain.

Imiter, simuler, ce n'est donc pas rien pour le cerveau, c'est vécu.

Quand le cerveau simule ce qui arrive à l'autre, il vit la situation (presque) *comme si* ça lui arrivait, et *comme si* c'était vrai.

Comme si c'était moi devient (presque) : ça m'arrive.

Comme si c'était vrai devient : c'est vrai.

Notre cerveau fait *comme si*, et on ne sait pas qu'il fait ça.

JULIE GRÈZES, *neuroscientifique.* – La grande question est : est-ce que vivre, observer, et imaginer, c'est la même chose ? Qu'est-ce qu'il se passe quand vous voyez quelqu'un souffrir, quand vous vous imaginez en train de souffrir, ou quand vous êtes vraiment en train de souffrir ? Il y a des légères différences dans le curseur, mais on observe une sorte de continuum d'activation des mêmes réseaux dans votre cerveau. Avec les techniques de neuro-imagerie, on peut voir combien les gens sont capables d'éprouver ce que l'autre éprouve. Si un pianiste joue devant un autre pianiste, on enregistrera chez les deux quasiment les mêmes activités cérébrales, parce que l'un joue avec l'autre. Alors qu'une autre personne qui n'est pas pianiste aura une activité plus discrète, parce qu'elle ne saura pas faire les gestes en elle-même.

ANOUK. – Comment notre cerveau fait pour éprouver des émotions qu'il ne connaît pas ?

JULIE GRÈZES. – On a presque toujours une forme d'expertise qui permet d'éprouver ce que vit l'autre, même s'il est très différent de nous. Le cerveau recadre toujours avec sa propre expérience. Par exemple, il y a des gens qui n'ont pas de bras, alors ils ont appris à utiliser leurs pieds pour faire certaines choses. S'ils regardent quelqu'un allumer une cigarette avec leur main, leurs neurones miroirs vont s'activer, en s'adaptant à ce qu'ils sont capables de faire, c'est-à-dire que c'est la région du pied qui va s'activer chez eux. Il y a aussi des patients qui sont nés avec une incapacité à souffrir physiquement, parce qu'il leur manque les fibres de la douleur. Nicolas Danziger, un chercheur à la Salpêtrière, s'est demandé si ces patients, qui ne connaissaient pas la douleur, étaient capables de la ressentir quand ils la voyaient chez l'autre. Il leur a projeté des images de personnes à qui on fait mal et, par imagerie cérébrale, il a vu que les régions de la douleur étaient aussi excitées chez eux. Pourtant, ils n'avaient jamais eu mal, mais parce qu'ils avaient sûrement souffert psychiquement de rejet social par exemple, ils avaient plaqué leur douleur référente à la douleur physique de l'autre. On sait aujourd'hui que la douleur psychologique et la douleur physique activent la même matrice, qu'elles partagent exactement le même réseau cérébral. Ces patients avaient donc utilisé leur propre répertoire physique et émotionnel pour comprendre ce que vivait l'autre, et pour s'approprier l'événement.

Il paraît que sans les neurones miroirs on n'aurait pas conscience de soi. Nous avons conscience d'avoir un moi parce que nous reconnaissons d'autres moi que le nôtre, différents et semblables au nôtre.

Le mimétisme servant d'accélérateur de transmissions, ces neurones auraient joué un rôle majeur dans tous nos apprentissages et le partage de la culture, depuis les gestes de survie jusqu'à la formation du langage, la compréhension des expressions de nos visages, le patinage artistique, la cuisine, la musique, la politesse, le vélo ou le sens de l'abstraction. Sans en être conscients, nous avons fait dans notre tête ce que nous allions faire en vrai plus tard. Chaque génération d'hommes n'a pas eu à réinventer le feu parce que des hommes se sont imités, et l'ont transmis à d'autres qui me l'ont transmis. Par ce mécanisme automatique de couplage entre perception et action, les feux se sont allumés grâce à ce qui s'allumait dans nos cerveaux.

> VILAYANUR S. RAMACHANDRAN, *neuroscientifique*. – « Il y a environ 50 000 ans, il est possible que le système des neurones miroirs soit devenu suffisamment sophistiqué pour qu'il y ait une évolution explosive de cette capacité à imiter des actions complexes, qui aurait à son tour conduit à la transmission culturelle de l'information, caractéristique de nous autres humains[4]. »

---

4. Vilayanur S. Ramachandran, *Le Cerveau, cet artiste*, Eyrolles, 2005.

Si j'ai bien compris, les neurones miroirs seraient le premier étage de la fusée, l'empathie serait le deuxième étage, et au troisième ou quatrième étage, il y aurait la sympathie.

L'empathie est un très vieux processus, qui remonterait à 60 millions d'années, période où sont apparus les mammifères. Mais peut-être est-ce plus ancien, puisque les crocodiles ont de l'empathie ; les oies, les corbeaux aussi.

La sélection naturelle nous aurait équipés d'outils non conscients, incassables (?) pour nous aider à vivre ensemble, sans trop nous détruire les uns les autres. C'est sans doute plus difficile de tuer l'autre quand on le sent vivre en soi. D'une certaine façon, le fait d'habiter les uns dans les autres aurait permis aux espèces de se perpétuer, et de s'entraider.

Les bornes naturelles de l'empathie

Est-ce que tout le monde sent tout le monde dans son corps ? Si nous éprouvons ce que l'autre sent, comment n'est-on pas contagieux les uns les autres ? Qui je suis, si je suis remplie de la matière de l'autre ?

L'empathie n'est pas si englobante, elle n'a pas les bras ouverts pour tout le monde, ni pour toutes les émotions ; on n'est pas le réceptacle de tout le monde, car sentir ce que l'autre sent a un coût énorme ; c'est pourquoi dans la vie, l'empathie a des bornes.

La règle du partage, c'est que moi n'est pas toi. C'est sentir ce que l'autre vit comme si ça nous arrivait, mais sans se confondre avec lui. Je sens ce que tu sens, ça peut me faire

souffrir ou me rendre heureuse, mais je n'oublie pas que c'est toi qui le vis, et que ce n'est pas moi. Je sens pareil que toi, mais on n'est pas pareils, parce que toi, tu vis, et moi, je compatis.
Sans ces bornes, le partage deviendrait de la gadoue, on ne saurait plus qui est qui, on rirait ou on pleurerait toute la journée sans comprendre pourquoi. On serait épuisé, ce que la nature n'a pas voulu.

> JULIE GRÈZES. – L'empathie, c'est une résonance émotionnelle qu'on est capable d'inhiber, de contrôler. Quand on fusionne avec la douleur d'un autre, quand on cesse d'être deux, on n'est plus dans l'empathie, on est dans la contagion émotionnelle qui produit une multiplication de détresse. Il y a des gens qui n'arrivent pas à rester en eux-mêmes, ils changent vraiment de perspective, ils se « mettent dans les chaussures de l'autre ». Ils ne voient plus les événements depuis leur poste à eux. Ils se sont déplacés, ils sont incapables de se dire « ce n'est pas moi qui ressens, c'est l'autre ». Ils sont incapables d'inhiber leurs émotions, et du coup, ils sont incapables d'agir.

Le jeu obéit à d'autres lois. Il y a une forme de contagion qui ne nous coûte pas. Ce qui nous coûte, c'est de ne pas sentir. Dans le jeu, on change de perspective, on sent le monde avec les émotions de l'autre ; la détresse passe en nous sans détresse, pour qu'on en fasse quelque chose.

> JULIE GRÈZES. – On a montré que j'ai mal pour des gens qui me sont familiers, ceux que j'aime. J'ai moins mal pour les gens que je ne connais pas : nos réactions faciales, même cérébrales, face à la douleur d'autrui sont moins présentes s'il n'est pas de notre groupe.

Ce qui n'est pas vrai dans le jeu. Notre groupe est ouvert.

Julie Grèzes. – On sait qu'on partage plus volontiers la joie que la peine, parce que partager la peine revient à la vivre, or la peine nous coûte, et nous sommes économes.

Dans le jeu, nous sommes très intéressés par les peines. Chose étrange pour un acteur, la peine est plus facile à incarner que la joie.

Julie Grèzes. – Les femmes partageraient plus la peine que les hommes. Ça aurait à voir avec l'instinct maternel, au sens large.

Dans le jeu, les hommes et les femmes portent les peines ; et tous les gens qu'on porte s'avèrent démunis ; ce n'est pas qu'on le veut, c'est le jeu qui le fait apparaître.

Julie Grèzes. – Des expériences ont montré que nos cerveaux sentent plus volontiers ceux qui font partie de notre propre groupe social. J'ai mal pour les gens qui font partie de mon « In-group ». Pour des gens qui sont « Out-group », il y a une forme de contrôle qui fait qu'on ne ressent pas la tristesse. Toujours à cause du coût.

Par exemple, les gens dans le métro supportent assez bien de regarder ceux qui ont faim, ou ne pas les regarder du tout, sans doute parce qu'ils ne se voient pas en eux : « On n'est pas du groupe des pauvres… Je ne suis pas de ce genre. »

(Le cerveau serait-il de droite ?)

Julie Grèzes. – Il a aussi été montré que notre jugement moral compte : nous aurons moins d'empathie pour un homme qui a attrapé le sida parce qu'il se droguait que pour un autre qui l'a attrapé par transfusion.

Dans le jeu, on défend des gens qui ont perdu tout sens moral, on comprend des assassins, des pédophiles. Défendre n'est pas redresser les torts, défendre est essayer d'attraper la logique de personnes très désordonnées.

Mon group est très bizarre

Je ne comprends pas cette histoire de « In-group » et « Out-group ». Il me semble que l'empathie arrive aussi quand l'autre est très autre. Des inconnus laissés seuls dans les hôpitaux me touchent plus que certains de mes proches. Je suis blanche, mais si je regarde un western, j'ai mal quand un Indien tombe, alors que si c'est un cow-boy, je m'en fiche complètement ; et si c'est le cheval qui tombe, c'est pire : je subis son choc, j'ai mal à mes genoux de chevaux. Quand un hérisson traverse une route, la route me semble immense, mes pattes bougent aussi vite que je peux et j'ai envie de me mettre en boule. Je sens dans mon corps l'épuisement des ours blancs qui nagent dans les glaciers fondus. Les sapins, couchés sur les trottoirs après Noël, me touchent plus que la plupart des humains dans la télévision.
Dans le monde animal, il arrive qu'un léopard sauve un chimpanzé en danger, qu'un gorille comprenne ce que veut un chat, ou qu'un hippopotame ait pour amie une tortue géante. Les apparences ou appartenances n'ont pas grand-chose à voir avec ce sentiment de semblable qui réveille notre solidarité profonde, notre amitié. Quand la vie touche à un des nôtres, au sens très large, le partage de la peine se fait malgré ce qu'il

en coûte, parce qu'on ne pourrait tout simplement pas agir autrement.

Qu'est-ce que c'est que cette histoire d'« In » et d'« Out » ? Sous la conscience, le cerveau serait conservateur, et dans la conscience, il serait plus partageur ?

L'empathie, avec ses bornes, est une chose déjà bien étonnante : ce qui est devant est dedans : je l'imite, je le sens. Mais l'empathie marche aussi avec l'imagination et avec nos souvenirs. Dans ces deux cas, le cerveau se projette la scène, et la sent. Ce qui est dedans devient alors devant « ses yeux ». Il se synchronise avec un être qui n'existe qu'en lui.

> Julie Grèzes. – Si je vous demande de visualiser l'image de quelqu'un faisant quelque chose, votre cortex visuel s'allume. Vous simulez l'action, dans le sens où vous la faites tourner dans votre cerveau, et vous vivez cette action de la même manière que si vous étiez en train de l'exécuter. Et tous vos sens s'activeront : la vue, l'odorat, le goût, l'ouïe.

Comment ça se fait ?

Parce que notre cerveau ne sait pas vraiment faire la différence entre ce qui est réel ou imaginé. Qu'on vive une situation réelle, qu'on se l'imagine ou qu'on s'en souvienne, le cerveau se projette toujours des images. Il se déroule la scène à l'intérieur, comme un film dans lequel il joue. Et ces images lui tiennent lieu de réel. Tout le monde fait ça, même ceux qui ne sont pas acteurs.

Les mots nous colorent

Les mots activent aussi notre empathie, activent notre imagination, notre mémoire, nos perceptions, notre palette d'émotions.
Tout ce qu'on a vu, ce qu'on a senti ou vécu participe à la fabrication du sens des mots, et produit des images dans notre tête. L'expérience corporelle est un élément important pour accéder aux sens du langage. Le mot « football » va activer les parties de notre cerveau qui font bouger nos pieds, et mieux on sait jouer au foot, plus forte sera l'activité. Le mot « crime » fait taper le cœur, le mot « araignée » réveille automatiquement le dégoût ou la peur, comme si on était *in situ.* Les mots d'amour activent des souvenirs, des sensations d'amour, des mots chagrins vont activer nos chagrins, des disputes donneront la sensation de débris.

Julie Grèzes. – Il y a une théorie qu'on appelle la théorie de l'*embodiment*, de l'incarnation : dès que vous lisez le mot « citron », ça va aller faire appel à toutes les mémoires qui y sont associées. Vous allez activer le toucher du citron, la texture, le goût, la couleur. Ça va réactiver le cortex somato-sensoriel lié à la mémoire du corps, jusqu'à l'affect qui y est associé. Toutes ces mémoires sont engrammées dans le cortex, spécifique à ce codage-là.

Roland Jouvent, *psychiatre.* – « Dire de quelqu'un qu'il veut "arrondir les angles" active les souvenirs perceptifs des formes géométriques apprises à l'école primaire. Le mot qu'on prononce ne mobilise pas exclusivement le dictionnaire de l'autre, il induit aussi l'éprouvé d'une sensation chez l'autre par le biais d'une simulation partielle[5]. »

Les mots s'impriment en nous, agissent dans nos esprits et nos corps, créent de la réalité. Dire (ou se dire) « je suis débile » peut rendre un peu plus débile. Dire à quelqu'un « tu me tues ! » tape sur les systèmes, au sens propre.
Par exemple, je me suis longtemps sentie comme une grenouille dans un bocal, et sans doute ces images ont tourné dans ma tête. Puis un jour, quelqu'un m'a dit : mais non, tu es un scarabée qui traverse le désert. Et soudain, la solitude était mon chemin, j'étais solide sous le cagnard, j'étais d'accord.

Julie Grèzes. – Il a été montré que si on fait lire à des gens un texte où le mot « vieillesse » revient souvent, on voit qu'après, ces gens marcheront plus lentement. D'autres expériences montrent que si on dit à quelqu'un « tu es bleu », alors qu'il ne l'est pas, il peut devenir « bleu ».

Les acteurs le savent bien. Notre métier est de nous faire teinter par les mots.

On peut aussi avoir de l'empathie pour des symboles abstraits. Dans un court-métrage d'animation fait par deux psychologues allemands, Heider et Simmel[6], un rond et deux triangles s'agitent dans un espace semi-ouvert, et on a le cœur serré pour eux.

Julie Grèzes. – Quand j'ai lu dans un petit encart de journal que des « virgules » s'étaient jetées des tours jumelles, pour moi, c'était pire que les images.

---

5. Roland Jouvent, *Le Cerveau magicien*, Odile Jacob, 2009.
6. https://www.youtube.com/watch?v=VTNmLt7QX8E.

Il y a des mathématiciens qui pour comprendre les propriétés d'un objet mathématique disent : « Ce petit monsieur… » Ils lui voient un fichu caractère, ils l'abordent d'être vivant à être vivant, et c'est aussi comme ça qu'ils font avancer la science.

Notre cerveau est fait comme ça : il simule pour vivre. Nous sommes des simulateurs, pas au sens de tricher, mais au sens de nous représenter la vie, de la faire apparaître. C'est notre façon de prendre connaissance du monde et d'en faire l'expérience. Tout le monde fait ça, même ceux qui ne sont pas comédiens. Chacune de nos simulations fait de nous des acteurs, qui réagissent à d'autres acteurs. Et tous ces acteurs sont inconscients de l'être.

4

NOUS SAUTONS TOUS DANS LA TÊTE DES AUTRES

La théorie de l'esprit

(Dans la vie et dans le jeu)

Notre cerveau passe beaucoup de temps à décoder les expressions des autres humains qui l'entourent. Il a besoin de savoir ce qu'ils pensent et sentent, pour savoir comment naviguer avec tous ces gens différents. Les neuroscientifiques appellent cela : la « théorie de l'esprit », qui serait le degré supérieur de l'empathie. Ce n'est plus seulement l'effet miroir décrit plus haut, c'est une aptitude que nous avons à lire dans les pensées des autres, à leur prêter des états, des intentions, des désirs, pour comprendre ce qui se passe dans leurs têtes et nous préparer à y réagir. Cette lecture de l'autre commence dès les 300 premières millisecondes de la rencontre, à l'insu de celui qui lit, et à l'insu de celui qui est lu, un peu comme si nous entrions dans les têtes sans frapper. Ces « entrées en matière » qui filent dans tous les sens – car si vous entrez chez les gens, ils entrent aussi chez vous – nous aideraient à nous ajuster les uns avec les autres, et ainsi, les parties se jouent à toute vitesse dans le domaine social, familial, amical, amoureux.

Lionel Naccache, *neuroscientifique*. – La théorie de l'esprit, c'est un voyage qui revient à sauter dans la tête d'autrui. Notre esprit/cerveau se projette hors de soi, hors de l'ici et de maintenant, de multiples manières : on imagine être ailleurs que là où l'on se trouve, à un autre moment que l'instant présent, et dans un autre esprit que le sien. On simule les états de l'autre à l'intérieur de soi, tout en sachant que ce n'est pas soi, et on construit du sens à partir de ce qu'on connaît de soi. À partir de cette construction, on peut par exemple déduire (à tort ou à raison) si quelqu'un nous ment, s'il se moque de nous, ou s'il est en confiance.

ANOUK. – Comment le cerveau fait avec les faux-semblants ? Est-ce qu'il voit au travers, ou est-ce qu'il croit ce qui est affiché ?

LIONEL NACCACHE. – On a un modèle interne d'autrui, mais ce modèle n'interprète que ce qu'autrui montre.

ANOUK. – Alors comment on fait avec un menteur ? Si on saute dans son visage, on saute dans ses masques ?

LIONEL NACCACHE. – On saute dans ce qu'on comprend, dans ce qu'on imagine, dans ce qu'on arrive à faire. Un bon menteur, c'est quelqu'un qui met en défaut la théorie de l'esprit.

On aurait donc une espèce de GPS très intérieur pour nous orienter. Sauf que voilà, nos GPS sont souvent mis en déroute : sans doute parce que nous nous sentons lus et que ça nous rend vulnérables, nous avons appris à brouiller les signaux. Nos panneaux indicateurs envoient souvent dans de fausses directions. Les GPS sont continuellement trompés, et continuellement trompeurs.

Souvent, « je ne saute pas » dans l'esprit des gens ; ça me fait plutôt rebondir ; je sens des courants contraires entre les

petits plis du visage, les voix de tête, le débit des mots, les bras qui moulinent, entre les pensées et les arrière-pensées, et plus ils soignent la façade, plus je sens que j'aurai bientôt droit à la cave.
Je n'ai pas beaucoup de choix : j'ouvre les yeux (et mon esprit reçoit plus qu'il ne peut digérer, partager), ou je ferme les yeux (mais que reste-t-il de l'élan, de l'amour ?).
Pourtant, je m'en souviens, au tout début de nos existences, quand on était petits enfants, nos visages reflétaient la vie. Il y avait une transparence : l'amour, la joie, la confiance, la tristesse, la colère, la peur, l'étonnement se voyaient. Puis en grandissant, on a appris à se méfier, à faire semblant, comme si la survie dans le groupe passait par la perte d'innocence, comme si l'intelligence, c'était ça : masquer.

> JULIE GRÈZES, *neuroscientifique*. – Moi, je m'intéresse à l'expression non verbale des signaux sociaux. Je travaille sur les trucs sur lesquels on n'a pas la main, ce qui se passe dans nos cerveaux dans les premiers instants ; les premières impressions qu'on donne dans les 300 premières millisecondes : qu'est-ce que mon expression a engendré chez vous ? Quelle émotion vous allez voir, plus qu'une autre ? Comment votre posture corporelle va m'influencer ? Autour de ce non-verbal, il y a des études qui montrent quand il y a conflit entre le corps et le visage. Si votre corps exprime autre chose que votre visage, le cerveau détecte extrêmement rapidement cette incongruence entre le haut et le bas de votre corps. Il sait aussi très bien détecter quand il y a congruence, synchronie.

Les grandes amitiés, les enfants, l'amour quelques fois offrent cette paix et cette richesse. Et si ça circule entre deux personnes, c'est que ça circule en chacune d'elles. Ça n'efface pas nos incongruités, nos folies ; elles sont même à la fête parce que simplement, on est honnête et l'autre l'est aussi.

« On voudrait bien être dans la vie mais ils font tous du théâtre... »

Certains individus s'avéreront désemparés en société. Ils ont le handicap d'être transparents et le handicap de voir en transparence. Ils sentent ce qui est caché, et on voit à travers eux, comme s'ils étaient nus au milieu de gens habillés. Aucun masque ne prendra sur eux, tout se voit. Ce n'est pas qu'ils veulent montrer, mais ça affleure. On leur a souvent dit : « Arrête de jouer la comédie ! », alors qu'ils ne jouaient pas du tout ; justement, ils n'y arrivaient pas.

N'est-ce pas drôle que certains de ces inadaptés du jeu en fassent plus tard métier, portent les masques des gens, démontent le système des semblants qui a souvent failli les atomiser, et en jouent ?

Et si le goût de jouer venait d'une incapacité à jouer ?

> Joël Pommerat, *metteur en scène*. – « Des acteurs, on en voit partout. Tout le monde fait l'acteur. Il est dit que le système économique libéral conduit à ce que chacun soit en quelque sorte son propre entrepreneur, se construise une personnalité pour se vendre au mieux, gérer sa carrière individuellement. Se penser soi-même et se représenter sa propre image pour la mettre en scène. Nous sommes dans le jeu. Nous l'acceptons. Chacun est dans un rôle et une maîtrise de lui-même. Il me semble qu'il y a une certaine

nécessité aujourd'hui à ce que le théâtre devienne un endroit où on joue à abandonner ce jeu. Mais attention, tout ça n'a rien à voir avec la morale et une recherche de pureté. Car ce n'est pas l'être authentique que nous recherchons. Je dirais même, au contraire, que le sens de ce travail, c'est d'accepter l'*inauthenticité* et l'*impureté*. Accepter de dévoiler ce qui n'est *pas authentique en soi*. Montrer ce qui est *faux*. C'est un travail où l'acteur accepte de montrer quelque chose de lui qui n'a pas de valeur. Où l'acteur se laisse regarder et accepte le regard sur ce qu'il y a de *moins satisfaisant* en lui, pas seulement ce qu'il maîtrise, mais tout ce qui lui échappe. C'est une grande générosité, pas de l'exhibition, c'est l'inverse du contrôle de soi que chacun recherche dans la vie publique[1]. »

1. Joël Pommerat, *Troubles*, Actes Sud, 2009. © Actes Sud, 2009.

5

NOTRE RÉSERVOIR D'ÉMOTIONS

(Dans la vie et dans le jeu)

Quand même, je ne suis pas un ours, pas un sapin. Comment se fait-il que je les sente en moi ? Comment se fait-il que je me sente coupée en deux quand on abat un arbre, ou que je sente dans ma colonne la colonne vertébrale d'une vieille dame qui ploie sous son cabas ?
Avec quoi on sent le monde ?

Dans la vie, chacun a sa propre palette d'émotions. Il y a sur chaque palette des « couleurs primaires » (la joie, la colère, la tristesse, le dégoût, la surprise, le mépris et la peur). Ce sont les émotions liées à la survie de l'espèce, qu'on a en commun avec tous les autres humains, et avec les bêtes. Elles sont notre héritage biologique.
Ces « couleurs primaires » se sont enrichies de tout ce qu'on a appris au cours de notre vie. Notre cerveau a appris à s'adapter à son environnement géographique, mental, émotionnel, et pour s'y faire il a souvent emprunté les mêmes circuits. À force de répétitions, il a pris des habitudes et il s'est modifié. En devenant performant pour un certain type d'aventures, il s'est forgé des forces, une vision du monde, des *a priori*, et des points d'aveuglement.
Des expériences ont montré que les populations qui ont grandi dans des paysages plats comme la steppe décoderont mal les

lignes verticales, car elles n'ont pas eu à se les représenter ; elles ne faisaient pas partie de leur réalité.

> ROLAND JOUVENT, *psychiatre*. « Des chatons élevés dans un environnement appauvri, formé exclusivement de formes horizontales noires et blanches, sont incapables de voir des lignes ou des objets verticaux. Ils se cognent dans les pieds de table, dans les arbres[1]. »

Ce qui laisse à réfléchir sur tout ce dans quoi on se cogne, qui nous aurait manqué…

Notre palette d'émotions est donc aussi très personnelle. Ce que nous avons vécu nous a façonnés. Tout ce qu'on vit, nos souvenirs, ce qu'on imagine active notre palette, nos couleurs. C'est avec nos couleurs qu'on perçoit le monde. Quand on le voit, on le peint, on colorise ce que voit. On voit le rouge de quelqu'un parce qu'on a du rouge en soi, parce que notre cerveau « voit rouge ».
Ce qui nous sert à voir le monde nous en éloigne aussi.

ATTIRANCES ET ALLERGIES

Le cerveau a aussi de drôles d'attirances : quelqu'un qui s'est souvent cogné à la violence entrera facilement en résonance avec elle, parce qu'il a appris à faire avec elle ; il la flairera, même quand elle n'est pas là, ou juste *a minima*. D'une certaine manière, il la cherchera. On pourrait croire que le cerveau évite ce qui ne lui est pas agréable, mais non : le cerveau

---

1. Roland Jouvent, *Le Cerveau magicien,* Odile Jacob, 2009.

cherche toujours la stabilité, si bien qu'il retourne à ce qu'il connaît déjà, y compris quand ça lui est pénible. C'est parfois à cause de notre cerveau que nous sommes bêtes.

Mais le cerveau ne fait pas que répéter ce qu'il connaît, il peut cracher. Il a des allergies. Je peux ne pas supporter les couleurs de quelqu'un parce qu'elles réveillent en moi de mauvais souvenirs. Je peux ne plus me souvenir de ces souvenirs, mais mon corps s'en souvient et n'en veut plus.
Moi, je fuis ceux qui tournent en boucle dans leur malheur et nous bouclent dedans ; ils disent que c'est horrible, mais ils le serrent comme un doudou dont ils ne voudraient jamais se défaire. Ils pleurent en vérifiant dans le rétroviseur l'effet qu'ils font. Je vois les ficelles, le besoin de parler pour surtout ne rien faire ; je vois le théâtre des sentiments qui m'ennuie excessivement.
Le théâtre, c'est beaucoup plus exigeant. La souffrance n'est pas un bac où on se roule. Les mots sont actifs. Sans doute, ma palette est saturée de plaintes et des pouvoirs qu'elles donnent.

Tailler sa vie, c'est souvent changer de Group, traquer ses biais, renouveler sa palette, être autre que ce qui était écrit. Ce que les acteurs font en permanence, en apprenant d'autres langues, et en changeant de point de vue. Sans doute que nous répétons des mois durant, pour moins nous répéter… Et puisque la dernière chose qu'on voit dans la vie, c'est les lunettes qu'on porte, il se peut fort que notre travail soit de voir qu'on voit mal, nous déconditionner, pour laisser apparaître l'autre.
La fiction serait comme un cheval de Troie : on entre dans les fortifications. C'est l'heure où la vie reprend ses droits.

Prendre en charge la vie de quelqu'un, c'est comme adopter quelqu'un. Il y a des espèces animales qui prennent en charge

une créature démunie d'une autre espèce que la leur. Le papa adopteur ou la maman adopteuse lui apprend à manger, à se défendre. Si c'est un singe, il va apprendre au petit léopard à devenir un peu singe. Le petit léopard ira souvent dans les arbres, parce que c'est l'endroit du singe.
Dans la vie, quand un parent adopte un petit étranger, il lui apprend sa langue, ses usages, sa culture, il le met à l'école de son monde. C'est ça, l'accueil.
Jouer, c'est autrement. Comprendre n'est pas coloniser. On est à l'école de notre protégé. L'apprentissage se fait du plus faible vers le plus fort. Même le plus méchant personnage, on l'accueille sans le redresser. Il nous ouvre son sillage, nous initie. On repart à zéro dans une façon de voir la vie. « Tu as besoin de ça pour vivre ? Je vais le trouver en moi, et ailleurs. Chez moi, c'est chez toi. Chez moi n'est pas chez moi. Tu peux te servir de tout, piocher, dézinguer. » On ouvre des pièces condamnées, on abat des murs, on trouve des clefs. Pour l'autre, on peut faire ça. Ça fait la guerre à l'immuable de soi. Il y a des peurs ou des tabous qu'on n'oserait pas combattre pour soi, mais qu'on a l'audace de faire sauter parce qu'ils empêcheraient le personnage de respirer, et aussi parce qu'on aurait honte d'avoir été un instrument avec des touches bloquées.

> GERMAINE TILLION, *ethnologue*. – « Comprendre, imaginer, deviner, c'est associer selon des modalités inépuisablement diverses des sensations acquises par l'expérience, et acquises seulement par l'expérience… Toute la mécanique de notre érudition ressemble aux notes écrites d'une partition musicale, et notre expérience d'être humain, c'est la gamme sonore sans laquelle la partition restera morte. […] Nous n'avons l'accès que d'un être humain – nous-même – et il est impossible d'inventorier les autres, si ce n'est par

> rapport à cet inventaire premier que nous ne pouvons trouver qu'en nous. Si l'on ne se connaît pas soi-même, on ne connaîtra jamais personne[2]. »

Oui. Mais le jeu n'est pas de l'érudition, ou ce pourrait être l'érudition de la perte de soi. Une présence qui vient d'un effacement, sans aucune négation.
Dans un conte très ancien, de Chine mais peut-être d'ailleurs, on raconte qu'un empereur voulut organiser une grande fête pour célébrer la puissance de son empire et de sa personne. Tout le peuple serait convié pour l'admirer. Il y avait dans son château un vaste et beau couloir. L'empereur le sépara en deux par un rideau épais sur toute la longueur, et demanda à un peintre et à un acteur de créer une œuvre qui dirait sa grandeur. Ils avaient un mois pour travailler chacun de leur côté, sans se parler. Les deux artistes se mirent au travail. Le jour de la grande fête, l'empereur tira le rideau pour découvrir leurs ouvrages. Le mur du peintre était couvert de dessins magnifiques représentant les prouesses de l'empereur. Sur le mur de l'acteur, on ne voyait rien. Ce qu'il avait fait pendant un mois ? Il avait poli son mur, l'avait tant poli qu'il était devenu un miroir pour que la chose de l'autre se reflète.

2. Germaine Tillion, *Fragments de vie*, textes rassemblés par Tzvetan Todorov, Seuil, 2009.

6

LE TRAVAIL DE SENTIR

(Balade n° 3 dans le jeu)

Est-ce que les acteurs ont plus d'empathie que les autres ? Est-ce qu'ils sont dans la contagion émotionnelle ?

> ANNE BENOÎT, *comédienne*. – Je dirais qu'on a la peau dure, mais la peau à l'envers, on est au contact. Comme si on avait une mémoire de tous les coups, toutes les caresses, tous les drames, tout ce qui est sensoriel. C'est ça notre valise. Mais cette valise ne nous appartient pas, elle n'appartient qu'au jeu.
>
> ANOUK. – Cette hypersensibilité est une joie ?
>
> ANNE BENOÎT. – C'est une joie parce que je peux en faire quelque chose. Si je la gardais pour moi, ça me tuerait.

Le jeu, c'est un laboratoire avec des chercheurs (peu savants) qui simulent et stimulent des tempêtes intérieures. Voir le monde par les yeux des autres, sentir ce qu'ils sentent, passe par de la contagion. Disons qu'on attrape des symptômes sans attraper les maladies. L'identification, qui est peut-être une perte d'identité, est un outil de connaissance. On est entraîné à n'être plus soi et le redevenir, être touché et ne pas trop l'être. On s'exerce à plonger profond et réapparaître à la surface. On aime disparaître dans l'œuvre, on a la santé pour ça, même quand on donne l'impression d'être parti trop loin.

Comment ne pas parler de contagion quand un personnage se sert de nous pour vivre sa vie, que ses mots jaillissent de notre bouche avec un ton qu'on ne se connaît pas avoir, qu'on est pris dans sa logique à lui, sa bataille, son mystère ? Ce qui surgit est une matière qu'on travaille avec le metteur en scène et les autres acteurs, dans une dynamique permanente entre l'écoute du texte et la liberté pour le faire résonner.

> LOUIS JOUVET, *comédien et metteur en scène.* – « C'est un désordre où l'on entre et où il n'y a point d'autres ressources que de circuler, en évitant, en repoussant certaines attitudes. Il n'y a pas de règles, pas de lois. Si ce n'est cette attitude intérieure, ce comportement qui est d'effort, d'attention, une componction, une sincérité (charité humaine, échange, compassion, pitié). Ici vient le mot, équivalence de soi à d'autres, par considération et respect des autres et de soi, une façon de se proposer, de s'offrir, de se donner, de s'abandonner et se perdre[1]. »

Dans ces instants où l'autre s'incarne en nous, où il prend son autonomie, on ne perd pas le contrôle parce qu'on est toujours relié au travail par l'artisanat du métier : le texte est un matériau récalcitrant, c'est un concert archi-sophistiqué à la surface qui doit se brancher sur des réseaux archi-bruts à l'intérieur. Faire jaillir l'incontrôlable, c'est aussi de la tuyauterie, plein de réglages, d'infimes dosages. Sans doute parce que c'est un travail et pas de la folie, ces cuisines se font à température assez basse. Une sorte de bain-marie : au centre, la crise ; autour le calme. Le metteur en scène nous demande de recommencer, d'aller plus vite, plus lentement, et on reprend (même des scènes excessives), comme les musiciens reprennent à la mesure près.

---

1. Louis Jouvet, *Le Comédien désincarné*, Flammarion, 2009.

Anouk. – Comment tu fais venir les émotions ?

Anne Kessler, *comédienne.* – On se râpe pour faire du gratin. Mais on ne se pâme pas devant l'émotion. On est comblé si ça a servi, comme j'imagine des chercheurs sont comblés s'ils ont pu fabriquer une réaction.

Anouk. – On joue avec le feu ?

Anne Kessler. – Pas plus qu'un médecin qui cherche un virus. Si on lui dit : « Si vous retournez auprès de ces malades, vous courez des risques », il cherchera quand même, il ira. Il n'a pas envie de mourir, il a envie de trouver. En cherchant nos limites, on sent qu'on n'en a pas… jusqu'à ce qu'on ne tienne plus, et on se rétablit. C'est pour ça qu'il ne faut jamais lâcher l'humour, qui dans ces affaires n'est pas séparable de la profondeur.

Anouk. – Comment tu expliques qu'on soit traversé par des émotions qu'on ne pourrait pas commander dans notre vie ?

Anne Kessler. – Je pense qu'on est en prise avec l'auteur qui a été traversé par ces émotions quand il a écrit. Il les a découvertes, et nous, on doit les redécouvrir chaque soir, comme si on l'écrivait nous-mêmes. Ça s'allume comme une allumette au présent, à notre vie, à la vie. On est des poissons qui bouffent l'instant, et avec le travail et l'amour, on devient les enfants naturels des auteurs. Parfois, ils en demandent beaucoup à l'interprète. Liszt ne pouvait même pas jouer ce qu'il composait tellement c'était compliqué.

Michel Bouquet, *comédien.* – « Heureusement qu'il est très difficile de se servir de sa voix, de son regard, de son corps, de savoir jouer de soi-même comme un violoniste de son instrument. Heureusement qu'il [l'acteur] a des

> difficultés de mémoire [...]. Heureusement qu'il connaît tous ces problèmes, car ils l'obligent à une réflexion et à une concentration très forte sur lui afin de contrebalancer le désordre de son intuitivité, de sa sensualité. Sans cette attention, cette maîtrise de tous les instants, il aurait toutes les chances de s'atomiser à l'infini. [...]. On a une espèce d'anarchie intérieure qu'il faut accepter. Ceux qui n'éprouvent pas de ces remuements ont certes moins de problèmes mais ils sont peut-être aussi moins bons[2]. »

Il y a des séquences de jeu où on doit entrer dans une « chambre de forte contamination », des états de crise qui n'arrivent qu'une fois, par accident. C'est fascinant de voir les acteurs quelques secondes avant, ramassés sur eux-mêmes, pas commodes, clivés ; puis de les voir sauter dans la crise d'un autre. Tant qu'ils doivent refaire la scène, ils sont dans un entre-deux, comme des boxeurs entre deux rounds, puis ils recommencent ce qu'on n'imaginerait pas pouvoir refaire. À l'atterrissage, quand c'est fini, c'est comme s'ils n'avaient presque pas été là pour le vivre ; une sorte d'électrocution maîtrisée où l'amour, la charité, l'empathie ont des portes battantes. À se demander de quelle humanité on est fait.
Mais une chose qu'on ne peut pas dire, c'est qu'il n'y a pas eu d'électricité, et pas de métamorphoses.
Dans ces moments où on devient autre, ce n'est plus notre moi biographique qu'on va vivre et gérer, ce n'est plus son actualité qu'on va suivre ou subir – ma mère est morte, pour un temps, ce n'est pas mon histoire. Notre moi est là, en coulisse, pas très civil, qui souffle sur les braises d'un autre.

---

2. Michel Bouquet, *La Leçon de comédie*, Maisonneuve et Larose/Archimbaud, 1997.

Si on avait une combinaison pour nous protéger de la contagion émotionnelle, on serait des touristes. Concrètement, on serait obligé d'appuyer sur des boutons pour déclencher les émotions, et ces boutons n'existent pas ; on mentirait sans croire à nos mensonges, on transpirerait, on serait mal dans notre peau, et surtout, surtout, vous ne nous croiriez pas. Alors que si les personnages se fondent en nous, « on se sent fort. Il y a adhérence au sujet[3] ». On est porté par cette intimité, c'est une sorte de paix musclée.
Je ne sais pas comment le cerveau fait pour gérer ces moments d'envoûtements, mais il les gère, et le temps du jeu, il se régénère. Et on retourne à nous autant qu'on veut, parfois un peu sonnés. Mais on aime les cloches…

> « Les personnages imaginaires m'affolent, me poursuivent, – ou plutôt c'est moi qui suis dans leur peau. Quand j'écrivais l'empoisonnement de Mme Bovary, j'avais si bien le goût d'arsenic dans la bouche, j'étais si bien empoisonné moi-même que je me suis donné deux indigestions coup sur coup, – deux indigestions réelles car j'ai vomi tout mon dîner. L'intuition artistique ressemble en effet aux hallucinations hypnagogiques – par son caractère de fugacité, – ça vous passe devant les yeux, – c'est alors qu'il faut se jeter dessus, avidement. Mais souvent aussi l'image artistique se fait lentement, – pièce à pièce, – comme les diverses parties d'un décor que l'on pose. Du reste, n'assimilez pas la vision intérieure de l'artiste à celle de l'homme vraiment halluciné. Je connais parfaitement les deux états ; il y a un abîme entre eux. Dans l'hallucination proprement dite, il y a toujours terreur, on sent que votre personnalité vous échappe, on croit qu'on va mourir. Dans la vision

3. Louis Jouvet, *Le Comédien désincarné*, Flammarion, 2009.

poétique, au contraire, il y a joie. C'est quelque chose qui entre en vous. Il n'en est pas moins vrai qu'on ne sait plus où l'on est[4]. »

Dominique Valadié a joué un jour *La Chèvre de Monsieur Seguin*. Elle jouait Blanquette, ce qui prouve qu'on est nombreux en soi. Donc elle broutait sur scène, et elle était tellement la chèvre, elle broutait tellement bien la salade dans sa montagne imaginaire qu'elle a oublié qu'il fallait arrêter de brouter, elle a oublié qu'elle était dans un théâtre et que dans un théâtre il faut parler et enchaîner. L'acteur (Bertrand Bonvoisin, un immense acteur) qui jouait maître Seguin a dû inventer du texte pour la sortir du broutage.

DOMINIQUE VALADIÉ, *comédienne*. – C'était une absence.

ANOUK. – Pas une absence, de la présence pure…

DOMINIQUE VALADIÉ. – Oui, mais j'ai perdu pied en allant dans le domaine des animaux. Finalement, qu'est-ce qu'on met de nous quand on joue ? Ce qu'on tait de nous. On est dépassé par ce qu'on joue, dépassé par ce qu'on ne sait pas, par ce qu'on tait. C'est une chose très secrète. Ça parle de la richesse… Finalement, on cherche tous l'innocence quand on joue, mais quand elle vous tombe dessus, c'est comme la foudre.

Quand on est visité, voire foudroyé, c'est comme un dibbouk qui nous envahit, sans du tout effrayer. C'est même un paradis. On n'est plus aux commandes, « ça joue », on accueille le déferlement de cette présence, et on est bon marin. C'est une expérience qui met la raison à terre. Alors là… plus de

---

4. Gustave Flaubert, *Correspondance*, Gallimard, « Folio », 1998.

questions, c'est un bain de minuit dans une mer de réponses. On est pris dans un rapide, on sent tout, il n'y a plus de limite à ce que l'on est.

Est-ce juste un sentiment personnel ? Non, c'est une expérience que le public partage, sans que personne ne comprenne ce qui se passe. Quand ça arrive, il y a un silence cotonneux. Un ange passe, qui n'est pas nous.

Une fois je l'ai vécu. Je jouais une adaptation que j'avais faite des minutes du procès de Jeanne d'Arc[5]. C'était au Festival d'Avignon. J'ai vraiment « pris le jus ». Quand ça a été fini, dans ma loge, tout mon corps s'est mis à trembler, je claquais des dents comme en plein hiver, alors qu'il faisait 38 °C dehors. Si j'ai souffert ? J'ai le souvenir d'un amour total. D'un jeu total. Si mon cerveau a souffert ? Je crois qu'il a adoré être une comète.

Pourquoi nos « moi » aiment se dissoudre ?

Sans doute que pour nous, la curiosité est première, il y a une joie à vivre sans toit sur soi. On se moque de soi. On n'y tient plus. C'est une expérience riche de n'être plus propriétaire de soi, de claquer la vie. La passion de vérité nous pousse parfois plus loin que notre instinct de survie, ou plutôt, l'instinct de survie d'un artiste est de s'oublier, assez pour ne pas être encombré. Ce qui prime, c'est l'envie de rendre justice. Comme si on quittait l'enveloppe pour entrer dans la lettre.

> « C'est une délicieuse chose que d'écrire ! Que de ne plus être soi, mais de circuler dans toute la création dont on

5. *Le Procès de Jeanne d'Arc*, Festival d'Avignon, 1992. Voir Pierre Duparc, *Procès en nullité de la condamnation de Jeanne d'Arc*, édité par la Société de l'histoire de France, Klincksieck, 1970-1988, tomes 1 à 6.

parle. Aujourd'hui par exemple, homme et femme tout ensemble, amant et maîtresse à la fois, je me suis promené à cheval dans une forêt, par un après-midi d'automne, sous des feuilles jaunes, et j'étais les chevaux, les feuilles, le vent, les paroles qu'ils se disaient et le soleil rouge qui faisait s'entre-fermer leurs paupières noyées d'amour[6]. »

Le peintre William Turner était obsédé par les tourbillons de la nature, la fusion des éléments. Toute sa vie, il a essayé de les peindre, et pour s'en approcher, il est devenu un atome dans les atomes. On raconte qu'un jour où il était en mer, une forte tempête s'est déchaînée. Pendant que l'équipage luttait pour sa survie et faisait tout pour se protéger, il aurait demandé qu'on l'accroche en haut du mât, parce qu'il voulait tout voir, tout sentir. On l'accrocha au mât. Quelques jours plus tard, il écrivit à son ami le révérend Kingsley : « Je suis resté attaché quatre heures, sans penser en réchapper, et je me suis juré d'en témoigner si j'y survivais. » Le plus magnifique dans cette histoire est que Turner a tout imaginé : selon les registres, il n'y aurait pas eu de tempête ce jour-là, le bateau *Ariel* sur lequel il disait se trouver n'aurait pas pris la mer. D'ailleurs, il n'existe pas de bateau *Ariel*, sauf dans la tête du peintre, qui s'est sans doute inspiré de *La Tempête* de Shakespeare[7]. Il aurait vécu cet événement en imagination, et cette imagination si fortement vécue lui aurait fait tout voir, tout sentir, tout vivre.
Tempête de neige en mer est un tableau « trempé » d'expérience.

6. Gustave Flaubert, « Lettre à Louise Collet », 23 décembre 1853, *Correspondance*, Gallimard, « Folio », 1998.
7. Olivier Cena, *Turner et les peintres, Télérama* hors série, 1972.

7

QUI EST DANS LE RÉEL ?

(Nos cerveaux dans la vie)

On dit souvent des acteurs qu'ils confondent la réalité et l'imaginaire.
Mais comment font les autres qui habitent le réel ? Comment notre cerveau perçoit la réalité ?

Laurent Cohen, *neurologue*. – « Le cerveau n'est pas là simplement pour réagir à ce qui se passe dans le monde qui l'entoure. Le cerveau imagine sans cesse. [...] Voir et imaginer, c'est presque la même chose. J'ai les yeux ouverts et je vous vois. Maintenant j'ai les yeux fermés et je vous vois toujours. En imagination, certes, mais dans les deux cas, mon cerveau se fait une image de ce que j'ai en face de moi. La nature de cette image est la même, qu'elle soit sortie de ma mémoire ou de mon imagination, ou qu'elle soit fondée sur ce que j'ai sous les yeux. Tout ce que nous voyons est en réalité un mélange de ce que nous nous attendons à voir, de notre imagination si vous préférez, et de ce qui est vraiment là. [...] Voir un stylo par exemple, qu'est-ce que cela signifie : "voir", c'est en réalité imaginer, c'est-à-dire créer dans son cerveau une image de stylo. Cette image, on peut la former parce qu'il y en a un devant nous, mais on peut aussi voir un stylo les yeux fermés, juste en faisant surgir l'image de nos souvenirs, de notre imagination[1]. »

Lionel Naccache, *neuroscientifique*. – Voir, se souvenir et imaginer utilisent les mêmes circuits cérébraux et les mêmes propriétés psychologiques. Dans tous les cas, nous accédons à une représentation mentale que nous forgeons, que nous manipulons. Imaginer une scène de la vie ou une scène fictive, c'est toujours la simuler au plan perceptif. Ces actes mentaux procèdent à la fois de processus cognitifs conscients et non conscients qui opèrent en nous, mais dont nous ne sommes pas les agents volontaires.

Roland Jouvent, *psychiatre*. – « Il n'y a pas, d'un côté, des réseaux de neurones pour faire et, de l'autre, des réseaux pour imaginer qu'on fait. [...] Autrement dit, imaginer un acte n'a pas son propre réseau neuronal. C'est au contraire une partie constituante de l'agir. Réciproquement, on ne peut pas faire un mouvement sans le simuler. [...] Dès lors que le cerveau imagine une scène, cela devient "une forme atténuée de l'agir" [...]. Quand je dis en plein hiver que j'aimerais me baigner dans une mer chaude des Antilles, je simule une perception qui vitalise mon idée. Ma pensée mobilise l'animal en moi, elle est "à proximité" des plaisirs du corps. C'est parce que je peux me représenter les propriétés physiques, spatiales, voire temporelles de la baignade que je peux trouver un plaisir qui renforce ma rêverie[2]. »

---

1. Laurent Cohen, *Pourquoi les filles sont si bonnes en maths. Et 40 autres histoires sur le cerveau de l'homme*, Odile Jacob, 2012.
2. Roland Jouvent, *Le Cerveau magicien*, Odile Jacob, 2009.

Le cerveau ne fait pas de vraie distinction entre l'imaginaire et le réel. Est réel ce qui lui semble réel, ce qui lui rappelle quelque chose. Ce qui nous sert à voir la réalité est le même engin qui nous sert à l'imaginer, ou à nous fabriquer des souvenirs. Chaque fois, le cerveau se projette une image. Quand on regarde notre chat, on ne voit pas notre chat, on voit une image de chat qui se projette en nous, et notre cerveau se dit : Ah ! cette image correspond bien à mon chat. Si on se souvient de notre chat, ou si on voit le dessin d'un chat, ou si on lit le mot « chat », ça sera toujours une image, qui allumera les mêmes régions du cerveau. Quand on imagine des trucs, l'image est construite en grande partie par ce qui nous vient de l'intérieur (nos souvenirs, nos projections qui sont branchés sur nos émotions), et les images qui se projettent en nous sont de même substance que celles qui nous viennent de la réalité. Il n'y a pas de différence dans le cerveau.

Il y a même si peu de différence que si on enregistre notre activité cérébrale pendant qu'on imagine chercher du pain à la boulangerie du coin, notre balade imaginaire durera exactement le même temps que si on y allait en vrai ; et comme on aura mangé le pain en imagination, le plaisir des sens aura été mobilisé, comme si c'était vrai.

Quand un champion fait sa course mentalement pour s'y préparer, sa course imaginaire durera exactement le même temps que quand il la fera réellement. On enregistrera chez lui une augmentation cardiaque, son cortex visuel s'allumera. Il pourra même s'exercer à aller plus vite, rien que par l'imagination.

Alors quoi, on n'a pas accès au réel ?

Non, on en est séparé par nos perceptions. Le réel est toujours reconstitué à l'intérieur de notre boîte crânienne. Le cerveau, aussi génial qu'il puisse être, est approximatif : c'est une éponge dans une boîte noire, avec des trous pour voir, sentir, entendre. Tout bouge tellement autour de lui, et en lui ; le monde est si complexe : il est submergé, alors pour ne pas perdre le nord, il fait continuellement des moyennes entre ce qu'il a déjà vu, connu, entendu. L'inconnu le bouscule, alors il malmène l'inconnu : il le recycle.

> Laurent Cohen. – « La raison d'être de nos systèmes perceptifs est de nous proposer de bonnes hypothèses sur ce qui se passe dans le monde qui nous entoure, pas de nous faire savoir exactement ce qui se passe. Nous nous représentons le réel pour nous y repérer, mais nos représentations font aussi écran au réel[3]. »

> Vilayanur S. Ramachandran, *neuroscientifique*. – « La frontière entre la perception et l'hallucination n'est pas aussi nette qu'on le pense [...]. On pourrait presque considérer la perception comme le choix de l'hallucination qui correspond le mieux aux données entrantes, souvent fragmentées et floues[4]. »

> Lionel Naccache. – « La perception et l'imagination appartiennent bien à une même et grande famille, celle du cinéma intérieur[5]. »

Cinéma... ?
Oui. Éternellement, inconsciemment. Irrépressiblement.
Le réel, le vécu devient aussitôt un film que le cerveau se projette et qu'il interprète.

---

3. Laurent Cohen, *Pourquoi les filles sont si bonnes en maths. Et 40 autres histoires sur le cerveau*, Odile Jacob, 2009
4. Vilayanur S. Ramachandran, *Le Cerveau fait de l'esprit*, Dunod, 2011.
5. Lionel Naccache, *Le Cinéma intérieur*, Odile Jacob, 2020.

LIONEL NACCACHE. – « Ces interprétations sont fictives, c'est-à-dire qu'elles ne sont pas là pour être “vraies” ou “exactes” ce qu'elles sont parfois d'ailleurs, mais pour faire sens à nos yeux, et pour satisfaire notre désir de cohérence et d'explication. Nous les forgeons sans cesse, nous les révisons, comme les pages d'un scénario ou d'un roman, et nous leur accordons un certain degré de croyance, voire un degré de croyance certain ! À un instant donné, cette trame narrative, ce roman inachevé de notre vie constitue l'essence de notre subjectivité, l'image de ce que nous croyons être et de notre représentation de monde. Ce processus fictionnel qui caractérise notre fonctionnement mental conscient opère à notre insu. Tel Monsieur Jourdain, nous “fictionnalisons” sans le vouloir et sans le savoir. S'il ne nous est pas totalement impossible de prendre conscience de cette couche de fictions-interprétations-croyances qui, inlassablement, est à l'œuvre dans notre esprit, force est de reconnaître qu'elle demeure le plus souvent bien cachée à notre introspection. Nous avons du mal à la voir car notre perception consciente ne se divise pas en deux temps : “un, je perçois”, “deux, j'interprète”, mais nous percevons et interprétons de concert[6]. »

[…]

« Si cette fiction est contredite par la réalité objective, la puissance de la construction mentale est plus puissante et tangible que la “réalité”[7]. »

[…]

« Ces croyances auxquelles on adhère ont une valeur existentielle authentique[8]. »

---

6. Lionel Naccache, *Perdons-nous connaissance ?*, Odile Jacob, 2010.
7. Lionel Naccache, *Le Nouvel Inconscient*, Odile Jacob, 2006.
8. Lionel Naccache, *Le Nouvel Inconscient*, Odile Jacob, 2006.

[…]

« La “réalité psychique” dépasse le réel. La fiction structure la conscience[9]. »

[…]

« Au cinéma intérieur, nous sommes la caméra, nous sommes présents au montage, nous sommes le projecteur, nous sommes la salle, nous sommes les spectateurs […]. Il ne vous aura pas échappé que nous sommes, d'ailleurs, le personnage principal de ce film ininterrompu[10]. »

Roland Jouvent. – « C'est une façon d'être, permanente, universelle. […] Pour pouvoir maîtriser le réel, notre cerveau se l'approprie, en fait quelque chose, en fait autre chose… Je ne dis pas que le réel n'existe pas, mais il est en permanence une création de l'esprit. […] Nos fables ne nous éloignent pas du monde réel, mais nous arriment à lui[11]. »

Nos souvenirs sont aussi des fictions. Notre vécu, aussi vrai qu'on le sente vrai, est toujours une reconstruction, une histoire qu'on se raconte, et nos oublis font partie de ce dispositif. Ça ne veut pas dire qu'on invente, ça veut dire que c'est toujours un récit dont nous sommes les auteurs, les réalisateurs, et les acteurs.

Antonio R. Damasio, *neuroscientifique*. – « Le cerveau ne contient pas d'archives constituées par une accumulation de clichés Polaroid représentant des gens, des objets ou des paysages […]. Lorsque nous nous rappelons un objet

9. Lionel Naccache, *Le Nouvel Inconscient*, Odile Jacob, 2006.
10. Lionel Naccache, *Le Cinéma intérieur*, Odile Jacob, 2020.
11. Roland Jouvent, *Le Cerveau magicien*, Odile Jacob, 2009.

donné (ou un visage ou une scène), nous n'obtenons pas une reproduction exacte de l'original, mais une *interprétation*, une version reconstruite de celui-ci[12]. »

Lionel Naccache. – C'est une donnée fondamentale de notre « condition humaine ». Tout le monde fait ça plus ou moins. Tous nos souvenirs sont plus ou moins fictifs, même quand ils s'appuient sur quelque chose de réel. Dire cela ne conduit nullement à un relativisme radical, mais impose une forme de maturité lucide face aux produits de notre mémoire.

Mais le réel, ça existe ?

Lionel Naccache. – La vie mentale, c'est cette dimension fictive dont on ne peut pas sortir. On ne peut jamais échapper à nos fictions, c'est-à-dire à cette fabrique irrépressible de sens auquel nous accordons une croyance plus ou moins forte. Ces histoires qui se racontent en nous règnent sur notre vie mentale, et elles se construisent à travers un ballet permanent entre des activités conscientes et inconscientes. C'est l'activité naturelle de notre esprit/cerveau de produire ces fictions.

Anouk. – Mais est-ce qu'on sait au moins repérer ces histoires en nous ?

Lionel Naccache. – En l'absence de pathologie neurologique ou psychiatrique, nous savons plus ou moins que nous en sommes les auteurs, on sait que c'est nous qui les racontons.

12. Antonio R. Damasio, *L'Erreur de Descartes*, Odile Jacob, 2006.

Anouk. – Moi, je crois que la plupart des gens ne savent pas qu'ils se racontent des histoires. Ils croient dans la vérité de ce qu'ils pensent, et ils croient qu'ils sont dans la réalité. Ils croient même être objectifs.

Lionel Naccache. – Je suis d'accord avec toi pour dire que très peu de gens ont conscience de ce que j'appelle la couche inconsciente de leur narration subjective. Pour autant, l'introspection permet d'accéder à certains pans de ces histoires qui se racontent en nous. En fait, les seules façons de se rendre compte de ce processus fictionnel en nous, c'est quand ça dysfonctionne vraiment ; alors l'étoffe de nos fictions devient plus évidente et donc plus claire à appréhender. Le domaine de la neuropsychologie est très riche pour ça : quand des malades te racontent des histoires totalement « à l'ouest » ou abracadabrantesques, tu vois bien que ce sont eux qui en sont les auteurs, eux qui les inventent. L'étape suivante consiste à se dire : « Ah, d'accord ! Mais quand mon histoire à moi est bien adaptée au monde, et qu'elle a tout l'air d'être raisonnable, elle n'en demeure pas moins une histoire, un matériau qui fait sens à mes propres yeux ! » Les philosophes avaient depuis très longtemps la prescience de ces mécanismes cérébraux, mais ce qui arrive en ce moment avec les neurosciences cognitives, c'est que ces idées générales s'incarnent dans des réalités physiques et, ça, c'est fascinant. Explorer la chair de nos fictions.

Anouk. – Si c'est si universel, pourquoi ce n'est pas plus connu des gens ? Ça change tout de le savoir !

Lionel Naccache. – Je suis d'accord, mais c'est très dur de prendre conscience et d'accepter que ces histoires auxquelles on tient, ce sont des histoires, et qu'elles ne sont pas vraiment la réalité. C'est aussi grâce à ces fictions que nous échappons au non-sens, à l'absence de signification subjective.

ANOUK. – Mais alors, on n'est jamais dans le réel ?

LIONEL NACCACHE. – Oui et non. Tout ce que nous pensons appartient bien au réel, mais pas nécessairement à la portion du réel de laquelle nous pensons que cette pensée fait partie…

ANOUK. – Oh là… c'est compliqué ! Mais quand même, tu ne doutes pas qu'on est assis sur une chaise verte et une chaise marron ?

LIONEL NACCACHE. – Non, je n'en doute pas. Elles existent, pour moi et pour toi. Mais c'est la réalité vue par nous. On ne perçoit le monde qu'à partir des représentations qu'on s'en fait. L'erreur, c'est d'oublier que l'observateur, il est dans le monde, avec tout ce qui est en lui. Ses images font partie du monde. Il y a bien des fauteuils, mais nous, on est dessus, et nos pensées aussi. On est dans le monde, avec tout ce qui est en nous. Nos narrations font partie du monde. Elles s'incarnent dans nos cerveaux, qui communiquent entre eux. Si à un moment donné, tu as dix mille types qui décident de tuer quelqu'un au nom de leur fiction, ça finit par faire une réalité. Donc tu vois bien que la fiction n'est pas en dehors du réel, elle est en plein dedans.

ANOUK. – Mais la réalité, elle existe, en dehors de nous ?

LIONEL NACCACHE. – Oui. Mais en notre présence, elle devient une fiction.

ANOUK. – Alors il n'y a pas le réel ?

LIONEL NACCACHE. – Je ne dirais pas qu'il n'y a pas de réel, mais je dirais que nos pensées et nos fictions en font partie. Ce n'est pas parce qu'on ne voit pas nos histoires à l'œil nu qu'elles n'existent pas. Nos histoires font partie du monde puisqu'elles peuplent nos têtes, elles sculptent notre réalité psychique et décident de notre vie, elles se voient. Il n'y a pas d'un côté le monde, et de l'autre, toi. Toi, tu es dans le monde, et tes fictions aussi. Même lorsque nos fictions s'écartent du « réel objectif » qu'elles sont censées décrire, elles appartiennent aussitôt au grand ensemble du réel.

8

DRÔLES D'HOMMES, DRÔLES DE CERVEAUX

(Dans la vie)

Si j'ai bien compris ce qui se passe dans nos cerveaux…

Dans la vie, regarder quelqu'un faire une action, c'est la simuler, sentir ce qu'il sent presque comme si c'était soi, presque comme si c'était vrai. Dans notre corps, le corps des autres, les émotions des autres.
Entrer dans la peau des autres et se faire entrer dedans arrive à tout le monde. Qu'ils soient fictifs ou réels, les êtres entrent en nous et nous colorent.
Les acteurs professionnels en sont juste plus conscients, plus maniaques, et plus obstinés.

Imaginer n'est pas un monde à part de la vie : imaginer, c'est vivre, et vivre, c'est imaginer. Être dans le réel passe toujours par l'imaginaire.
Quand on vit une situation bien réelle, le cerveau se projette la scène ; c'est comme ça qu'il réalise dans quoi il est. Le cerveau est un réalisateur, un acteur et un raconteur d'histoires.
Quand on imagine une situation ou qu'on se la remémore, le cerveau se fait encore un film, qu'il commente. On joue dans nos films, on fait jouer les autres et les autres nous font jouer.

Ainsi, à l'infini... À moins d'être ermite, mais je suppose que l'ermite se fait le film de l'ermite.

Notre cerveau ne connaît la vie qu'à travers les représentations qu'il s'en fait, les fictions qu'il se raconte. Ces voix qui parlent en nous, qu'on n'écoute pas toujours, mais qui pourtant règnent sur notre vie mentale, nous relient toutes au monde, mais nous en éloignent aussi.
Même quand on croit penser, c'est toujours une fiction, un imaginaire qu'on déroule (tapis rouge, tapis de fakir selon notre vision du monde et de soi). On croit voir la réalité, mais on s'en raconte, exactement comme on nous disait de ne pas le faire dans nos enfances ; très contrariant. Tout le monde invente la vie.

Imaginer la vie et la simuler n'est pas réservé aux acteurs. C'est une donnée humaine. La fiction est la seule façon qu'a le cerveau d'aborder le réel. La scène n'est pas un choix pour le cerveau, c'est le seul lieu où la vie se joue en nous, qu'on soit acteur ou pas. Le cerveau est un interprète, c'est comme ça qu'il s'empare de la vie.

Nous sommes séparés de la réalité par nos sens, nos perceptions. On ne verra jamais LA pomme. On ne verra que sa pomme. Ce qu'on voit, ce qu'on vit, ce qu'on lit est toujours une reconstruction, une appropriation, du coloriage. La réalité passe par nous, parle de nous. Personne ne verra jamais la même, puisque chacun y va de sa palette, chacun voyant à travers ses trous, ses bosses, ses biais, ses couleurs.

Quand notre cerveau ne comprend pas quelque chose, il associe l'inconnu au connu et les confond. Le cerveau reconnaît plus qu'il ne connaît.

Comme il fait des moyennes pour se stabiliser, on a souvent le sentiment du *déjà-vu*. Adrienne nous fera penser à Lucette, si bien qu'Adrienne en pâtit, et la complexité aussi.

Connaître quelqu'un, c'est toujours s'en faire une image, c'est l'interpréter. Être connu de quelqu'un, c'est être interprété. Même si les images sont fidèles, ça restera des images. Quand on est au plus près de quelqu'un, c'est qu'on l'imagine bien.

Des milliards de gens s'approchent avec leurs biais au fond des yeux ; ça fait des combats de biais, des chœurs de biais, et beaucoup de discours biaisés. Et peu le savent.

Contrairement à ce qu'on pourrait croire, nous pensons rarement, au sens d'être témoins calmes de nos pensées. Il paraît que nous pensons quelques minutes par jour… « L'esprit n'est qu'un prodigieux effet de compositions, à partir d'une multitude d'événements en eux-mêmes dépourvus d'esprit et de réflexion. La quasi-totalité des activités de l'esprit sont inconscientes[1]. »

Toutes nos pensées prennent racine dans nos émotions ; nos décisions les plus réfléchies viennent d'émotions dont nous n'avons pas conscience.
Nous y reviendrons plus tard.

1. Citation de Théodule Ribot, *in* Yves Agid, *L'Homme subconscient*, Robert Laffont, 2013.

Révolutions

La première fois que j'ai rencontré Lionel Naccache pour lui demander de m'aider à comprendre ce que vivaient nos cerveaux quand on jouait la comédie, il m'a dit : « Ça a l'air existentiel… » J'ai bredouillé : « Ben… non, ça m'intéresse, c'est tout. »

Mais il avait raison.

Au début, je voulais comprendre ce que je faisais dans la vie, et ce que vivaient nos cerveaux quand on jouait la comédie. Je voulais comprendre quelque chose autour du vrai, du faux, de la sincérité, autrement que par la morale.

Avec la neuroscience, je suis tombée sur une mine de leurres, de jeux, de films, de fictions qui touchent carrément au genre humain. Je ne savais pas que nous vivions dans cette mine. Ça m'a fait réfléchir à m'en donner le vertige. J'ai vu mon existence d'un autre œil, et j'ai regardé les autres qui peuplent cette planète d'un autre œil aussi.

Je ne savais pas que nous étions tous des interprètes.

Je ne savais pas que tout le monde se faisait des films. Je le savais, mais je ne le savais pas.

Je ne savais pas que la fiction était au cœur de nos vies, même chez les gens qui se croient rationnels.

Je savais bien que les gens n'étaient pas raisonnables et faisaient des histoires, mais je croyais que ça relevait de la psychologie.

Je ne comprenais pas ce fourmillement d'*a priori*, d'opinions qui bouillent dans nos chaudrons.

Nous ne connaissons le monde et les autres qu'à travers les images, les interprétations qu'on s'en fait. On n'a pas vraiment connu les gens qu'on a aimés, et on n'a pas été connu.

On n'a fait que croiser les fictions des autres, avec qui ça a *collé* ou pas. On s'est croisé, on s'est aimé, on a partagé parfois la plus grande intimité ou la plus grande inimitié, et chaque fois, ça s'est passé de fictions à fictions. Toi que j'aime, lui qui a senti ça, vous qui m'avez fait ça, ce sont des histoires qui tournent et retournent dans nos têtes. Mais c'est beaucoup imaginé. On a été sous le flot de nos propres visions, et on a bu (ou pas) le flot des autres. L'ami, l'ennemi, ta bien-aimée, nos familles, tous ces souvenirs auxquels on est arrimé, qui font notre identité profonde, sont en partie des reconstructions, auxquelles on adhère avec force, et qu'on appelle : ma vie, mon moi, la réalité.

J'ai mieux compris pourquoi il est si difficile de reconnaître que nos histoires sont des histoires… Parce qu'elles sont faites pour *coller*. Dès qu'elles *collent*, on y croit, et dès qu'on croit, on ne sait plus qu'on croit : on croit qu'on pense, et on se croit dans le réel. Et comme beaucoup de gens se croient rationnels, ils ont souvent l'air d'avoir raison.
Je ne comprenais pas non plus cette sensation de la vie qui poisse parfois, d'être engluée dans des pensées *toutes faites*, forcée de jouer dans des films rayés. C'était donc ça, les sillons creusés, la répétition ?
« Je te connais comme si je t'avais fait ! » est l'expression la plus exacte de ce que des gens-cerveaux font pour s'approprier la réalité mouvante (et émouvante) de quelqu'un.
« Je te connais comme ma poche », et soudain, l'horizon disparaît.
Souvent, il vaut mieux rester avec son chat, ses livres, une rivière ; passer son chemin : être dispensé de l'atelier *colle*.

Je n'ai pas fait d'études de psychologie, mais au regard des avancées de la neuroscience, de mon expérience de jouer les

gens qui tous se racontent des histoires et en imposent, je me demande si nous ne serions pas tous « malades de nos fantaisies[2] », à force de leur donner pleins pouvoirs. Chacun veut être sûr de lui, ce qui revient le plus souvent à être sûr de ses « fantaisies ».
Très rare de rencontrer des gens qui ne tiennent pas à ce qu'ils pensent ; ce serait pour eux comme ne plus bien tenir.

Je comprends mieux cette envie de fuir au loin, chaque fois que des gens disent d'un ton sûr : « J'ai beaucoup réfléchi… Je dis les choses comme elles sont… Je suis objectif… Moi, je suis dans la réalité ! »

Mais où aller ?

« *Se retirer. Qui le pourrait ? De l'espèce on ne s'évade pas*[3]. »

Et de soi ?

« *Nous pensons à la clef chacun dans sa prison.*
En pensant à la clef chacun fait sa prison… »

Par exemple, on se croit mal aimé, on se monte le bourrichon, on se croit supérieur, on se prend pour un sauveur ou quelqu'un de fichu. Beaucoup de nos sentiments d'amour, d'abandon, de puissance sont des histoires qu'on se raconte, qu'on pourrait ne pas se raconter. Si on ne peut rien contre la pomme qui tombe de l'arbre, on peut aller contre certaines émotions qui nous tombent dessus, puisqu'elles sont souvent

2. Sigmund Freud, *Œuvres complètes*, PUF, 2009, t. X.
3. Henri Michaux, *Coups d'arrêt*, suivi de *Ineffable vide*, Éditions Unes, 2018.

liées à notre imaginaire, qu'on confond avec la réalité. Et on peut entrer dans notre imaginaire. On a le droit. On ne le fait pas parce qu'on ne se dit pas qu'on le peut, et parce qu'on ne se rend pas compte que sa puissance vient de notre soumission à lui.

Une deuxième vie qui pourrait commencer

Pourquoi ne pas déconstruire la forteresse de nos préjugés, et reconstruire ce qui pourrait l'être avec d'autres mots qui créeront d'autres réalités, plus proches de l'aventure qu'on a le droit de courir ? Douter de soi, c'est une récréation. C'est ça, la conscience qui sauve, cette démarche qui rompt avec nos chaînes, qu'elles se présentent à nous sous forme de pensées, d'évidences, de sentiments ancrés. Les ancrages peuvent sembler réels, mais on peut lever l'ancre, parfois. On peut faire maigrir des certitudes, se moquer de leur autorité, couper court à leur expansion. Ce n'est pas une corvée de se nettoyer les carreaux de nos perceptions. La corvée, c'est de mal voir à cause de nos carreaux, c'est d'être enfermé dans sa tête, par sa tête.

Puis, je me dis : pas besoin d'aller sur une scène de théâtre pour se réinventer…

Enfin… Ce n'est pas parce qu'on découvre qu'on est tous des auteurs intempestifs qu'on est des auteurs de qualité ! Les grands auteurs haussent vraiment le débat…
Donc si, pour ma part, j'ai grand besoin des auteurs pour voir la vie et l'aimer. Grand, très grand besoin de lumière,

pour respirer, me réjouir, me connaître et m'habituer aux autres, ou ne pas m'y habituer.
Finalement, il n'y avait pas de prison. La clé est à l'intérieur, dans les histoires qui nous surpeuplent et nous confisquent. La prison, c'est une mauvaise histoire, je ne sais pas où je l'ai entendue, si on me l'a racontée ou si je l'ai inventée, mais je vais croire qu'il est possible d'en écrire une autre, et je vous le raconte pour que vous y croyiez aussi. Il ferait si bon vivre avec un peuple d'évadés.

Les vieux moines bouddhistes ont appris à se déprendre d'eux-mêmes : ils regardent passer leurs sentiments, pensées, croyances depuis la berge d'un fleuve où ils sont assis, et leurs histoires passent devant eux comme des objets aussi intéressants qu'inintéressants. Ils goûtent à la vie, décollés.

Devant mon propre fleuve, je regarde passer mes débris de l'ancien temps que mon cerveau a si bien entortillés à ma nature qu'il est difficile de me connaître, si ce n'est comme ce fleuve qui charrie des machins, et cette petite personne qui regarde son fleuve en rêvant de l'eau claire.

Halte !

Comprendre que la réalité est reconstruite dans nos cerveaux est passionnant scientifiquement, libératoire, mais quoi faire avec ceux qui distordent les faits ? « Chacun sa vérité », c'est une sorte d'enfer humainement, et moralement parlant. Que reste-t-il alors de la vérité commune et avérée ? La vérité scientifique pourrait alors être utilisée pour détruire le sens même de la vérité. Un peu comme Einstein qui a vu l'horreur de la bombe atomique.

Je sais que ce n'est pas le sujet du livre : le sujet, c'est nos cerveaux, mais nos cerveaux se combinent avec d'autres, nous ne sommes pas qu'en nous-mêmes, nous sommes dans le monde. Je ne peux plus continuer de m'émerveiller de notre fabrique à fictions sans que me sautent à la gueule les conséquences calamiteuses que cela pourrait avoir dans le monde commun, réel, qui touche à l'intime, au social et au politique. Les arrangements avec la vérité, les dénis de la réalité participent de la pourriture de nos liens, de la violence qui s'ajoute à la violence. Soudain, j'ai la nausée, je vais marcher dans le froid, et les larmes coulent.

On avance, et on pourrait faire reculer le sacré…

Non ! Il y a des événements qui se sont bel et bien passés dans la réalité, et les opinions, les perceptions, les souvenirs qu'en ont certains ne changeront pas la réalité de ces événements. On peut toujours faire écran au réel, le reconstruire, mais on ne dispose pas de lui. Toutes les histoires ne se valent pas sous prétexte qu'elles sont des histoires. L'humanité s'est accordée sur quelques faits et histoires vraies. Des personnes (historiens, scientifiques, astronomes, sociologues, ethnologues, zoologistes, botanistes, journalistes, documentaristes, etc.) ont fait des rondes sérieuses autour du réel, l'ont vu en partie, compris en partie, et nous l'ont décrit. Ces parcelles de mondes communs sont le socle de ce qui est partageable, dont on ne doit pas douter, sans quoi il n'y a plus de savoir, pas d'Histoire et pas d'humanité. Aussi complexes que soient ces parcelles de vérité, aussi inhumaines soient-elles parfois, elles seront toujours plus acceptables que les mensonges, les dénis (de bonne ou mauvaise foi), et les délires avec lesquels on ne devrait même pas discuter.

Des scientifiques sont morts pour avoir dit des vérités qui renversaient des croyances. Des journalistes, des écrivains ont été assassinés pour avoir dit ce qui est. Les camps ont existé. Les procès de Moscou ont existé. Le génocide des Tutsis était un génocide, pas une guerre civile. La terre est ronde. Ceux qui vivent de l'autre côté du globe n'ont pas la tête en bas. On n'est pas au centre de l'univers. Il y a des veinards qui sont allés sur la lune. Les Blancs ne sont pas plus intelligents que les Noirs. Donald Trump a peut-être senti un grand soleil au fond de son cœur le jour de son intronisation, mais dans la réalité il faisait moche ce jour-là, or il a dit qu'il faisait grand soleil. Une femme de chambre a été violée par un homme puissant, c'est une vérité non négociable.

Je parle de ce malaise avec Lionel Naccache, qui l'éprouve comme moi. Il m'écrit : « Le fait de montrer avec la psychologie et les neurosciences cognitives que tant notre perception que notre mémoire sont des constructions actives et plastiques, et non des "copier/coller" de ce qu'il y a devant nous (perception) ou de ce que nous avons vécu il y a dix ans (mémoire épisodique) ne revient nullement à disqualifier ce que l'on pourrait appeler la réalité objective. Cette piste relativiste relève, elle, de la mauvaise foi avec tous ses travers (négationnisme, déni de réalité…). Tout au contraire, ce constat lucide souligne les défis éthiques qui sont les nôtres dans ces rendez-vous permanents entre le subjectif et l'objectif. Tendre vers la nature réelle des choses et tendre vers l'historicité d'un événement exigent de nous de trouver la bonne distance entre nos constructions subjectives et cette réalité objective. Des traces de l'historien aux traces du neuropsychologue, il y a des liens qui ne me semblent pas uniquement métaphoriques. Nos perceptions et nos souvenirs contiennent de précieuses traces ou indices de ce qui est, et de ce qui a été. À nous de les faire parler au plus près de cette loyauté au réel, sans sombrer dans ces deux écueils que sont, d'une part, le déni de réalité, au nom de la subjectivité première de notre perception et de nos souvenirs et, d'autre part, la naïveté crédule qui ne voit tout simplement pas la différence entre objectif et subjectif. »

La science est reconnue pour tenter de faire place à la réalité. Ils travaillent en général collectivement, se contredisent, multiplient les expériences pour multiplier les points de vue, recoupent leurs intuitions, doutent d'eux-mêmes en tant qu'observateurs, traquent leurs propres conventions pour aborder la complexité.

> ÉTIENNE KLEIN, *physicien et philosophe*. – « La science prend souvent l'intuition à contrepied, contredit toujours le bon sens et n'a que faire de la bureaucratie des apparences [...]. Les sciences sont de grosses machines à pulvériser les préjugés et à contredire les interprétations spontanées que nous faisons des phénomènes qui nous entourent. [...] Elles doivent accéder à une sorte de “point de vue de nulle part”, se hisser au-dessus de passions, des croyances et des préjugés[4]. »

Ce qui est moins facilement établi, mais à mes yeux tout aussi précieux pour faire un monde commun, c'est l'effort de vérité de certains artistes qui ont tiré des flèches dans le mille de la vérité. Au risque d'être seuls et de paraître idiots, ils se sont enfoncés en eux-mêmes, et en ont extirpé des éclats d'universalité. Ce qui leur est commun : l'amour, mais un amour dur, qui ne respecte pas les convenances : leur façon de s'incliner devant la vie.

Quand Giacometti sculpte des hommes de quelques centimètres, il offre une image vraie de l'humanité, en changeant

4. Étienne Klein, *Le Goût du vrai*, Gallimard, 2020.

les proportions. Il n'a pas fait son malin, il était obsédé par la vérité. Il passait son temps à démolir ses figures parce qu'elles n'étaient « pas assez ressemblantes ».

> « Je fais certainement de la peinture et de la sculpture et cela depuis toujours, depuis la première fois que j'ai dessiné ou peint, pour mordre sur la réalité, pour me défendre, pour me nourrir, pour grossir ; grossir pour mieux me défendre, pour mieux attaquer, pour accrocher, pour avancer le plus possible sur tous les plans, dans toutes les directions, pour me défendre contre la faim, contre le froid, contre la mort, pour être le plus libre possible : le plus libre possible pour tâcher – avec les moyens qui me sont aujourd'hui les plus propres – de mieux voir, de mieux comprendre ce qui m'entoure, de mieux comprendre pour être le plus libre, le plus gros possible, pour dépenser, pour me dépenser le plus possible dans ce que je fais, pour courir mon aventure, pour découvrir de nouveaux mondes, pour faire ma guerre, pour le plaisir ? pour la joie ? de la guerre, pour le plaisir de gagner et de perdre[5]. »

Le théâtre, le cinéma rendent parfois de sérieuses visites au réel, et le font respirer. Ils épluchent les apparences, ils ne respectent pas la vision officielle. Ils respectent autre chose en laissant chacun parler sa propre langue. C'est un exercice de décentrement, une attaque du pouvoir, de la raison du plus fort, de la raison tout court : chaque personnage compte, aussi ténu soit-il, c'est une ligne musicale qui enrichit la symphonie du monde. Et toutes les scènes sont des scènes de solitude à plusieurs.
Vous venez voir des gens seuls.

---

5. Alberto Giacometti, *Écrits*, Hermann, 2007.

Avec des humains assez déréglés pour ne pas adhérer à ce qui paraît être, qui avancent en bande organisée, qui acceptent de ne rien comprendre pour commencer à avoir un peu de discernement, qui traquent leurs manies, leurs biais, qui se fient et se méfient de leurs visions, qui doutent de leurs propres cœurs et leurs propres pensées, de tout ce qui semble propre et qui sent le renfermé, ces gens qui fuient et ne fuient pas la vie font aussi parfois des rondes autour du réel. C'est terriblement imparfait, douteux, fragile au possible, on n'y arrive presque jamais, on a trop de défauts ; mais quand on y arrive, le plus extraordinaire, c'est que ça nous a beaucoup échappé.

Déconstruire-construire

Est-ce que connaître se ferait depuis une certaine séparation d'avec soi ? Une non-adhésion ?

Il y a dans la vie des gens qui souffrent de dissociation. Pour eux, pas d'adhésion au monde, pas de sens avec rien ni personne. Ils sont étrangers à eux-mêmes, rien ne *colle* ; ils n'y croient pas. La vie humaine passe devant eux comme derrière une vitre. Leurs pensées roulent sans soulagement devant ce spectacle auquel ils ne peuvent pas prendre part. Les autres ont l'air dans la vie ; eux tournent dans le néant…

À une échelle bien moins douloureuse, n'est-ce pas un peu de cela que parlaient les acteurs, au début de ce livre ? Cette impossibilité à trouver naturelles les pièces de la vie, et les rôles qu'on y joue : le salon, la cuisine. Le papa, la maman, la marraine, l'amoureux : « Je n'y croyais pas… Je ne voulais

pas jouer ces jeux-là… Je ne comprenais pas les gens… Je les voyais faire… J'étais dehors… Tout avait l'air faux… »
Puis, ils ont rencontré la littérature, et le jeu. On leur a donné un rôle dans des pièces ou des films, et dans des fausses cuisines, des faux salons, avec des faux amoureux et des marraines mieux écrites, ils se sont mis à recoller les morceaux de ce qui en eux n'adhérait pas.

> ÉVELYNE DIDI, *comédienne.* – « J'étais dans une sorte de mélancolie indicible avec beaucoup d'efforts pour rire, pour faire que ça aille bien, une construction du bonheur absolument incroyable. Je me suis échappée avec le jeu. Pas la fuite de la réalité, mais plutôt un chemin pour la retrouver. Puisqu'on peut tout inventer, puisque tout est possible, puisque l'imagination est un moteur, puisqu'on existe à travers une écriture. C'est à la fois magnifique pour se cacher et pour exister[6]. »

---

6. Évelyne Didi, « Bizarre façon d'exister », *Le Rôle de l'acteur, OutreScène*, 3 et 4, Les Solitaires intempestifs, 2012.

9

DANS LE PUITS SANS FOND DU JEU

Ce qui est authentique, ce qui est feint

(Balade n° 4 dans le jeu)

> « *Le poète est celui qui feint.*
> *Et il feint si parfaitement*
> *Qu'il fait enfin passer pour feinte*
> *La douleur qu'il ressent vraiment.*
> *Ainsi, sur ses rails circulaires*
> *Tourne, embobinant la raison,*
> *Ce petit train à ressorts*
> *Que l'on appelle le cœur*[1]. »

Depuis beaucoup d'années, des gens nous posent ces questions : Ce que tu m'as fait sentir pour de vrai, tu le sentais, ou tu faisais semblant ? Les sentiments que tu éprouves en jouant sont réels ? Si tu feins, c'est un peu gênant, mais si tu ne feins pas, c'est gênant aussi… Dans quel état est ta cervelle pour jouer ces tumultes tous les soirs ? Est-ce que tu sais encore qui tu es ? Est-ce que tu sais arrêter de faire semblant ?

Ces questions, je les trouvais souvent bateau, alors qu'en fait, ce sont de vraies questions. Des bateaux…

---

1. Fernando Pessoa, « Autopsychographie », *Je ne suis personne. Une anthologie*, Christian Bourgois, 1994.

Paroles aux acteurs

Anouk. – Quand tu joues, tu es le personnage ?

Grégory Gadebois, *comédien*. – Oui.

Anouk. – Quand tu joues des émotions, tu appuies sur des boutons en toi ?

Grégory Gadebois. – Oui… j'appuie sur des choses qu'on ne dit pas…

Anouk. – Ça a plus à voir avec être vrai, ou avec être faux ?

Grégory Gadebois. – Avec être faux ! Un acteur, c'est juste un menteur. Par contre, il faut jouer comme si c'était vrai, comme si notre vie en dépendait. Le mensonge, il doit être vrai. Ce qui compte, c'est d'y croire assez pour donner l'impression que ce n'est pas joué. Il faut que le mensonge soit tellement vrai que si la personne en face ne nous croit pas, elle peut nous tirer dessus. Mais nous, on n'oublie jamais que c'est faux. Pour moi, c'est plus important que ça fasse vrai que ça soit vraiment vrai. D'ailleurs, des fois, ce qui est vrai sonne faux. Par exemple, si on met un canapé en cuir sur scène, on croit que c'est du faux : il faut mettre du skaï pour que ça ait l'air vrai. Avec le skaï, les gens disent : « Super, le canapé en vrai cuir ! » Je pense que c'est pareil pour nous. Ma démarche est toujours de me dire : comment je peux faire croire ça à des gens ? Mais c'est une illusion. C'est peut-être quand tu mens que tu es plus efficace pour donner la sensation de vérité. Le truc important, c'est d'être à la hauteur des gens qu'on joue, parce qu'ils nous donnent des choses d'eux, ils nous racontent leur vie, et nous, on les regarde, on se dit : Tiens… il bouge comme ça, il fait ci, il fait ça… Pourquoi il a un tic ? Il doit avoir une dent creuse… Et on prend tout ça, on en fait quelque chose, on gagne notre vie avec, alors il faut être à la hauteur ; parce que c'est plus facile de jouer qu'on revient de la guerre que d'en revenir vraiment. Parfois, on croise des personnes et on se dit : je voudrais que le monde entier sache qu'elle existe parce qu'elle a fait ce geste, elle a eu cette intonation. J'essaie de placer ces petits trucs, ça donne une direction et au final, ce qui était anecdotique et minuscule devient le centre. Mais ça se fait sans y réfléchir.

ANOUK. – Est-ce que jouer un salaud, c'est adopter le salaud ?

GRÉGORY GADEBOIS. – D'une certaine manière, oui. On ne peut pas jouer quelqu'un en méprisant son personnage, ou en disant : « Regardez, je vais jouer une ordure… » Il faut lui donner raison. On porte des gens, alors on est obligé de les comprendre ; du coup, ça passe par un peu les aimer. Hitler ne disait pas : je suis une ordure, il disait : je vais changer le monde ! Peut-être que quand on accepte de jouer un rôle, on voit où il faut aller, parce qu'on doit trouver en nous ce qu'il lui faut ; l'inconscient nous envoie parfois sur des pentes dangereuses. Et des fois, on n'a pas envie de faire fonctionner quelqu'un.

ANOUK. – Pour faire croire aux gens que tu es un tueur en série ou un curé violeur d'enfants, tu t'y crois ?

GRÉGORY GADEBOIS. – Oui, oui ! Si je joue un curé pédophile, c'est moi si j'étais pédophile. Si je joue un violeur, c'est moi si j'avais été violeur.

ANOUK. – Tu vois où ça va ?

GRÉGORY GADEBOIS. – Oui… C'est peut-être pour ça qu'il y a des choses qu'on ne peut pas faire. Je ne sais pas ce que c'est, jouer quelqu'un. Est-ce l'acteur qui va vers le personnage, ou est-ce que c'est le personnage qui devient l'acteur ? Parce que finalement, on aurait tous pu être d'autres personnes… Bientôt, je dois être un homme raciste[2], donc je dois choper sa logique. Il s'appelle Dany Bijou, et ma copine, elle vit avec Dany Bijou depuis deux mois. C'est un gars qui regarde tout le temps la télé, et il est branché cul. Alors, quand je regarde la présentatrice, je dis des cochonneries et je demande à ma copine : « Ça, tu crois qu'il le dirait ? » « Oui, oui, il ferait bien ça… » C'est très rigolo d'essayer des choses dans la vie à la manière du personnage. Quand ça marche, tu le sais tout de suite dans l'œil des gens. Quand on me prend pour un imbécile, j'aime bien, je sais que c'est gagné ! Mais en ce moment, je fais attention parce que des blagues racistes me sortent.

ANOUK. – Tu t'amuses à penser raciste ?

GRÉGORY GADEBOIS. – Oui, j'attrape sa logique à lui. Je vois comment il voit le monde.

ANOUK. – Et tu vois le monde comme lui ?

GRÉGORY GADEBOIS. – Ben, t'es obligé…

ANOUK. – Non, je ne te parle pas d'être obligé, mais tu as plaisir à ça ?

GRÉGORY GADEBOIS. – Non. Mon plaisir, il est dans le fait de raconter ce personnage. Quand tu pêches, le plaisir, c'est d'arriver à choper un beau poisson. Eh ben c'est pareil, je suis content quand j'arrive à choper quelqu'un, quand j'arrive à faire un geste, dire une phrase, et qu'on voit qui c'est. Là, je suis fier. Mais éprouver du plaisir comme les mecs qui disent leurs cochonneries, je ne crois pas.

2. *Marvin ou la Belle Éducation*, film réalisé par Anne Fontaine, 2017.

Anouk. – J'adore les lectures à la table. Je trouve merveilleux ces gens qui lisent un texte de Shakespeare, de Molière, ou un scénario… On est honnête en lisant, on parle de la vie, sans impudeur, alors qu'il y a dix minutes on ne se connaissait pas. Et parce qu'on a ramené des choses vraies, le texte s'anime.

Grégory Gadebois. – Quand on a répété *Des fleurs pour Algernon*[3], je n'y arrivais pas au début, je n'avais pas envie… Alors on allait au café avec Anne Kessler, on parlait de tout et de rien. Puis un jour, je me suis rendu compte qu'en fait, on avait épuisé tout l'imaginaire dans lequel *Algernon* nous mettait inconsciemment. On avait parlé de ce à quoi ça nous renvoyait ; et quand le fauteuil est arrivé dans le décor, ça s'est débloqué. Au conservatoire, Dominique Valadié nous parlait tout le temps du « thème central » du personnage. En fait c'est tout bête, c'est ce qui fait que la personne avance, des choses qu'on ne peut pas apprendre dans les livres. Un jour j'ai compris ce qu'elle disait en regardant un homme qui disait une phrase toute simple, mais derrière la phrase, il y avait tellement de choses, il y avait ce qu'il était. Ça a à voir avec la voix, l'intonation, le corps, le silence. C'est là qu'il y a le monde de quelqu'un, son univers. C'est là-dedans, le jeu, plus que dans le fait de dire les phrases.

Anouk. – Quand tu joues, tu es comme une eau teintée ?

Grégory Gadebois. – Les textes, c'est comme s'ils imprégnaient tout. Algernon, c'était un homme bête, avec un QI très bas. Le personnage acceptait de subir une opération chirurgicale, et il devenait très très intelligent ; puis après, il reperdait tout ce qu'on lui avait donné, et il redevenait

---

3. *Des fleurs pour Algernon* de Daniel Keyes, mise en scène de Anne Kessler, Théâtre Hébertot, 2014.

bête. On s'est tous sentis bête à un moment donné, ça je connaissais, mais un truc que je ne connaissais pas, que je n'avais jamais ressenti, c'est la sensation de perdre tout, jusqu'à mes moyens intellectuels… Pendant toute cette période de jeux, j'ai eu l'impression de perdre la mémoire, que tout s'en allait de moi, je perdais la boule. J'avais des douleurs partout, comme si mon cerveau disait : « Ça, tu ne savais pas, il faut que tu travailles un peu ce truc-là, donc je t'emmène à cet endroit. » Je crois beaucoup à l'inconscient, j'aime bien l'idée qu'il nous aide ; il déclenche des réactions dans le corps qui sont celles du personnage. Pour un film, la costumière m'avait demandé de mettre un pull. Moi, je ne mets jamais de pull dans la vie et je ne tombe jamais malade. Eh ben, avec le pull, j'ai attrapé la grippe.

ANOUK. – Tu as le trac avant de jouer ?

GRÉGORY GADEBOIS. – Oui ! Si on me disait à 20 heures que la représentation est annulée, je serais content. De quoi on a si peur ? De ne pas prendre le bon chemin. L'inconscient, on joue avec, mais on ne peut pas le maîtriser, il peut nous amener ailleurs. Il y a tellement de choses qu'on ne contrôle pas : les autres acteurs, la mémoire, la sincérité. Et puis les gens qui sont là font peur, on ne les connaît pas, c'est la première fois qu'ils viennent. Si on pouvait ravoir ceux d'hier, ça serait bien puisque hier ça s'est bien passé !

ANOUK. – Au théâtre, tu t'ennuies à jouer longtemps la même chose ?

GRÉGORY GADEBOIS. – En fait, c'est toujours pareil et ce n'est jamais pareil. Quand j'étais au Conservatoire, Catherine Hiegel[4] nous disait : « On a beaucoup répété,

4. Catherine Hiegel, actrice, ancienne professeure au Conservatoire, sociétaire honoraire de la Comédie-Française.

on sait ce qu'on joue, acceptez maintenant l'idée de rentrer en scène en vous disant "on verra bien !". » Pour que la phrase sorte comme si elle n'avait jamais été dite, il faut ne pas savoir qu'on va la dire, et donc il faut vraiment l'oublier. On se met au bord de ne plus rien savoir, et on reprend le chemin en espérant qu'on va retrouver les cailloux qu'on avait posés. Ça fait un peu peur.

ANOUK. – Qu'est-ce que tu crois qu'il se passe dans ton cerveau quand tu deviens un autre ?

GRÉGORY GADEBOIS (silence). – Je crois qu'il travaille pour moi qui travaille pour un autre. J'ai l'impression qu'il m'envoie sur la route de ce que je cherche. Il me dit : « Tu veux jouer au cow-boy ? Je vais t'aider ! Je vais essayer de te faire croire que tu es un cow-boy », et ça se met en marche. Dans la vie, tout le monde envoie des signaux, même les animaux. On fait ça sans en avoir conscience, en faisant croire qu'on n'a rien envoyé. En fait jouer, c'est trafiquer tellement son signal intérieur que les mots ou les gestes viennent sans y penser. Alors ça arrive qu'on soit parfois débordé par ces sensations qu'on cherchait : elles nous ont vraiment trouvés. Finalement, peut-être qu'on est plus vrai qu'on le pense quand on joue. C'est drôle. Qu'est-ce qui est faux, qu'est-ce qui est vrai ? Je ne sais pas…

ANOUK. – Tu crois que ton cerveau perd le nord quand tu joues un autre ?

GRÉGORY GADEBOIS. – Je pense, oui…

ANOUK. – Les scientifiques pensent que quand on incarne une histoire, notre cerveau la vit comme une réalité.

GRÉGORY GADEBOIS. – C'est peut-être pour ça que les acteurs disent rarement qu'ils sont leur personnage, ils disent « non, non, non, je fais semblant », parce que ça a à voir avec la folie. Si le cerveau y croit, alors c'est quoi la différence entre un acteur et un fou ?

ANOUK. – La différence, c'est que pour nous, c'est un travail. On fait des voyages allers-retours, alors que les fous ne font que des allers. Ils n'ont plus aucune idée que c'est un jeu.

GRÉGORY GADEBOIS. – La différence aussi, c'est qu'on est regardé. Les fous, on les évite.

*

ANOUK. – C'est quoi la différence entre une émotion jouée et une émotion vécue ?

DOMINIQUE VALADIÉ, *comédienne*. – Un sentiment joué, il est fait de plusieurs paramètres. C'est un comportement qui est redécrit par le jeu, revisité, et qui peut épouser parfaitement un sentiment vécu. Tout est étudié, tout. On voudrait pouvoir jouer exactement comment on vit, exactement comme on est. Je pense au sentiment de peur, de quoi il est fait ? Qu'est-ce que ça fait ? On n'est pas au bout de nos surprises, il y a des choses pas répertoriées qui nous sautent dessus. Le for intérieur, ça existe ! On manipule la mémoire, on ramène ce qui est avant nous, ce qui n'est pas à nous. Moi, je m'intéresse beaucoup au corps, à la manière dont on bouge. C'est bien quand il n'y a pas de logique entre la parole et le corps. Si tu joues quelqu'un qui est déréglé dans son comportement, qui est fou comme on dit, c'est bien de lui donner un corps très réglé, très sophistiqué ; ça ne correspond à aucune indication, mais c'est amusant à faire, et c'est vrai.

ANOUK. – Quand tu es dans la vie, tu collectionnes des images en toi ?

Dominique Valadié (elle rigole). – Je n'aime pas trop les collectionneurs. Et puis, comment veux-tu répertorier ce qui ne se dit pas, qui est notre lot ?

Anouk. – En te voyant jouer *Herculine Barbin*[5], ou *Hedda Gabler*[6] ou *La Mouette*[7], je me disais que tu pourrais y rester d'être traversée par des chagrins pareils, d'avoir à les rejouer tous les soirs.

Dominique Valadié. – En fait, je suis souvent plate. Je fais les choses les unes après les autres, d'une certaine façon, sans état d'âme. C'est comme si je n'étais pas là[8]. Je dis les phrases en étant aux endroits où je dois être, en faisant les mouvements. Je fais les choses indispensables pour que les choses m'arrivent en direct, et pour que le spectateur sente. Parfois, on a affaire à des malheurs qui sont inimaginables. Par exemple, perdre un enfant. Comment on fait avec ça ? En fait, on ne joue pas la tristesse, c'est l'histoire qui le fait pour nous. Si tu lis *Babar*, quand il perd sa mère, on voit peu de choses, mais c'est fort. Le spectateur y croit. Et on n'a pas vu Babar crever de chagrin. D'ailleurs, plus il tient bon, et plus on sent son chagrin. Moi, je cherche à être suffisamment ouverte et

---

5. *Mes souvenirs-Herculine Abel-Barbin*, adaptation de *Mes souvenirs* d'Herculine Abel-Barbin, mise en scène d'Alain Françon, Espace 300, Annecy, 1985.

6. *Hedda Gabler* de Henrik Ibsen, mise en scène d'Alain Françon, Théâtre des Amandiers, 1991.

7. *La Mouette* d'Anton Tchekhov, mise en scène d'Antoine Vitez, Théâtre national de Chaillot, 1984.

8. J'ai demandé à Alain Françon, le metteur en scène de *Mes souvenirs-Herculine Abel-Barbin*, ce que voulait dire Dominique quand elle me parlait d'« être vide, plate ». Je ne pouvais pas croire ce qu'elle disait, et je ne pouvais pas croire qu'elle me mentait. Elle était tellement tragique dans ce spectacle. Alain m'a dit : « Elle veut sans doute parler de disponibilité. »

disponible pour que tout se passe au présent, et que le texte s'éclaire encore, alors qu'on l'a travaillé pendant des semaines. C'est pour ça que jouer longtemps peut être l'inverse de se répéter.

ANOUK. – Alors quand tu me faisais pleurer en jouant *Hedda Gabler*, c'était faux ?

DOMINIQUE VALADIÉ. – Pour moi, oui. Encore faudrait-il s'entendre sur ce que c'est qu'être faux et ce que c'est qu'être vrai. Le faux, je dirais que c'est le malheur, c'est-à-dire ne pas être vraiment dans l'existence, ne plus être en suspens, en éveil. Ça c'est le faux pour moi. Il y a des acteurs qui n'abandonnent jamais une idée du vrai, et ça peut changer des spectateurs, ça peut les faire sortir de la prison du faux. Nous, on leur raconte des histoires dont le contenu est vrai. Les spectateurs sont axés sur une image de vérité, et les artistes leur renvoient cet effort de vérité. L'ensemble est une vérité.

ANOUK. – Comment ça se fait que tu n'aies pas peur de représenter le malheur ?

DOMINIQUE VALADIÉ. – Je n'ai pas le goût du malheur, mais j'aime qu'avec le texte, le jeu, le décor, les lumières, on soit touché. La vérité touche. J'aime ce qui miroite, les facettes. Il y a aussi le plaisir de la communauté. Rien n'est plus beau qu'une équipe cohérente, avec le metteur en scène, le poète et le public.

ANOUK. – Ça te gêne d'être à nu devant des gens ?

DOMINIQUE VALADIÉ. – Non. Je n'ai pas l'impression de me montrer. Je n'aime pas l'exhibitionnisme. Je choisirai ce mot pour me décrire : présence-absence. [Elle sort un petit papier avec des notes griffonnées.] « De quoi sommes-nous faits ? Ni mémoire ni oublié, ni présence ni absence.

Inconsistance, ou inconstance à soi-même. On laisse affleurer à nous-mêmes notre inconstance à nous-mêmes. »

ANOUK. – Qu'est-ce que tu crois que ton cerveau vit, quand tu joues des émotions si fortes ?

DOMINIQUE VALADIÉ. – D'une façon générale, au théâtre comme dans la vie, si on ment ou si on se ment, on devient fou ; si on nous ment en permanence, on ne sait plus où on est. Au théâtre, le cerveau est dans un des endroits où il est le moins malmené. Puisque tu racontes des histoires qui racontent le monde, qui cherchent à mettre du sens, ça ressource. C'est même un phénomène incroyable de gaîté, d'envie, une chose lumineuse.

*

ANOUK. – Pour jouer, tu penses au jeu, ou tu penses à la vie ?

ANNE BENOÎT, *comédienne*. – À la vie…

ANOUK. – Comment tu abordes un nouveau personnage ?

ANNE BENOÎT. – Je ne pense pas tellement en termes de personnage. Je pense plutôt : qu'est-ce qui se passe dans sa tête quand il arrive ça ? Comment ça réagit à telle et telle situation ? Pourquoi il fait ça ? Même si c'est apparemment incohérent avec ce qui vient d'avoir lieu, c'est la succession des incohérences qui donnera une cohérence ; le spectateur la verra, pas moi. En répétition, le texte vient peu à peu se révéler, il nous donne les secrets pour être le personnage. C'est un processus qui nous échappe, qui se fait entre la pensée du poète et nous, et qui passe toujours par le corps. Prenons Agrippine : c'est une mère abusive avec son fils. Son fils lui plaît infiniment, le corps de son fils lui plaît, il y a quelque chose qui la dépasse dans son désir. Il peut arriver que moi, actrice, je l'éprouve entièrement ce désir, pas forcément pour le corps de l'acteur, mais pour le corps de Néron. Ça se fait à mon insu, mon corps traverse ça en jouant, et je le laisse faire puisque c'est exactement l'endroit où je peux le laisser faire, devant tout le monde. (Elle rit.) On a des sensations physiques qu'on ne sollicite pas, mais qui sont la conséquence de ce qu'on fait vibrer ailleurs.

ANOUK. – Est-ce qu'il y a une différence entre un sentiment vécu dans la vie, et un sentiment joué ?

ANNE BENOÎT. – Du dedans, non. Au présent, il n'y en a aucune, sauf qu'on l'a préparé et qu'on sait comment ça finit.

ANOUK. – Alors tu vis ce que tu joues ?

ANNE BENOÎT. – Oui, c'est ça l'exercice, c'est vivre, et c'est revivre. Antoine Vitez disait ça : « Ce qu'il y a de plus dur au théâtre, ce n'est pas de faire, c'est de refaire. » Notre art, c'est revivre, refaire, comme si on ne l'avait jamais fait.

ANOUK. – Mais tu feins ?

ANNE BENOÎT. – C'est une allée et venue constante. On feint, et on occulte qu'on feint. C'est ce qu'on appelle le « mentir-vrai ». Tu peux y aller sans fin au fond, il n'y a pas de fond.

ANOUK. – Tu crois que c'est possible de toucher sans être touché ?

ANNE BENOÎT. – On est un peu des imposteurs, mais la vraie imposture, c'est de ne pas se laisser toucher. Ça, ce serait la triche.

ANOUK. – Quand tu joues, tu crois que ton cerveau joue, ou il vit ?

ANNE BENOÎT (silence). – Le cerveau vit.

ANOUK. – On incarne parfois des choses horribles. Comment tu te débrouilles avec ta morale ?

ANNE BENOÎT. – Les acteurs sont des gens qui entrent dans l'interdit. On entre dans des cercles, et on fait entrer des gens dans des cercles. On peut aller très loin parce que c'est un rite, qui se termine par un salut.

ANOUK. – Tu sais pourquoi les acteurs se penchent aux saluts ?

ANNE BENOÎT (silence). – Pour dire : « C'était du jeu, merci de nous avoir crus. » Parce qu'on est humble. On doit le refaire le lendemain.

*

JACQUES WEBER, *comédien*. – Ça va peut-être être décevant, mais je n'ai pas la sensation en jouant un personnage d'aller chercher la vie d'un autre. Il y a un texte, qui est l'écho d'une vérité universelle, et parce qu'elle est universelle, il y a des endroits où ça me touche forcément.

ANOUK. – Comment tu fabriques des émotions pour qu'elles n'aient pas l'air fabriquées ?

JACQUES WEBER. – Parfois, le texte veut que tu sois dans de drôles d'états, alors tu te dis : « Vas-y ! sois triste. » Tu penses à la mort de ta mère, même si ça n'a rien à voir avec la situation, puis tu te souviens qu'on t'a dit que ce n'était pas bien d'enterrer vivante ta maman, alors tu te mets à penser à la mort de ton chien, ou à des choses prosaïques. Il faut gérer tellement de choses dans l'instant, on joue avec une machine qui n'arrête pas de penser et une autre qui n'arrête pas de s'en aller violemment de la pensée. Dans *La Dernière Bande*[9], il y avait un moment où je disais : « Effie, Effie, j'aurais pu être heureux avec elle… » Il pensait à sa femme…

---

9. *La Dernière Bande* de Samuel Beckett, mise en scène de Peter Stein, Théâtre de l'Œuvre, 2016.

Anouk. – Pour jouer ça, tu pensais à ta femme ?

Jacques Weber. – Dans la vie d'un homme, il y a la mère, il y a ma femme, et il y a des femmes…

Anouk. – Moi, si je joue une histoire d'amour avec un acteur qui m'ennuie ou me dégoûte, je pense à quelqu'un d'autre. J'ai le droit de ne pas penser à mon mari. Je m'en prends un autre. Dans la vie, on n'a pas le droit, faut rester dans les clous, mais dans le jeu, on a le droit.

Jacques Weber. – C'est drôle ça ! C'est vrai ! On a le droit d'aller dans tous les sens. Et donc, quand il repensait à son amour, je pensais à ce que je pensais, et je faisais un tout petit geste, je remontais la couverture sur moi ; j'avais piqué ça dans une nouvelle de Maupassant, ou j'avais dû le voir dans ma vie, ce petit geste de remonter les draps près de soi quand on sent qu'on va mourir. Eh ben, chaque fois que je tirais le drap, une émotion indicible me venait. C'est troublant, cette aptitude généreuse du corps à nous dire ce qu'on vit. Il y a toute une part de branchements électriques qui produit de la sensibilité, mais qui se fait aussi sans notre sensibilité. Ce qui est drôle, c'est que les gens voient en nous des émotions qu'on n'a pas forcément. On ne sait pas toujours ce qu'on fait. Quand on est trop conscient, on est pesant, on rate. C'est un métier quand même, de faire que ça nous dépasse. Si tu demandes trop, c'est raté. Les images arrivent, ça se fait au milliardième de seconde, loin de la pensée. On malaxe sans arrêt, un peu plus de sexe, un peu plus de cœur, un peu moins de tête. Et on cache, plus qu'on ne montre. Pour retrouver quoi ? Ben… la grâce de l'instant. Mais c'est impossible à atteindre.

*

ANOUK. – Si tu joues Antigone, qui se suicide à la fin, jusqu'à quel point va l'incarnation ? Tu ressens ce qu'elle ressent ?

ANNE KESSLER, *comédienne*. – Est-ce que ça ne serait pas ça, l'humour qu'il faut toujours garder ? Si on n'avait pas cette petite distance avec l'auteur, on aurait trois solutions : soit on n'a pas de distance du tout et on ne joue qu'une fois ! Soit on a beaucoup trop de distance et on ennuie tout le monde, on ne bluffe que ceux qui se satisfont d'un truc moyen. La troisième voie, c'est d'être au bord d'y aller, de vraiment croire qu'on va mourir, de faire croire aux gens qu'on va mourir, de jouer dangereusement avec ça, mais on n'y va pas, et il ne faut pas y aller.

ANOUK. – Mais à la seconde où elle y va, tu y vas dans ta tête ?

ANNE KESSLER. – Oui, dans ta tête, tu y vas.

ANOUK. – Donc, il y a une forme de passage à l'acte ?

ANNE KESSLER. – Pour moi, non.

ANOUK. – Tu n'es jamais complètement qui tu joues ?

ANNE KESSLER. – Si, par instants. En pointillé. En fait, on passe notre temps à être et à ne pas être. C'est un mouvement continuel. On cherche aussi des trucs pour qu'on nous croie. Je parle volontiers de trucs, comme un magicien qui fait des tours.

ANOUK. – Donc pour donner de l'émotion aux gens, tu n'es pas obligée d'en avoir ?

ANNE KESSLER. – On est tenu d'en donner, pas d'en avoir. L'histoire se charge de beaucoup de choses, et le metteur en scène trouve des signes qui libèrent les acteurs de devoir tout interpréter. Dans *Théorème*, Pasolini avait besoin que la jeune fille devienne folle. Il n'avait pas besoin que l'actrice devienne folle, il avait besoin qu'on comprenne que la jeune fille devenait folle. Alors il l'a fait s'allonger sur un lit, il lui a fait serrer le poing – jusque-là, beaucoup de gens peuvent le faire sans mettre leur santé mentale en péril – et il a demandé aux autres acteurs d'essayer de lui desserrer le poing et de ne pas y arriver. Et on avait une sensation de perdition chez la jeune fille ; personne n'était étonné qu'elle parte dans une ambulance. J'aime beaucoup quand la technique ou la mise en scène se charge de raconter une partie de l'histoire. Pour *La Passion de Jeanne d'Arc*[10], je crois savoir que Dreyer mettait Falconetti[11] dans le noir pendant des heures et ne la faisait sortir qu'au dernier moment pour qu'elle ait les yeux exorbités, éclatés.

ANOUK. – Dans *Le Canard sauvage*[12], tu jouais une enfant qui se suicidait…

ANNE KESSLER. – Parce que son père n'était pas son père, et elle s'est dit : « je vais tuer le canard » ; mais elle se tue finalement parce qu'elle se dit : « c'est mieux de tuer moi, que le canard. »

ANOUK. – Tu te souviens des pensées que tu avais en jouant ?

ANNE KESSLER. – Je me souviens que j'avais complètement perdu de vue qu'elle se suicidait. Quand on m'emmenait sur la table, je savais que j'étais morte, mais je ne savais

10. *La Passion de Jeanne d'Arc*, film de Carl Theodor Dreyer, 1928.
11. Renée Falconetti, actrice de théâtre et de cinéma. Elle incarne à 35 ans la petite pucelle.
12. *Le Canard sauvage* de Henrik Ibsen, mise en scène d'Alain Françon, Comédie-Française, 1993. Avec Jean-Yves Dubois, Jean-Baptiste Malartre, Martine Chevalier, Hjalmar Ekdal, Jean Dautremay, Anne Kessler.

pas comment j'étais morte. C'est au bout de vingt représentations que j'ai su que je m'étais suicidée.

ANOUK. – Le metteur en scène ne t'a pas amenée à le penser ?

ANNE KESSLER. – Non. Il ne m'en a jamais parlé, et peut-être qu'il n'a jamais su que je n'avais pas réalisé, sinon il aurait dit : « Mais qu'elle est bête ! » Quelquefois tu peux faire les choses sans savoir. Pourtant j'aimais la pièce, je l'avais lue… Mais moi, j'étais en vie ; il y avait un coup de feu, on m'allongeait sur la table et je me disais juste : « Ne ris pas ! Ne bouge pas ! »

ANOUK. – Alors ton imagination est remplie de quoi ?

ANNE KESSLER. – Je ne sais pas de quoi est remplie mon imagination… Est-ce que c'est important, mon imagination ? Je mets les pieds sur le plateau, je dis les mots, j'écoute ce qu'on me dit comme si je ne l'avais jamais entendu, et ça se remplit. Les spectateurs remplissent aussi. Je dirais que plus c'est ardu, plus c'est intense, moins je me gave de l'histoire ; j'essaie d'être là, telle que je suis au moment même. L'incarnation est d'autant plus vraie que tu amènes ta carcasse avec ce que tu as dedans, et tout se passera à l'instant même. Je crois que je n'ai jamais pris sur moi la situation tragique des personnages que j'ai eu à jouer. Je préfère les accompagner légèrement, sans les dépasser.

ANOUK. – Est-ce qu'il t'arrive quand même de te faire posséder par qui tu joues ?

ANNE KESSLER. – Oui. C'est très agréable. On est double, et pourtant on a un sentiment d'unité comme rarement.

ANOUK. – À ton avis, qu'est-ce qui se passe dans ton cerveau quand tu es double ?

Anne Kessler (silence). – Il voit ce que l'auteur a imaginé, il vit dans l'imagination. On est somnambule quand même.

Anouk. – Tu as l'impression de mentir en jouant ?

Anne Kessler. – Ça n'a rien à voir avec le mensonge. Un auteur qui te raconte avec bonne foi ce qu'il a vu du monde, est-ce qu'il ment ? Je ne mens pas quand je joue, je joue.

Anouk. – Mais quand tu es Bernadette, tu n'es pas Bernadette ?

Anne Kessler. – Faire croire qu'on est Bernadette, ce n'est pas mentir, c'est jouer. L'illusion, ce n'est pas du mensonge. Je ne sais pas toujours qui je suis, je ne sais pas comment je fais, je ne sais pas ce qu'est la sincérité, mais je sais bien ce que c'est, l'insincérité, et je sais qu'en jouant, on ose l'authenticité. Le mensonge, ça peut devenir un tel fardeau. En fait, on joue pour qu'il n'y ait pas de mensonge. Et d'ailleurs le moment du jeu, c'est un moment où on est très bien. Y aller, ce n'est pas marrant, mais y être, c'est bien.

Anouk. – Quand tu joues avec des mauvais acteurs, comment tu fais ?

Anne Kessler. – Quand ils sont de mauvaise foi dans le travail, c'est terrible.

Anouk. – C'est quoi être de bonne foi ?

Anne Kessler. – C'est respecter les règles du jeu : on a dit que tu attendrais la fin de ma phrase pour dire la tienne, on a dit que tu te mettrais en colère pour que je joue la peur… Il ne s'agit pas de rendre raide tout ça, mais de pouvoir compter sur les autres. Une danseuse qui fait trois tours en l'air doit compter sur le danseur pour être rattrapée.

ANOUK. – C'est plus difficile de jouer les choses drôles ou les choses tristes ?

ANNE KESSLER. – Faire rire, c'est plus anxiogène. Ça inquiète tout le monde, parce que tout le monde cherche la récompense, et on se trompe. Ce qui est bien, c'est d'être drôle, pas forcément de faire rire.

*

PATRICK CATALIFO, *comédien*. – On peut être pris par un état très fort quand il y a des scènes qui demandent beaucoup d'investissement émotionnel ; on sent qu'on est obligé d'appuyer à des endroits où ça va faire mal, mais comme c'est pour raconter quelque chose de vrai, ça ne fait pas mal. C'est même agréable. Ce qui est différent d'avec la vie, c'est qu'on s'amuse avec la douleur, on s'amuse avec les larmes, on s'amuse avec tous les sentiments, sinon on ne tiendrait pas. Ce n'est pas dur d'être ému, ce qui est dur, c'est de le refaire, et rester vierge.

ANOUK. – Tu fais comment pour convoquer les émotions ?

PATRICK CATALIFO. – Sur un plateau, je suis ouvert à tout, très fragile, très sensible au moindre changement ; je guette la moindre chose qui va se passer dans les yeux de l'autre. Je suis en état de jeu. Je fais sonner un texte, je dois m'envoler dedans. Je pense souvent au jeu en termes de portes. Quand tu fais du ski, tu as des slaloms, des spéciaux, des petites portes, des géants, et tu te dis : « Comment je vais faire pour me faufiler le plus vite possible là-dedans et passer toutes les portes, puisque la loi, c'est d'aller vite. » Des fois, je vois des acteurs ou des actrices jouer, et je me dis : « Tiens, cette porte-là, il ne l'a pas prise, il n'a pas essayé de la prendre… »

ANOUK. – Est-ce qu'une des portes par lesquelles il faut passer, serait de ne plus jouer ? D'être, juste ça…

PATRICK CATALIFO. – Oui, ça, c'est le summum ! C'est cet état de liberté qu'on cherche tous.

ANOUK. – Comment tu fais les soirs où tu ne sens rien ?

PATRICK CATALIFO. – Parfois, tu vois tes mots tomber par terre dès qu'ils sortent de ta bouche, tu ne peux rien faire, tu ne peux que voir les mots tomber, te lamenter sur toi-même, rentrer le soir avec la bouche toute sèche d'amertume et te dire : « Ça m'arrive encore, ça continue à m'arriver ces mots qui tombent ! »

ANOUK. – Tu te sens déformé par ton métier ?

PATRICK CATALIFO. – On est des drôles d'animaux, parce qu'on fait tellement semblant. D'ailleurs ça pose des problèmes dans la vie de tous les jours. Parfois on ne sait plus si on joue ou si on vit. Il y a des situations dans la vie qui saisissent d'une façon si intéressante que tu regardes les choses se faire, au lieu de les vivre ; tu fais ton marché. Parfois, c'est l'inverse : tu vis une situation réelle, entièrement nouvelle, ta femme te rend cocu, et tu n'es pas étonné, ça te fait rire, comme si tu l'avais déjà vécu. En fait non, tu l'avais juste joué.

*

ANOUK. – Tu sais pourquoi on aime jouer ce qu'on ne voudrait jamais vivre dans la vie ?

CORINNE MASIERO, *comédienne*. – On est un peu comme les Siciliennes, elles pleuraient les morts, mais elles ne les connaissaient pas. Elles étaient payées pour que ça sorte.

ANOUK. – Qu'est-ce que tu aimes dans ce métier ?

Corinne Masiero. – Quand j'ai commencé, je ne savais pas comment on faisait ; du coup, je suis allée voir plein de films, plein de spectacles, pour voir. Je me suis rendu compte que les gens dans les théâtres, ils jouaient tous pareil. Ils avaient fait le Conservatoire, ils avaient eu des maîtres à penser, des maîtres à jouer, ils prenaient tous la lumière de la même manière, ils se mettaient de face ou de trois-quarts. Je me suis dit : « Pourquoi ? Il y a un code ? Où est-ce que c'est marqué qu'il faut jouer comme ça ? » Moi, je trouve que ce qui est intéressant, c'est de voir ce qui va à l'encontre. Dans la vie, tu ne sais pas ce qui va t'arriver, ce n'est pas toi qui diriges, on n'est pas préparé. Le plus intéressant, ce n'est pas ce que les acteurs font, c'est ce qu'ils ne font pas. C'est pour ça que je ne lis pas les scénarios, parce que si je les lis, je sais ce que le personnage va faire et j'entre automatiquement dans des codes, et ce n'est plus du jeu. Moins j'en sais, mieux je me porte. Par exemple : une femme entre dans la cuisine, elle prend une poêle et elle tape son chien. Ce n'est pas dur à faire : tu prends la poêle, tu tapes ton chien. Pas la peine de savoir qu'à 4 ans, elle s'est fait violer par le voisin et que le chien vient du chien de sa belle-mère et que ça lui rappelle ça. Si tu dois jouer quelqu'un qui suit un enfant dans une école pour le tuer, et si tu le sais, tu marcheras automatiquement comme une tueuse. Mais si tu ne sais pas que c'est une tueuse, tu iras chercher le gosse avec rien dans la tête, et peut-être ce sera plus vrai. Dans un film américain, on annonce à une femme que ses trois fils sont morts à la guerre. Elle habite dans un bled, elle voit arriver les officiers en voiture, elle sort de sa maison, il fait beau, il y a de la poussière, elle voit la voiture noire au loin. Elle est debout, elle regarde, il ne se passe rien, elle s'assied par terre, normalement, c'est tout.

Et ça déchire. Jouer, c'est une question de la vie, ce n'est pas une question de la scène.

ANOUK. – Comment tu fais pour jouer quand tu ne sens rien ?

CORINNE MASIERO. – Je joue que je ne sens rien. Il vaut mieux que ça ne vienne pas et que ça soit sincère, plutôt que ça vienne habilement. Quand tu ne sais plus quoi faire, c'est là que le moment est bien, parce que le moment où tu es vraie, tu es souvent ridicule. Et ça c'est beau.

ANOUK. – Comment tu fais pour déclencher une émotion ?

CORINNE MASIERO. – Je ne sais pas. Tu veux provoquer un truc, tu sais qu'il est là, tu ne dois pas y penser, il faut attendre, ça vient ou ça ne vient pas, ça se passe sur le moment. Je pense que notre corps a de la mémoire, la mémoire de beaucoup de gens, et dans cet instant-là peut-être qu'on ne joue pas.

ANOUK. – Comment tu fais pour pleurer sur commande ?

CORINNE MASIERO. – Je ne peux pas te répondre parce que je ne sais pas comment ça marche, mais ça marche. Parfois, je pense à Yannick Noah quand il avait gagné son match. Ça passait à la télé, j'étais toute seule chez ma mère, et voir cet homme se lever comme il a fait, ça m'a fait pleurer. Donc j'y repense, et ça marche. Parfois, ça ne marche pas. Mais quand je pleure, ce n'est pas ma tristesse, ce n'est pas moi toute seule, on dirait que je suis un groupe. Ou un robinet.

ANOUK. – C'est dur de te montrer ?

CORINNE MASIERO. – Oui ! Au théâtre, j'ai le trac jusqu'aux saluts. J'ai vraiment peur, et j'ai honte de cette peur. C'est une peur de base. Mais parfois, c'est simple comme là devant toi, ou comme quand j'étais p'tite, j'allais faire du vélo, on s'arrêtait chez des gens que ma copine connaissait, dans des vieilles fermes, il n'y avait pas la télé, tu arrivais, c'était calme. Si la porte était ouverte, tu entendais un peu de bruit du dehors, on parlait tout bas. Les gens te disaient : vous voulez un café ? Voilà un café ! Tu te disais : il faut faire quelque chose, il faut parler… Non, il n'y a pas besoin de parler, il faut juste être là. Jouer, ça peut ressembler à ça, c'est aussi des vacances, des vacances de réflexion.

*

ANOUK. – Qu'est-ce que c'est la différence entre jouer la comédie comme un acteur, et jouer avec tes copains aux cow-boys et aux Indiens dans la cour de récréation ?

QUENTIN, *comédien (9 ans)*. – C'est carrément différent. Quand tu joues aux cow-boys et aux Indiens, tu es « Les Indiens », tu n'es pas un Indien ; tu ne penses pas comme un Indien, tu ne parles pas comme lui, tu ne fais pas sa tête. Tu es toi.

ANOUK. – Est-ce qu'on peut ne plus savoir qui on est quand on joue un rôle ?

QUENTIN. – Oui, on peut.

ANOUK. – Comment on revient dans soi ?

QUENTIN. – Il faut dix minutes pour te remettre dans ta vie normale. Dix minutes. C'est exactement pareil d'y aller que de t'enlever du rôle.

ANOUK. – À ton avis, si tu joues que ta mère est morte, est-ce que le chagrin dans ton cerveau est le même que si ta vraie mère mourait dans la vie ?

QUENTIN. – Oui, je pense. Mais il y a deux parties dans ton cerveau. Il y a une partie qui sait que ta mère n'est pas morte. Quand tu joues, tu t'éteins la vérité, et quand c'est fini, tu la rallumes.

ANOUK. – Tu penses qu'il est content le cerveau d'être allumé/éteint, allumé/éteint ?

QUENTIN. – C'est un peu fait pour ça, le cerveau. Il est prêt à tout, non ?

*

DANIEL DAY-LEWIS, *comédien.* – « Arrive un moment où on a le sentiment d'être pris malgré soi dans l'orbite d'une autre vie. Je pense à nous comme deux vaisseaux flottants dans l'éther. Je suis l'un d'eux, l'autre homme est l'autre vaisseau. Ces points de communion sont comme des filins que l'on jette entre deux vaisseaux. On les reconnaît, on les identifie et on les attache, ces câbles. Et en commençant à tourner le treuil, les deux vaisseaux se rapprochent. Arrive le moment où les deux se confondent, et c'est avec ça qu'il faut faire, pour le meilleur et pour le pire. On passe une frontière invisible. Je préfère croire que ces décisions se prennent d'elles-mêmes[13]. »

LA DIRECTION D'ACTEURS

Le partenaire des acteurs, c'est la partition, les autres acteurs, mais c'est évidemment aussi le metteur en scène. Bien qu'il arrive tard dans le livre, il est à l'origine de chaque aventure. Si des « vaisseaux se rapprochent », c'est aussi grâce à la présence de cet allié en face de nous qui « tourne le treuil ». Il a une vue d'ensemble de l'œuvre qu'on perd à mesure qu'on s'enfonce dans chaque instant. C'est un peintre, nous, on est

13. « Daniel Day-Lewis, demain dans la peau du leader fasciste Oswald Mosley ? », *Le Monde*, 29 janvier 2013.

dans la toile, mais on est peintres aussi. Il est ce regard extérieur qui nous dit : « Ce rouge que tu crois mettre, il apparaît comme du vert. » Il est là pour nous croire, et pour ne pas nous croire. Il écoute tout, regarde chacun. Il nous demande de prendre possession du texte, et nous rappelle qu'il n'est pas à nous. Il travaille à partir de ce qu'on propose, ensuite on sculpte ensemble. On doit être à l'écoute, mais pas obéir, pour être autonomes, des créatures vivantes. Il aide aux surgissements des feux intérieurs, et veille à ce que l'intimité ne soit ni gadoue, ni hystérie, mais ouvrage collectif. Si on joue des choses méchantes, ça se fait dans le calme et l'amitié. L'opposé du psychodrame. Sans trop parler, il nourrit le monde de chacun, et dirige la symphonie de nos symphonies : va-et-vient continuels entre techniques et profondeurs, forme et fond, détails et ensemble. Il nous aide à être au présent, donc à être aveugles. Il nourrit, mais ne donne pas la becquée. Quand il est bon, respectueux de sa place et de la nôtre, ce n'est ni un gourou, ni un maître, ni un papa, ni un manipulateur. Il a un bon usage de son inconscient ; il entre en communication avec nos radars. C'est un grand partage de l'intimité, qui se fait avec distance, une science intuitive de ce qu'on peut dire et de ce qu'on ne doit pas dire. Ceux qui parlent trop nous compliquent la tâche. Mais il faut des mots pourtant, on a besoin de clefs ; après, c'est tout seul qu'on entre.

Dominique Valadié. – On a parlé de l'interprétation, mais parfois on lâche le personnage et on fabrique ensemble quelque chose qui est le propos de la pièce. J'ai toujours pensé qu'un metteur en scène interprétait une œuvre et que l'acteur était à l'intérieur. Le jeu n'est qu'une partie de l'interprétation. Une belle relation avec un metteur en scène, c'est quand les regards se croisent.

ANOUK. – De quel genre d'amour les acteurs ont besoin ?

DOMINIQUE VALADIÉ. – D'un amour vigilant. Ce n'est surtout pas l'amour comme on dit « je t'aime », c'est se sentir à sa place, irremplaçable, pas en danger. C'est de cette sorte d'attention que l'acteur a besoin pour travailler, sinon on a envie de foutre le camp, de tourner le dos.

*

ALAIN FRANÇON, *metteur en scène*. – Avant les répétitions, pendant des mois, je me noie dans l'œuvre, je lis tout. Après, quand on commence les lectures ensemble, j'essaie de perdre tout ce que je sais. Je ne veux pas ramener les acteurs à ce que j'ai compris. Je veux me laisser dériver par ce que les uns et les autres proposent. C'est ce que j'appelle « le fil perdu ». Avec un texte, on est face à la prose du monde. On part à l'assaut de ce qu'on ne sait pas, c'est comme un continent très loin et très familier.

ANOUK. – Quand tu mets en scène, tu sens en toi chacun des personnages ? Tu es dans l'œuvre ?

ALAIN FRANÇON. – Je suis plutôt en face que dedans. C'est le contraire de la fusion. J'ai besoin d'un écart avec le texte et avec les acteurs. L'adhésion empêche de voir.

ANOUK. – Comment tu aides des acteurs à devenir des autres ?

ALAIN FRANÇON. – Je ne m'occupe pas trop des personnages, je ne fais pas de généralités sur les sentiments, et je ne fouille pas dans l'intimité des acteurs. Il faut leur foutre la paix pour les emmener ailleurs. Leur première tendance est de ramener le personnage à eux… Alors, ça n'a pas d'intérêt. Il faut s'empêcher de ramener les choses à soi. C'est l'inverse qu'il faut essayer.

ANOUK. – Vitez disait : « L'acteur ne doit pas seulement partir de soi, il doit aussi partir de soi[14]. »

ALAIN FRANÇON. – Oui… Jouer, c'est un exercice d'altérité. Et c'est un éloge de l'hypersensible. On peut l'aborder par plein de biais. Le chemin intelligent qui va aider les acteurs, ce n'est pas l'intelligence ni le commandement psychologique. Il y a des moyens techniques pour y arriver : la matérialité d'un texte, sa ponctuation, les accents toniques, un mot qui se répète souvent, font peu à peu apparaître le « courant sous-marin » de la partition, sa structure, les émotions. Il faut aussi s'empêcher de faire des continuités psychologiques, aller d'instant en instant, sans mémoire, sans anticiper sur ce qu'il y a après, lâcher la rampe et laisser affleurer toutes les contradictions. Seulement là, on rend justice. Parfois, dire à un acteur « Marque les points ! » peut ouvrir des chemins. Moi, je ne parle pas trop des sentiments pour ne pas encombrer les acteurs. Et en même temps, on peut parler de tout, c'est ouvert.

ANOUK. – On est un peu somnambules ?

ALAIN FRANÇON. – Plus les acteurs sont somnambules, plus ils sont éveillés.

ANOUK. – Alors, tu hypnotises ?

ALAIN FRANÇON. – Non, je ne crois pas. On cherche ensemble l'évidence, et quand on la trouve, c'est qu'on a perdu pied.

ANOUK. – Alors toi, tu les aides à perdre pied ?

ALAIN FRANÇON. – Le plus que je peux.

ANOUK. – C'est drôle comme métier de faire perdre pied à des gens.

---

14. Antoine Vitez, *Écrits sur le théâtre*, t. 1 : *L'École*, POL, 1994.

Alain Françon. – L'endroit où ils vont, c'est le chemin où il n'y a plus de chemin. La grâce des acteurs, c'est de faire une chose et son contraire. Faudrait toujours être dans le paradoxe.

Anouk. – Comment tu vois naître les émotions du texte ?

Alain Françon. – Je ne sais pas. On est dans une fiction, avec tout ce qu'elle comporte. À l'intérieur de la fiction, tous les sentiments sont admis, on prend tout, on accueille tout. C'est un continent très lié à la vie, mais qui n'est pas la vie… Un espace intermédiaire qu'on construit, et dans cet espace, on n'est ni soi, ni l'autre, on est dans des entre-deux, plein de connexions, de réseaux. On travaille avec la mémoire, avec l'inconscient. Je sais que si je comprends trop, je perds le fil du « plus de fil ». La technique aide aussi à dériver ; en s'arrimant au concret, ça aide à décoller.

Anouk. – C'est curieux de se vouer au présent en répétant, répétant, répétant…

Alain Françon. – On rate souvent, mais on essaie de ne pas fabriquer, de ne pas manipuler.

Anouk. – Pourtant, on manipule les émotions ?

Alain Françon. – Les sensations, c'est quelque chose qu'on produit, et dont on est le produit. On ne s'en fait pas l'interprète, on ne manipule rien. On laisse faire.

Anouk. – Dans la vie, si quelqu'un te chatouille, tu rigoles. Mais si on se chatouille soi, on ne rigole pas. Nous, on se chatouille la mémoire, les sensations… Ton job, c'est de chatouiller ?

Alain Françon (il rit). – Je ne dirais pas ça… Dis un autre mot.

Anouk. – Comme si on avait des petits pinceaux, et on dessable des vieux trésors.

ALAIN FRANÇON. – Oui, la métaphore des archéologues est bien. On trouve des fragments, jamais l'amphore.

ANOUK. – On est aussi comme les dauphins : ils avancent en bande, ils repèrent un banc de petits poissons, ils encerclent le ban, et les petits poissons n'ont pas d'autre possibilité que jaillir hors du cercle, et alors les dauphins les mangent. Nous aussi, on fait des rondes autour du texte ?

ALAIN FRANÇON. – Oui, on dessable, et on fait jaillir. Ce n'est pas contradictoire.

ANOUK. – Représenter, c'est simuler ou c'est vivre ?

ALAIN FRANÇON. – Chez les bons acteurs, ce n'est ni vrai ni faux, c'est entre. C'est du jeu, humainement expérimenté. Mais il ne faut pas se mettre dans des états, il ne faut pas hystériser le jeu.

ANOUK. – Mais on est dans des états… Et on se ment pour que ce soit vrai.

ALAIN FRANÇON. – Oui, on se ment très bien.

ANOUK. – Ton job, c'est d'aider à bien se mentir ?

ALAIN FRANÇON. – Oui…

ANOUK. – Tu sais, quand tu mens bien, pour le cerveau, c'est vrai.

ALAIN FRANÇON. – Ah…

ANOUK. – Tu as vu des acteurs possédés en jouant ? Tu les as vus être dépossédés d'eux-mêmes et en pleine possession de leur art ?

ALAIN FRANÇON. – Oui.

ANOUK. – Tu cherches ce hors-piste du jeu ?

ALAIN FRANÇON. – Oui. Je l'accompagne pendant une partie du voyage, mais à un moment, il n'y a qu'eux qui peuvent aller très loin.

ANOUK. – Tu vois quand un autre s'incarne en eux ?

ALAIN FRANÇON. – LE mot « incarnation », c'est compliqué. Steiner parle plutôt de « réelles présences[15] ».

ANOUK. – Tu n'as jamais peur qu'ils se grillent la cervelle ?

ALAIN FRANÇON. – Non. Un acteur, c'est un athlète. Ça peut être de la haute performance, mais c'est définitivement du jeu. Ils sont protégés par tout ce qu'on s'est dit avant. Protégés par le rythme.

ANOUK. – Dans la vie, tout le monde est malade du regard des autres. Toi, tu te mets à un endroit où tu délivres de la maladie du regard ?

ALAIN FRANÇON. – J'aimerais bien.

ANOUK. – On fabrique une représentation et tu nous aides à ne pas être en représentation ?

ALAIN FRANÇON. – Oui, c'est toujours paradoxal.

*

JOËL POMMERAT, *auteur et metteur en scène*. – « Je cherche avec l'acteur un certain état de réalité – un mot compliqué, vraiment –, un état de *réalité* dans le sens physique du terme, le plus concret qui soit. Un rapport à l'instant présent, au temps qui passe, un rapport à l'espace autour de soi et aux autres individus qui occupent cet espace [...] Quand un acteur est dans le présent, alors, il *existe* et il a de la présence, comme on dit. Il est présent. [...] Je cherche l'intime, je cherche à ce qu'ils soient sur le plateau dans un moment de grande proximité et de laisser-être. C'est cela

15. George Steiner, critique littéraire, écrivain ; *Réelles présences*, Gallimard, 1991.

que je veux montrer au théâtre : un laisser-être ; je veux enlever sa maîtrise à l'acteur. Je le mets en situation de ne plus être un comédien arborant et usant de son *savoir-faire* mais un acteur qui, par son travail, tente d'enlever tout ce qui pourrait le protéger, le masquer et lui permettre de se cacher, de garder le contrôle de l'image de lui-même, une sorte de carapace. Donc je *dépouille* l'acteur, je lui demande de se dessaisir du savoir-faire, et de chercher à être, sur la scène publique, dans la même situation que s'il était seul, sans avoir à composer pour le regard de l'autre. [...] Si vous assistiez à une séance de travail, vous m'entendriez dire les mêmes dix mots pratiquement tout l'après-midi. Si vous reveniez un an plus tard, vous m'entendriez redire ces mêmes mots. Or, ces mots, quels sont-ils ? Ce sont des mots qu'il faut reprendre *comme pour la première fois* car c'est le travail de l'acteur de retourner à ces premières fois pour pouvoir être, ensuite, sur scène *comme pour la première fois*. Ces mots, ces principes, les voici : *travailler à partir de soi* [...] Il ne doit pas se projeter à l'extérieur de lui-même, en imagination. Il doit parler et penser à partir de lui-même. Il doit s'approprier les mots du texte, comme si ces mots étaient les siens, c'est-à-dire comme s'il en était lui-même l'auteur. Sans distance. Il doit rester dans l'innocence de la représentation de ce qu'il va faire, de sa création, en aveugle, je dirais[16]. »

*

Corinne Masiero. – Un bon directeur d'acteur, c'est un peu comme un chaman ; quelqu'un qui nous aide à croire à l'histoire, sans nous manipuler. S'il nous fait croire qu'on sert cette chose et qu'on la sert bien, tout s'ouvre. Le jeu

16. Joël Pommerat, *Troubles*, Actes Sud, 2009. © Actes Sud, 2009.

est souvent une confidence faite au metteur en scène, un secret dévoilé, mais qu'on ne dira jamais. Il y en a qui te donnent des ailes, d'autres qui te mettent les semelles de plomb. Je peux aller loin, mais je n'aime pas quand ils appuient sur mes délires. « Si je dois sauter, ne me pousse pas ! C'est moi qui saute ! »

*

Grégory Gadebois. – Un jour, une metteuse en scène me dit : « C'est bien quand tu joues ça, à cet endroit-là », et moi j'ai dit : « Ouais… », mais je me suis dit : comment je fais pour le refaire maintenant qu'elle a mis des mots sur ça ? Et je n'ai plus pu, comme si d'un coup j'étais à poil. Parce qu'on ne joue jamais ce qu'on dit. Si tu demandes à quelqu'un « où allez-vous ? » et que tu joues « voulez-vous m'épouser Madame ? », c'est secret.

Anouk. – Les mots qui ont à voir avec l'analyse sont dégoûtants à entendre pour nous.

Grégory Gadebois. – Dégoûtants, c'est le mot. Mais l'acteur, il est aussi assez seul pour trouver, il a parfois besoin d'un mot pour être débloqué. Et il faut que le mot soit dit. Comment le metteur en scène peut le trouver ? S'ils se connaissent bien, ou s'il a du tact, il va trouver le mot, ce sera un sésame pour entrer… Mais s'ils ne se connaissent pas, ou si le metteur en scène est trop bavard, ça fera l'inverse, de la distance. Un jour, au Conservatoire, on s'était cachés pour voir Michel Piccoli répéter, il était sur le plateau, de dos. Le metteur en scène lui parlait, il écoutait, écoutait, et tout d'un coup, il lui a fait : « Chut… Chut… Chut… ! » Et il est parti. Il avait déjà trop entendu.

10

QUE VIT LE CERVEAU QUAND ON JOUE ?

Parole aux scientifiques

(Balade n° 5 dans le jeu)

Anouk. – Vous pensez qu'il y aurait une prédisposition à être acteur ? Une porosité ? Un vide de soi ?

Frank Bellivier, *psychiatre*. – Comment ils nous apparaissent, les acteurs ? Comme des gens qui auraient surmobilisé leurs ressources émotionnelles. C'est comme un cycliste qui aurait des grosses cuisses parce qu'il pédale toute la journée. Est-ce qu'il est devenu cycliste parce qu'il avait déjà des grosses cuisses, ou est-ce qu'il a attrapé des grosses cuisses à force de pédaler ?

Anouk. – Ça existe d'avoir des grosses cuisses en émotions ?

Frank Bellivier. – Bien sûr, ça existe. On n'est pas égaux. N'importe qui ne devient pas acteur. C'est la personnalité de base des acteurs d'être sursollicités du côté des émotions. Mais peut-être est-ce pour eux un soulagement, parce qu'en jouant, ils acquièrent une maîtrise de ce qui les débordait.

Anouk. – C'est comme un trop d'antennes qui trouverait des habitats ? Toutes ces histoires sont des habitations ?

Frank Bellivier. – C'est intéressant, mais ça va être difficile d'aborder ça scientifiquement…

ANOUK. – Vous croyez qu'on est double ?

FRANK BELLIVIER. – Quand vous incarnez quelqu'un, vous passez tout de même d'une cohérence psychique à une autre cohérence. Vous êtes vous, puis un autre. J'imagine que ça peut rendre perplexe d'être soi, puis de ne plus l'être. Qui êtes-vous finalement, puisque vous pouvez être vous, Pierre, Paul, Jacques, et que vous ne feignez pas tout ?

ANOUK. – Je ne sais pas. Ça lui fait quoi, au cerveau, de jouer à la vie ?

FRANK BELLIVIER. – Nous, nous sommes éduqués pour censurer nos émotions. Ce qui est demandé à l'acteur, c'est de les exprimer. La principale caractéristique du jeu est de décensurer ce qui habituellement est censuré. C'est sans doute pour ça que le jeu s'est imposé depuis la nuit des temps comme un élément constitutif de la culture et de la civilisation.

ANOUK. – Si ça fait partie de l'équilibre des hommes de censurer les émotions, et si nous on décensure beaucoup de jours par an, est-ce que ça fait de nous des gens avec les fils électriques à nu ?

FRANK BELLIVIER. – Vous avez beaucoup insisté jusque-là sur le fait que ce n'était pas un problème. Ça fait partie de votre apprentissage. On peut imaginer que vous avez un contrôle sur quelque chose qui d'habitude est automatique, et qui submerge les gens.

ANOUK. – Vous pensez que les émotions jouées sont les mêmes que dans la vie ?

FRANK BELLIVIER. – Dans la vie, on n'est pas conscient de ce qui nous arrive, on subit les émotions, plus qu'on ne les génère. On a un équipement neurologique qui nous permet de stocker des milliards de nuances dans les émotions, mais c'est archaïque, inconscient. On ne peut pas appuyer sur un bouton : hop, je suis joyeux, hop, je suis en colère… Si je suis dans une situation qui déclenche en moi de la tristesse, je suis triste, mais je ne sais pas que je le suis. Je le sais *a posteriori*, j'identifie que je suis triste après être triste. Si je vis quelque chose d'heureux, ça va déclencher automatiquement en moi une émotion, mais je n'y pourrai rien. Vous, vous faites le chemin inverse. Vous partez d'un texte qui est prescrit, qui va faire l'objet d'un apprentissage, et vous allez travailler la capacité à déclencher les émotions qui s'y rapportent. Quand le travail est assez abouti, vous ressentez des émotions de façon plus ou moins authentique, et vous êtes capable de les redéclencher tous les soirs. On peut poser l'hypothèse que la mécanique neurologique n'est pas exactement la même que quand on est dans les émotions subies : le rire par exemple, les sanglots, la peur, etc. La genèse de ces états est différente.

ANOUK. – Si je joue la peur ou l'amour, est-ce que mon cerveau a peur ou est-ce qu'il sent l'amour ?

FRANK BELLIVIER. – Un cerveau qui sait ne s'active pas de la même manière qu'un cerveau qui ne sait pas. J'aurais tendance à dire que quand on joue, le cerveau sait, au sens où il est conscient des choses. Si vous jouez la tristesse, vous le savez puisque vous le jouez et même vous le déclenchez. Dans le jeu, le cerveau a appris à travailler certaines émotions, vous appuyez sur le bouton, et il les vit plus ou moins.

ANOUK. – On n'a pas des boutons sur lesquels on appuie, c'est plus profond, plus inconscient. Au début, notre cerveau est conscient que c'est une histoire, il la fait avancer, et avec les répétitions, c'est l'histoire qui fait marcher le cerveau. Comme si le travail le câblait autrement, ce qui déclenche en nous des émotions qu'on ne peut pas déclencher. C'est ça, le jeu.

FRANK BELLIVIER. – C'est important ce que vous avez dit sur l'apprentissage du rôle. On le répète une fois, cent fois, et à un moment, il y a un câblage. Il se produit un saut qualitatif entre être soi et jouer quelqu'un d'autre, une réaction chimique entre l'autre et vous. Je me demande si ce que vous décrivez comme un « câblage », c'est le moment où vous arrivez à ne plus être tout à fait vous pendant un moment, pour être autre chose. Sur le plan neurobiologique, ça renvoie plus à la dépersonnalisation. On va un peu sortir de soi pour incarner autre chose. J'imagine que vous créez une alchimie entre votre propre panel d'émotions et celui d'un personnage, avec une perte de contrôle de la réalité pour rentrer dans une réalité autre.

ANOUK. – La dépersonnalisation, c'est quelque chose en moins ?

FRANK BELLIVIER. – Ça veut dire : je passe d'une personnalité à une autre personnalité. Comme sous certains produits, on va perdre notre unité psychique pour en trouver une autre, pendant un temps.

ANOUK. – Un texte peut devenir un champignon dans le cerveau… ? Ça ne doit pas être ce phénomène de dépersonnalisation, parce qu'on ne perd pas pied : on le fait cent fois, à heure fixe. C'est un job.

FRANK BELLIVIER. – On peut faire l'hypothèse que ce phénomène se fasse sans qu'il y ait une perte de contrôle. Mais ce que vous décrivez, c'est bien un phénomène de passage d'une cohérence psychique à une autre cohérence. Je comprends que ce soit troublant pour l'acteur, surtout si c'est contrôlé ; qu'il ait envie de se demander : finalement, qu'est-ce qui se passe quand je suis moi et que je ne suis plus moi, et quand je ne suis plus moi et que je redeviens moi ?

*

ANOUK. – Si je joue Médée avec sincérité, cette femme qui tue ses enfants, est-ce que mon cerveau joue, ou est-ce qu'il vit ?

JULIE GRÈZES, *neuroscientifique*. – Je crois qu'il vivra le drame de Médée à la première personne, mais un petit bout de lui sait que ce n'est pas vrai, même si vous l'avez entraîné à l'oublier.

ANOUK. – Les secondes où je tue les enfants, je vais sentir en moi la pulsion de tuer. Qu'est-ce qu'il vit, mon cerveau ?

JULIE GRÈZES. – Il s'approche de la pulsion, il le vit, parce qu'il sait que c'est faux. Il ne le ferait pas si c'était vrai. Je crois que certaines parties archaïques de votre cerveau ne savent pas que vous jouez ; pour elles, c'est vrai, et c'est parce que c'est vrai pour elles que vous avez l'air vrai quand vous les jouez. Tout n'est pas feint dans ce que le corps et le cerveau mobilisent. Peut-être que les acteurs ont des capacités d'imagerie mentale somato-sensorielles et visuelles beaucoup plus développées que les autres personnes. Soit c'est quelque chose qui était là et qui fait que vous vous orientez vers ce métier, soit c'est quelque chose qui se développe avec le métier, mais on peut imaginer que votre capacité à vous mettre à la place de l'autre existe plus que chez d'autres personnes.

ANOUK. – Le cerveau ne sait pas faire la différence entre ce qu'il imagine et ce qu'il vit ?

JULIE GRÈZES. – Pas vraiment.

ANOUK. – Par exemple, si je joue que je perds mon père, dans mon cerveau, je suis orpheline ?

JULIE GRÈZES. – Oui… Mais il y a quand même une petite différence : si vous imaginez mentalement une situation (vous perdez votre père, ou vous tuez vos enfants), l'information vient du haut. C'est le cortex préfrontal qui s'allume, c'est lui qui prend les décisions. Cette région dit : « C'est moi qui veux ça, c'est moi qui l'ai imaginé. » C'est volontaire, conscient. Alors que dans la vie, ça vient du bas, on ne sait pas ce qui nous prend.

ANOUK. – Mais on s'exerce à ce que ça vienne du bas. On répète pour que ça nous échappe, et que ça échappe aux personnages. Et ce qu'on imaginait devient assez vécu.

JULIE GRÈZES. – C'est possible que vous changiez vraiment de perspective, et que vous le viviez partiellement en première personne, avec tout ce que cela implique de non volontaire, sous un petit contrôle qui dit : « OK ! je lève l'ancre ! » J'imagine que ce changement de perspective entre première personne et troisième personne doit être dissocié au niveau cérébral.

ANOUK. – Le cerveau est content de changer de perspective ?

JULIE GRÈZES. – Le cerveau humain a ce truc fascinant, il adore imaginer. C'est une machine à prédire, à faire des images…

ANOUK. – Mais imaginer la souffrance, c'est la souffrir en vrai ?

JULIE GRÈZES. – Oui. Vivre une situation ou l'imaginer allume à peu près les mêmes réseaux dans le cerveau. C'est pour cela que l'empathie a des barrières. La tristesse qu'on ressent est toujours très contrôlée, probablement parce qu'elle a un coût trop grand. Mais il y a aussi la récompense : on peut libérer le cerveau de vraies pulsions, justement parce que c'est faux. On peut aller très loin parce que la barrière du faux nous protège. Dans la fiction, on a une liberté qu'on n'a pas dans la vie : on peut ne plus être soi, on peut voler au-dessus d'une ville, être un enfant, ou un pingouin. On peut s'extraire des lois sociales, on peut tuer nos enfants. C'est interdit de tuer un enfant, mais dans la fiction, on peut voir ce que c'est que d'agir sans cet interdit-là. Dans notre tête, on y va, même si ça nous fait éprouver des émotions qu'on n'aurait pas envie de vivre dans la vie, le cerveau est récompensé. Ça fait bouger les frontières. On est à l'étroit dans la vie, sauf dans nos rêves.

Il paraît que le cerveau n'oublie rien de ce qu'il a traversé. Tout ce qu'il a vécu, tout ce à quoi il s'est intéressé, a laissé en lui des traces indélébiles, encodées, stockées à l'échelle moléculaire. C'est une mémoire dont on n'a pas conscience, mais qui est là.
Nous avons joué (été) des tyrans, des putes, des fous, des mystiques, on est déjà morts, on a vu le monde depuis très bas, très haut. C'étaient du jeu bien sûr, on a tiré des balles à blanc, mais ces expériences imaginaires ont été vécues par le cerveau, et maintenant elles font partie de nous, elles sont enchevêtrées à nous. Ce n'est pas qu'on y pense, mais c'est là, dedans, imprimé. On oublie les textes, mais pas la vie qu'ils contenaient, qui nous a modifiés.

Anouk. – Tu te souviens de tous les noms par lesquels tu t'es appelée ?

Dominique Valadié, *comédienne*. – Non…

Anouk. – Tu as l'impression que ta mémoire a stocké toutes ces vies que tu as jouées ?

Dominique Valadié. – J'évacue, mais ça revient vite.

Si le cerveau n'oublie rien de ce qu'il a traversé, quel âge avons-nous ?
J'ai calculé, j'ai autour de 1 000 ans. C'est ridicule.

ANOUK. – Quand on joue des émotions très intenses et qu'on les rejoue pendant des mois, qu'est-ce qu'il en comprend, là-haut, notre cerveau ?

JÉRÔME YELNIK, *neuroscientifique.* – Mais c'est ce que tu lui as imposé. Il ne comprend rien. Il n'est pas là pour comprendre. Il est là pour apprendre et exécuter.

ANOUK. – Il est un peu intelligent quand même ?

JÉRÔME YELNIK. – C'est l'ensemble qui est intelligent. Lui tout seul, il n'est pas trop intelligent.

ANOUK. – Il ne sait pas qu'une histoire, c'est « pour de faux » ? Il ne sait pas que je le dupe ? Pourquoi il vit autant les situations ?

(Ils grimacent un peu.)

LIONEL NACCACHE, *neuroscientifique.* – On a tiqué au même moment quand tu as dit « le cerveau ne sait pas que... ». En fait, il n'y a pas de petit monsieur dans le cerveau qui saurait. Ça, c'est une illusion.

ANOUK. – Le cerveau de quelqu'un n'est pas quelqu'un ?

LIONEL NACCACHE. – Ton cerveau, c'est une éponge qui va secréter de la conscience, des émotions, un sentiment de soi, mais il n'y a personne dans ton cerveau, même s'il fait de toi une personne.

ANOUK. – Je suis mon cerveau, mais mon cerveau ne sait pas qu'il est moi ?

(Je reste sans voix...)

Mais... quand je suis une autre, on est deux ? Je joue des tours à mon cerveau, et il me joue des tours aussi ? C'est comme un duo ?

LIONEL NACCACHE. – Quand tu dis « il me joue des tours », qui c'est, ces deux-là ? Qui c'est « je » ?

ANOUK. – Je ne sais pas…

LIONEL NACCACHE (un peu stupéfait). – Ton cerveau ne fait pas X pendant que toi, tu fais Y. Il n'est pas clivé. Tu ne peux pas faire croire quelque chose à ton cerveau, puisque tu n'es pas autre chose que ton cerveau.

ANOUK. – Pourtant, j'ai souvent l'impression de lui demander de m'emporter plus loin que « je » ne pourrais aller.

LIONEL NACCACHE. – Tu ne peux pas lui demander de t'emporter plus loin, parce qu'il est toi. Tu es ton cerveau.

(Je ne comprends plus rien à ma vie…)

ANOUK. – Mais… quand j'incarne quelqu'un d'autre, je ne suis plus moi… ? Mon corps est en partie habité par un autre esprit, et le monde qui m'environne n'est pas mon vrai monde ; ce n'est pas ma vie. Les émotions qui me traversent sont le fruit d'un autre arbre… ?

LIONEL NACCACHE. – Anouk, je ne pense pas que vous soyez deux. Toi et ton esprit-cerveau ne faites qu'un, mais cela n'interdit pas de se jouer des tours à soi-même. Pour être le plus clair possible, je pense que tu es à un moment donné le fruit des interactions (passées et présentes) entre ton esprit-cerveau incorporé (un cerveau dans un corps), et le monde qui l'environne. On peut reformuler ces questions en s'intéressant à des bribes ou des sous-parties de cet esprit-cerveau : est-ce que tel ou tel circuit cérébral, associé par exemple à un traitement émotionnel, fonctionne comme si cette émotion était vécue, sans la simuler ? Est-ce que des pans entiers de mon fonctionnement inconscient sont aveugles à ce distinguo entre émotion vécue, simulée ou jouée ?

ANOUK. – J'ai l'impression que les tours qui se jouent dans mon cerveau sont en partie vécus…

LIONEL NACCACHE. – Les penseurs contemporains de la conscience ont déjà fait l'analogie entre la scène théâtrale et la scène mentale. Ils disent : « Est-ce que notre esprit, c'est comme une scène de théâtre où se représenterait la vie ? Mais si notre esprit est un théâtre, c'est représenté pour qui ? Pour un spectateur intérieur ? Mais ce spectateur intérieur, qui c'est ? Qui va contempler cette scène à l'intérieur de nous ? »

ANOUK. – Ben… Soi dans soi ?

LIONEL NACCACHE. – Oui, mais il y aurait un autre petit bonhomme dans toi qui serait aussi toi ?

ANOUK. – C'est peut-être l'inconscient ? Mon inconscient est vraiment différent de moi, au civil…

LIONEL NACCACHE. – On dirait que tu dialogues avec ton inconscient.

ANOUK. – Ben oui…

LIONEL NACCACHE. – Mais l'inconscient n'est pas un monsieur ou une madame à qui tu passes commande. L'inconscient n'est pas quelqu'un en nous, ce n'est pas un « je », c'est plus une foule inconnaissable. Il y a quelque chose en nous qu'on ne connaît pas et pour arriver à imaginer ce que c'est, on projette sur lui ce qu'on est, on le réduit en le déguisant avec les habits de la conscience, et on dit : « Ah, c'est mon inconscient qui a fait ça. » Comme si on avait un autre personnage à l'intérieur de nous.

ANOUK. – En tout cas, quelque chose me fait faire des drôles de choses. Cette force que je ne connais pas m'aide à travailler, elle sent pour moi, elle me prend de vitesse. C'est l'inconscient en partie qui me fait jouer.

LIONEL NACCACHE. – Quand donc es-tu inconsciente ?

ANOUK. – Très souvent !

LIONEL NACCACHE. – C'est impossible à savoir, puisque dès que tu t'observes comme n'étant pas consciente, tu es consciente.

(Gros silence.)

ANOUK. – Mais pour nous, c'est un entre-deux. Si on est trop conscient de ce qu'on joue, ou si on joue des gens trop conscients d'eux-mêmes, ça ne marche pas. Parfois, un acteur en répétition, il a les yeux troubles, il ne bouge pas, il fait des petits gestes sans savoir qu'il les fait. On dirait qu'il laisse faire, comme s'il était le réceptacle de quelque chose d'inconnu mais familier, pas nommable, qui va le mettre en jeu. Les metteurs en scène qui explicitent trop nous cassent nos moteurs ; on doit maintenir ensemble une sorte de clair-obscur où on est très éveillé et assez inconscient.

LIONEL NACCACHE. – Une piste explicative qui me semble potentiellement féconde pour faire sens à tes intuitions, repose sur les interactions riches et complexes entre d'une part, notre activité mentale consciente, et d'autre part, la multitude de processus cognitifs inconscients, qui font également partie de notre identité subjective. Et sur le fait que notre posture consciente ne cesse d'influencer, à notre insu, de nombreux processus cognitifs inconscients.

*

Ce dialogue a en réalité duré plusieurs années. C'est le tissage des premiers enregistrements que je faisais, des commentaires de Lionel Naccache aux divers états de mon texte, et de mes cogitations. C'est donc plus un dessin qu'une photographie, mais la trace précieuse de deux mondes qui commençaient à se rencontrer.

Et ça a été le début de mon chemin.

Parfois, dans les travaux au long cours, c'est précieux pour moi de revenir à l'origine. Aux premiers flashs. Ça aide à poursuivre quand on est dans la broussaille.

Je me souviens de ce premier rendez-vous à l'Institut du cerveau, ces quelques heures de discussion très libres et secouantes entre nous. Le savoir, le pas savoir, l'ouverture d'esprit, le sérieux et l'humour faisaient bon ménage. Ils trouvaient étonnant ce que je leur rapportais de nos expériences de jeu, et je trouvais révolutionnaire ce qu'ils me racontaient du cerveau. Tout était bizarre, complexe, marrant, et la merveille, c'est que ça se disait simplement, sans quoi je n'aurais pas pu continuer.

À la fin de cette soirée, Lionel Naccache m'a dit : « Il doit y avoir quelque chose de très solide dans ton travail, c'est ton rapport à ce phénomène : tu sais ce que tu cherches, tu énonces ce que tu cherches, et ton exploration est guidée par ce que tu veux chercher. Comme dans un magasin, tu attrapes les trucs que tu veux, ce n'est pas que tu tombes sur des trucs. Ton étonnement doit être premier. C'est lui qui peut te mener aux briques. Prends des choses très concrètes, qui éclaireront des facettes du puzzle. Et ça, ce sera riche. »

Jérôme Yelnik a ajouté : « C'est ta vision, le fil rouge de cette histoire. »

J'étais si étonnée de cet accueil, que j'ai osé dire : « Ce serait bien qu'il n'y ait pas que moi qui soit étonnée, que ce ne soit pas que dans un sens. Que vous posiez des questions aussi. Qu'il y ait quelque chose de la rencontre. »

LIONEL NACCACHE. – Oui !

ANOUK. – En toute modestie, j'ai l'impression que vous et nous, on décrypte des symptômes…

LIONEL NACCACHE. – C'est bien, cette idée !

ANOUK. – Vous étudiez des choses qu'on reproduit sans le savoir…

LIONEL NACCACHE. – C'est certain.

JÉRÔME YELNIK. – On décortique des fonctionnements mentaux, des interrelations. On ne fait que ça.

ANOUK. – Nous aussi !

LIONEL NACCACHE. – Viens quand tu veux. On reparle.

Ces derniers mots, en guise de salut, ont été un sésame, et le sont encore aujourd'hui que je termine cette traversée : assumer mon regard qui peut parfois paraître nigaud ou têtu, ne pas lâcher mes questions, naïves ou pas ; avancer avec cette lampe frontale, sur mon chemin. Prendre les briques, celles qui m'aident à aller mon chemin. Être en lien avec eux tous, acteurs, metteurs en scène et neuroscientifiques, reconnaissante pour ce qu'ils m'apprennent chacun, mais avancer seule, humblement, en me donnant le droit de voir avec mes yeux qui s'ouvrent doucement.

Pendant des années, Lionel Naccache a essayé de me faire entendre que je n'étais pas deux (« mon cerveau et moi »). C'était une maladresse de langage de ma part, à laquelle je ne tiens pas. J'essayais de traduire la sensation physique d'une présence autre en moi.

Je croyais naïvement que « je » demandais à « mon cerveau », ou à mon inconscient, de m'aider à devenir quelqu'un d'horrible ou de sublime (ce que je ne suis pas), et qu'« il » m'envoyait loin de « moi ». Ce que je commence à comprendre, c'est que « loin de moi » se passe encore en moi. Autre est encore soi. C'est long de lâcher une illusion (« moi et mon cerveau ») ; cette croyance devait sans doute me servir de protection.

D'accord… La sensation si forte de double ne dit pas que le cerveau est deux. Je me trompais dans les mots. Mais ça n'enlève pas la sensation d'être transformé de l'intérieur, ni la certitude que cette transformation nous échappe en partie.

D'accord aussi… Ces autres qu'on porte en nous sont une part inconnue de nous, et du vaste monde, avec qui on fait connaissance. Mais dans mon domaine, connaissance devrait s'appeler autrement que connaissance, si la connaissance est une chose que l'on maîtrise, dont on peut parler à table (ou même à soi). Nous, on accepte de ne pas bien savoir ce qui nous arrive, on ne peut pas parler de ce qu'on fait, et c'est dans ce silence intérieur qui résonne que quelque chose advient. En ce sens, on n'est pas toujours conscient, ni de nous ni de ce qu'on joue. C'est dans un abandon un peu contrôlé, mais pas trop, que l'on peut espérer être acteur.

Conscience, inconscience ? Il y a peut-être un entre-deux dans l'art, et c'est peut-être cet entre-deux qui nous permet d'être deux en un ?

Le public ne vient pas voir des gens conscients. D'où la difficulté du travail, et parfois son efficacité.

Notre sensation d'être habité par moments par une présence autre n'est pas qu'un sentiment personnel :

– Le public veut voir des acteurs transfigurés, honnêtement transfigurés. (Ce qui nous joue parfois des sales tours, quand les gens nous prennent pour qui on joue… Très pénible !)

– Nos compagnes, nos compagnons ne nous reconnaissent pas toujours quand on travaille, et qu'on est travaillé : presque tous disent qu'au quotidien, pendant des mois, ils vivent avec un tiers : le couple devient un trio, et on leur interdit de se mêler de notre esprit, parfois même de nous toucher. On ne s'appartient pas. Pas commode pour eux, commode pour personne. Mais intéressant.

Mais si tout est dans notre tête, la tête est vraiment bizarre ! Que l'on ne soit qu'un ajoute beaucoup aux mystères de toutes ces voix en nous, ce souk. « Les différents messieurs dont je me compose[1] » de Proust devaient tous avoir des sentiments, des pulsions différentes ? Fernando Pessoa a passé sa vie à transcrire ses identités fragmentées ; changer de nom n'était pas un style. Et je pense à tant d'autres encore, des gens de la vie, plus discrets, qui n'osent pas dire qu'ils ne savent pas qui ils sont. En fait, je ne connais personne qui se sente à l'unisson dans son cerveau…
Il se trouve que je joue la comédie (quel mauvais terme !), mais ma vie n'est pas plus calme. Elle est faite de dialogues incessants, de combats gagnés, perdus, où l'une est l'amie de l'autre, son ennemie, sa mère, l'enfant sur ses genoux, celle qui comprend très bien et celle qui ne comprend plus rien. J'ai 1 000 ans, j'ai 2 ans. J'ai deux sexes, je n'en ai aucun. Je n'y entends rien. Mais j'ai de l'oreille pour ce qui ne se dit pas.
Je sais aussi que les écrivains de théâtre distribuent dans leurs personnages ces voix qui les déchirent ou les font rire : leur tête est un théâtre, qu'ils maîtrisent et ne maîtrisent pas. Quand on est interprète, on sent très fort ceux qui veulent trop penser, et leur littérature ne dit presque rien de la vie. Elle est lente, lourde. C'est quasi injouable.

Je rêve de comprendre les choses intérieures de cet étrange métier, mais je ne peux pas le dépouiller de sa force et son silence congénital. C'est l'énergie vitale de ce qu'on ne connaît pas, mais qui agit si fort dans le jeu et la vie, qui m'intéresse tellement. Pas tant pour la décortiquer que pour en profiter mieux.

---

1. Marcel Proust, « Lettre à Robert Dreyfus », BNF Gallica, mise en ligne 2019.

Nous, on travaille avec cette force, volontairement aveugles au processus, pour se donner la chance de sonner juste.

Je me demande même si cette foule de gens qui s'expriment à travers nous ne vient pas de cette « foule inconnaissable » que nous n'évitons pas – au même titre que les grands auteurs dramatiques, les bons dialoguistes, les metteurs en scène de talent, qui ont tous le sens du silence, comme d'autres ont le sens de l'orientation.
Même si on cogite beaucoup dans notre travail, si on baigne dans les mots, si on épluche les situations pour toucher à la pulpe, je crois vraiment que le jeu n'est pas le lieu de la conscience. À interpréter les textes, et jouer le chaos des gens avec les gens, ça rend assez modeste du côté de la conscience.

Donc je reviens à mes questions : si « on est notre cerveau », que se passe-t-il en lui quand des esprits différents du nôtre prennent racine en nous, et prennent aussi leur autonomie ? Comment un travail collectif, conscient, volontaire, mais fait de beaucoup d'abandon et de solitudes, contribue à l'incarnation, qui nous mène toujours plus loin que ce qu'on a construit consciemment ?
Que vit mon cerveau quand il se bat dans une époque autre, un destin autre, avec une conscience autre, un désir autre, une langue autre = une personnalité autre ?
Quelle est la source de cette mémoire que je n'ai pas, ou croyais ne pas avoir ?
D'où viennent ces émotions qui surgissent en moi, liées à des expériences que je n'ai pas vécues en vrai ? Par exemple, qui je suis, moi, quand je suis Jeanne d'Arc face à ses juges, dans son siècle, sa presque-enfance, son illettrisme, les voix

qu'elle entendait, et sa phosphorescence ? Ou quand je deviens une bourgeoise idiote qui dit n'importe quoi, obsédée du matin au soir par un pot de chambre, dans une pièce de Feydeau ?

11

NOTRE THÉÂTRE INTÉRIEUR

(Dans la vie et dans le jeu)

Si on n'est qu'un, pourquoi ça tire à hue et à dia ? D'où viennent toutes ces voix en nous ? Qui parle ?

L'inconscient

Qu'est-ce que c'est, l'inconscient ? Si c'est une foule inconnaissable en nous, comment notre cerveau peut la contenir ? Si on ne peut pas la connaître, est-ce qu'elle, elle nous connaît personnellement ? Qu'est-ce qu'elle fait pour nous ? Qu'est-ce qu'elle sait qu'on ne sait pas ?

Pour Lionel Naccache, spécialiste de ce domaine, l'inconscient n'est pas seulement ce malin au fond de nous, plein d'intentions, de stratégies qui nous mettrait dans la panade quand il sort le museau. Bien qu'il soit le prince des lapsus ou des actes manqués, il nous tend aussi beaucoup de mains : « Loin d'être nécessairement "stupides", rigides et figés, certains de nos processus mentaux inconscients peuvent être "intelligents", souples et aptes au changement[1]. » Notre expérience l'a façonné, et il nous conditionne en permanence. Il nous

1. Lionel Naccache, *Le Nouvel Inconscient*, Odile Jacob, 2006.

renseigne sur la valeur de ce qui nous entoure, il repère des choses invisibles à la conscience que nos perceptions n'avaient pas enregistrées, et nous envoie des signaux dans le corps pour nous avertir des plaisirs et des dangers. Il scanne des situations complexes beaucoup plus vite que nous ; il voit ce que nous ne voyons pas, reconnaît des lieux que nous avions oubliés, capte des émotions chez les autres que nous n'avions pas repérées, et nous en informe. Il y a une multitude de processus inconscients : il y a des activités de langage inconscient, notre système moteur peut être activé de façon inconsciente. En fait, tout contribue à des fonctionnements inconscients. Il dialogue tout le temps avec le conscient, mais le conscient ne capte qu'une toute petite partie des informations de l'inconscient : « La plus grande partie des processus mentaux qui nous gouvernent sont inconscients, et seulement un tout petit nombre vient à notre conscience[2]. »

Quant à sa localisation dans notre cerveau, notre inconscient n'est pas dans la cale de notre moi, dans un endroit à part de l'intelligence qui serait tout en haut, à l'étage de la direction. Il n'y a pas un endroit de notre cerveau où il n'est pas. C'est l'oxygène de nos cogitations. L'inconscient se mêle de tout, respire tout, voit pour nous, et pense avant nous. Il est savant, ou plutôt, nous sommes savants inconsciemment.

Des expériences ont montré que nos inconscients savaient lire plus vite que nos yeux pouvaient voir. Lionel Naccache et ses collègues[3] ont mis des gens devant un écran, ils leur ont projeté une suite de mots inoffensifs comme : « orange », « chocolat », « vallée, « vélo », en injectant dans cette petite

2. Lionel Naccache, *Le Nouvel Inconscient*, Odile Jacob, 2006.

3. Ces expériences sont décrites très en détail dans le livre de Lionel Naccache, *Le Nouvel Inconscient,* Odile Jacob, 2006.

liste, les mots : « pistolet », « sang », « guerre ». Chacun de ces mots ne restait que quelques millièmes de seconde à l'écran, si vite que les mots étaient subliminaux et échappaient à la conscience des sujets. Les scientifiques ont pu voir qu'à la seconde où les mots comme : « pistolet » ou « guerre » arrivaient sur l'écran, la peur s'allumait dans leur système émotionnel, qu'on appelle l'amygdale. Leurs inconscients avaient lu, vécu les mots, selon leur valence émotionnelle, et avaient informé leurs corps du danger.

Autre expérience, réalisée par la même équipe de scientifiques : des patients qu'on appelle *blindsights* (vision aveugle) ne voient plus rien consciemment à leur droite ou leur gauche, à la suite d'une lésion cérébrale. Les chercheurs leur ont demandé de regarder des images de visages exprimant la joie, la terreur, le dégoût, et de dire si ces images étaient positives ou négatives. Ils ne les avaient évidemment pas prévenus de ce qui serait devant eux. Ces personnes, aveugles consciemment, disaient : « Comment voulez-vous que je regarde ce que je ne vois pas ? ! », mais elles ont quand même regardé ces images. Les chercheurs ont alors constaté des modifications d'émotions dans leurs corps, alors qu'elles n'étaient pas capables de décrire consciemment ce qui venait de leur être présenté. À l'insu de leur conscience, leur esprit/cerveau avait perçu inconsciemment la joie, la terreur, le dégoût, et les en avait informés. Elles « avaient vu » sans voir.

LIONEL NACCACHE, *neuroscientifique*. – L'équipe d'Adrian Owen a cherché chez des patients éveillés, mais non communicants (différent du coma où les patients ne sont pas éveillés), des signatures de l'état de conscience, en les exposant à des consignes verbales auditives. Ils leur ont demandé d'imaginer jouer au tennis, et ont observé que les régions cérébrales en charge de la programmation motrice s'activaient chez certains de ces patients aussi bien que chez des sujets conscients communicants, ce qui suggérait qu'ils étaient eux aussi conscients et capables de répondre à cette commande motrice arbitraire et spécifique. Lorsqu'ils leur demandaient d'imaginer qu'ils se promenaient dans leur appartement, ces patients présentaient alors des activations cérébrales spécifiques de ce que les chercheurs appellent la navigation mentale.

Ils sont allés plus loin avec certains d'entre eux. Ils leur ont dit : « On va vous poser des questions sur votre vie. Si ce que je vous dis est vrai, imaginez que vous jouez au tennis pour dire "oui". Si la réponse est fausse, imaginez que vous vous promenez dans votre appartement pour dire "non". » Ils ont par exemple demandé à l'un d'eux : « Est-ce que votre frère s'appelle Paul ? » Le patient a répondu en activant le réseau d'imagerie mentale motrice, indiquant aux médecins que la réponse était bonne : oui, son frère s'appelait bien Paul. D'autres questions personnelles suivaient, et trois patients sur cinq ont répondu en donnant chaque fois des bonnes réponses…

J'avais de l'inconscient une vision plus noire que ce père Noël aux mains tendues ou à l'oreille fine : je le croyais planqué au fond de nous, une sorte de tombe mal vissée, pas étanche, avec des fuites ; un puits sans fond et sans paroi, rempli de tout ce qu'on n'aurait pas pu digérer, que le cerveau aurait jeté dans le silence, parfois jusqu'à l'oubli. Mais ce qu'on a oublié ne nous oublie pas : c'est quelque part au fond, vivant, ça veut et ça ne peut pas voir le jour. « Ça » fait des gloups et des gzbrrr…, « ça » a des petites mains pour nous tenir dans l'immaturité. C'est plein de chagrins, de colères. L'obscurité

de l'un enlace l'obscurité de l'autre ; alors oui... « Se plaire sur le toit, c'est peut-être à cause de la cave[4] ».
Mais c'est l'inverse aussi : c'est la mémoire vive du soleil qu'on était. Nos forces vives. C'est notre jardin fruitier.

Je ne comprends pas quels sont les rapports entre l'inconscient-foule, tourné vers la vie, et l'inconscient qui re(foule) dans l'obscurité. Que de slaloms entre « grâce à lui » et « malgré lui... » Une chose qui m'a l'air assez sûre, c'est le goulot d'étranglement entre les forces sauvages et vitalisantes de l'inconscient, et la lenteur de notre conscience pour les traiter, les fêter.

La conscience, un patron dépassé

Contrairement à ce qu'on pourrait croire, la conscience n'est pas l'unique source de ce qui nous conduit. Nous ne sommes pas les êtres pensants que nous croyons être. Tout le monde a le sentiment d'être pilote de sa vie parce que tout le monde le désire, mais c'est beaucoup dans le sentiment. Ce sentiment peut bien prendre l'air d'une certitude, d'un discours, il n'empêche, c'est une histoire qu'on se raconte. Nous nous croyons rationnels, or nous sommes très irrationnels. Toutes nos pensées sont d'abord des émotions, qui nichent si bas en nous qu'on est presque les derniers informés. Nous sommes pilotés par des forces qui nous dépassent. Nous sommes conditionnés par notre inconscient, notre corps le sait, il « sonne », mais on n'entend pas.

Vilayanur S. Ramachandran, *neuroscientifique*. – « Bien que nous pensions être maîtres de notre propre destinée,

4. Henri Michaux, *Tranches de savoir,* Librairie Les Pas perdus, 1950.

> la plupart de nos comportements sont gouvernés par un mélange de raison et d'émotions dont nous sommes à peine conscients. En résumé, notre vie consciente n'est qu'une rationalisation *a posteriori* de ce que nous faisons pour d'autres raisons[5]. »

Tout le monde, le pape compris, est mû par des forces qu'il ne connaît pas. Ce n'est pas seulement l'amour et la haine, la vie et la mort, ce sont des forces contraires infiniment variables selon les circonstances, qui jouent dans tous les sens et sur beaucoup de plans. C'est pour chacun un immense bordel qu'on ne connaîtra jamais. Dans ce bordel qu'on ne peut pas ranger, l'inconscient chercherait toujours le plaisir, et chercherait l'autre. C'est ce que disent des psychanalystes. Sans l'autre, qui nous a nourris, protégés, aimés, on sait qu'on ne serait pas là. On ne peut pas vivre sans lui, mais il nous embrouille aussi, car il a son bordel à lui. Disons que celui qui nous éclaire est dans sa nuit. Chacun est un désordre, et le chaos de l'un se frotte au chaos de l'autre. « Ce que veut chaque individu est empêché par chaque autre, si bien que le résultat global est quelque chose que personne n'a voulu[6]. » Tout ça fait la richesse et la rudesse de nos liens, nos amours, nos besoins, les nœuds, les rébus que nous sommes.

On a bien le langage pour nous relier, mais nous disons rarement la vérité, parce que nous n'avons pas les pinces pour l'attraper, ou parce qu'on ne veut pas se faire attraper. Celui qui dit quelque chose est rarement compris ; chacun parle depuis sa cellule en croyant être libre, à d'autres dans leurs cellules qui se croient libres aussi. « On ne sait rien de

5. Vilayanur S. Ramachandran, *Le Cerveau, cet artiste*, Eyrolles, 2005.
6. Friedrich Engels, *Lettre à J. Bloch,* 1890, Éditions sociales, 1976.

leurs vrais enthousiasmes ou de leur vrai désespoir. Quand ils ouvrent la bouche, ils prennent leur distance avec leur cœur[7]. »

C'EST DE CE THÉÂTRE INTÉRIEUR QUE SE NOURRISSENT LES FICTIONS

Toutes les bonnes pièces de théâtre et les bons films nous montrent des gens non préparés, tâtonnants, menteurs, en retard sur eux-mêmes. Des gens qui se voilent la face, qui adorent, le cachent, s'abaissent, dominent, tombent de haut, prennent le pouvoir, ne comprennent rien, perdent la raison, et trouvent ou pas la liberté.

Toutes les histoires racontent des combats en soi et avec le monde, c'est ça que les gens viennent voir. S'il n'y avait pas tous ces ratés et l'énergie de s'en dégager, on n'aurait pas la pulsion de faire de l'art, et les gens n'auraient pas besoin d'aller en voir.

Les personnages sont comme nous, en plus beau, plus pathétiques ; des inconscients ambulants. Comme nous, ils ne savent pas comment ça va se passer. Ils savent à peine ce qu'ils vivent, ils ne disent pas ce qu'ils pensent. Ils ne savent pas qu'ils sont des personnages ; d'ailleurs, ce sont des gens. Ils ne savent pas qu'ils sont sur une scène et que des spectateurs les regardent. Les personnages de comédie ne savent pas que c'est une comédie ; pour eux, ce n'est pas drôle ce qui leur arrive, c'est pour ça qu'ils sont drôles. Ce sont des livres ouverts pour les spectateurs, mais pas pour eux-mêmes, et pas pour les acteurs qui les jouent.

---

7. Botho Strauss, *Personne d'autre*, Gallimard, 1987.

> Antoine Vitez, *metteur en scène.* – « Difficulté à me faire comprendre quand je parle d'immaturité des personnages. L'immaturité, ça veut dire que les désirs et les pensées ne sont pas avoués, et quand ils éclatent au grand jour, c'est trop tard. D'où tragédie. Ou farce[8]. »

Représenter, c'est l'art d'être au présent, avec tout ce que ça a d'inconnu, d'inconscient, de malin et pas malin. Il faut n'être pas trop conscient de ce qu'on dit, sinon on abîme les textes, on casse leur moteur.

Nous, on est juste des réflecteurs. On montre sans montrer ce que ça fait la vie avec les autres, et le bordel en soi.

> Nicolas Bouchaud, *comédien.* – « L'acteur, c'est celui qui donne à son personnage le caractère vivant et imprévisible d'une "personne". Il va nous faire croire que rien n'est joué de son existence et de son destin avant qu'il le joue. [...] Jouer, ça n'est pas imiter ou représenter quelque chose. C'est être traversé par le texte de la tête aux pieds. On ne joue pas ce que le personnage pense, on joue ce que le personnage vit. C'est pour ça que c'est très physique. Plus on sait ce qu'on doit jouer, plus le corps et l'inconscient ont fait le parcours et connaissent leurs parties, et plus il faut être relâché pour que ça se fasse tout seul[9]. »

Comment l'inconscient se prend au jeu ?
Est-ce que, comme à un maître du jeu (des Je), on lui « tendrait nos brochures », qu'il lirait plus vite et mieux que nous,

---

8. Antoine Vitez, *Écrits sur le théâtre,* t. 1 : *L'École*, POL, 1994.
9. Cédric Enjalbert, « Nicolas Bouchaud : "Jouer, c'est creuser une inquiétude" », *Philosophie Magazine*, 21 janvier 2014.

pour nous mener où veut la vie ? Est-ce parce qu'il respire le texte comme il respire la vie qu'il nous instruit sur les secrets des personnages, et nous souffle des réactions qu'on ne pourrait pas produire volontairement ? C'est lui qui décoderait la langue et encoderait nos corps ? C'est parce qu'on est réceptif à ses signaux qu'on peut émettre des vrais sons ? C'est parce qu'il a du plaisir à vivre qu'il nous en donne à jouer ?

> Louis Jouvet, *comédien et metteur en scène.* – « Par de légères phosphorescences, la pièce prend sa signification et le jeu devient une découverte du sens, une vérification. [...] Le texte de l'auteur cesse d'être un texte littéraire pour devenir une transcription physique dont il est le premier dédicataire et l'intermédiaire exclusif. Ceci ne peut s'accomplir par la pensée, mais seulement par un état sensible, une pratique secrète du texte. [...] Il [l'acteur] est inintelligent parce que nécessairement inconscient. Mais cette inconscience qui est son fait, sa nécessité peut être aussi la source de ses perfectionnements les plus hauts[10]. »

Dans ce travail sur le texte, l'inconscient semble aimer beaucoup la texture : les virgules, les points, les espaces ; on dirait que c'est sa corde à nœuds. Souvent, on se pose des grandes questions sur qui vit quoi, et en respectant scrupuleusement la ponctuation, la vérité pulse du corps. Il doit y avoir dans le rythme d'un texte des traces des battements humains, qui passent de l'inconscient du texte au nôtre. « Le rythme est la présence d'un chemin. C'est la tension ininterrompue d'une rumeur intérieure, l'écoute comme d'une musique lointaine[11]. »

---

10. Louis Jouvet, *Témoignages sur le théâtre*, Flammarion, 2009.
11. Henri Maldiney, « L'esthétique des rythmes », *Regard Parole Espace*, Cerf, 2012.

*

Lionel Naccache. – « Selon que nous faisons attention à tel ou tel objet, le montage du film intérieur ne sera pas le même. Pour le dire encore autrement, nombre de processus inconscients sont influencés par ce que nous avons à l'esprit consciemment. Très souvent, la conscience influence ce qui, pourtant, lui échappe et lui est inconnu[12]. [...] Un inconscient riche, intelligent, doué d'intentions complexes, un inconscient dynamique, n'ayant de cesse de badiner avec notre conscience et à féconder en filigrane l'essence profonde de nos créations et de notre civilisation[13]. [...] On peut se risquer à envisager que certains savoirs extrême-orientaux, ou certaines pratiques de méditation, de yoga ou de concentration intense reposent sur cette propriété : savoir que l'on possède la capacité de modifier une partie de ce qui nous échappe, sans pour autant jamais connaître cette partie[14]. »

12. Lionel Naccache, *Le Cinéma intérieur*, Odile Jacob, 2020
13. Lionel Naccache, *Le Nouvel Inconscient*, Odile Jacob, 2006.
14. Lionel Naccache, *Le Nouvel Inconscient*, Odile Jacob, 2006.

12

L'INTÉRIEUR À L'OUVRAGE

À quoi nous sert de répéter pour devenir des petites bêtes humaines ?
Comment être authentique quand on n'est pas soi, quand c'est si dur de l'être quand on est soi ?
Par quels souterrains un texte fait son nid dans le cerveau, et nous modifie ? Comment on tripote les émotions ? Est-ce du tripotage ?

Pourquoi Jérôme Yelnik, neuroscientifique, me dit : « Ce n'est pas naturel, ce que vous faites ! Vous faites des choses contraires au fonctionnement normal » ?

Pour comprendre ce qui dans le jeu serait « contraire », il faut revenir à la vie, repartir des « briques » de l'édifice mental, et dérouler les ingrédients du « fonctionnement normal ».

Je vais donc faire une chose insolente dans le chapitre qui suit : je vais essayer de vous raconter en quelques pages ce que j'ai compris des mécanismes cérébraux quand on est soi, normal, dans la vie. Ce sera une visite en accéléré. Pardon pour les chercheurs qui y ont passé leur vie.
Il sera question d'un cheval, d'un cavalier, d'une turbine très ancienne, des émotions, des sentiments, de la mémoire, du corps qui parle, et de nos pensées. On verra comment cette orchestration très intérieure fait le naturel de chacun, qui nous échappe toujours, et qu'il est paraît-il impossible d'imiter…

Puis, dans le chapitre d'après, je vous raconterai, au ralenti, les étapes de notre travail : on verra comment le cerveau tout entier se prend au jeu de nos métamorphoses, joue pour une part, et ne joue pas pour d'autres.

13

AU PALAIS DES MERVEILLES, JE POUSSE MON CADDIE

(Balade dans le cerveau des gens)

Le cheval et le cavalier

S'orienter dans la vie, avoir le sens du bonheur ou la peur des malheurs est un travail d'équipe entre plusieurs instances de notre cerveau. Quand on va bien, c'est un dialogue permanent entre nos couches les plus archaïques et nos couches les plus élaborées, entre nos instincts et nos pensées. Quand ça ne va pas, le cerveau est saturé, le dialogue est sourd : on est désynchronisé.

Roland Jouvent, *psychiatre*. – « Nous avons deux cerveaux, empilés l'un sur l'autre : L'un est rapide, intuitif, sensuel, arrogant, expressif, méfiant, rancunier. Sa rapidité va de pair avec son intuition. Sa sensualité provient de ce que c'est lui qui a faim, qui a soif, qui a des désirs sexuels, qui se met en colère. C'est lui qui commande la force physique et sexuelle. La base de son caractère, c'est la mémoire. Sa méfiance est garante de sa sécurité. Le caractère rancunier en découle : l'hippocampe et l'amygdale coopèrent côte à côte pour analyser les événements nouveaux en déployant leur historicité. Dans un contexte donné, chaque événement peut être comparé à des événements antérieurs par le système d'alerte. Oublier ce qu'on sait, les déboires qu'on a pu connaître, c'est d'abord prendre un risque. La rancune, c'est aussi un système de survie, quitte à s'en départir ensuite. Cet appareil sous-cortical regroupe les cerveaux reptiliens et ceux des vieux mammifères. Enfoui à l'intérieur de l'appareil cérébral, il ne grossit plus. Nous l'appellerons le cheval.

L'autre est plus lent, réflexif, intelligent, raisonneur, logique, associatif, il planifie, fait des liens, symbolise, métaphorise, commente, bavarde, digresse. C'est le néocortex. Il ne cesse de grossir, de s'épaissir, devenant chaque siècle plus intelligent et plus performant. Nous l'appellerons le cavalier.

Tous deux sont à la fois irréductibles à une seule entité, et inséparables. L'un ne peut fonctionner sans l'autre.

C'est le cheval qui a aidé le cavalier à se développer, qui lui a donné l'énergie et les règles pour construire sa belle intelligence. C'est le cheval qui continue de baigner la pensée (les humeurs).

Mais le cavalier a deux handicaps : il n'est pas assez rapide, pas assez spontané, trop réflexif, trop compliqué. La survie nécessite souvent la vivacité pour éviter une voiture, un obstacle, pour se défendre, il ne faut pas perdre du temps à réfléchir. L'autre lacune du cavalier tient au fait qu'il ne sait pas respirer la vie : il peut l'imaginer, la transformer, la métaphoriser, se la remémorer, il ne la vit pas. Qu'il s'agisse de souvenirs remémorés, de pensées imaginaires, il ne peut les ressentir seul. Sorte d'ordinateur désincarné, il n'a pas de programme pour éprouver. En d'autres termes, le cortex cavalier ne sait pas jouir. Alors, il doit demander au cheval de donner de la vie, du corps, des sens à ses pensées et à ses souvenirs. Le cavalier donne le sens, le cheval donne les sens.

Ils sont donc condamnés à vivre ensemble. Mais la règle de base est immuable. Le cavalier commande, il doit maîtriser sa monture. Il adresse des messages “par le haut” (*top-down*). Le cheval éprouve avant de penser, toujours prêt à s'emballer et à réagir viscéralement. S'il a peur, il se cabre. D'origine ancienne, il envoie des informations “par le bas” (*bottom-up*)[1]. »

L'oignon

On peut aussi décrire notre cerveau comme des pelures d'oignon :

- Au centre le plus ancien, le plus viscéral.
- À la surface, le plus récent, le plus conscient.

Au centre donc, au plus reculé, il y a notre cerveau reptilien : il n'a pas changé depuis des millions d'années. C'est la couche la plus profonde de notre cerveau, les instances les plus animales. Son job, c'est la survie (l'agression, la peur, la faim, la soif, le plaisir, la sexualité). Il est primitif… Ça y va !

Roland Jouvent. – « Les racines émotionnelles de la mémoire sont restées dans l'animal en nous, au plus près des humeurs et des instincts. […] Si une chose nous fait peur, c'est que notre mémoire s'en souvient. […] Toutes ces émotions trouvent leurs racines dans les couches les plus profondes de notre cerveau, elles sont héritées de la sélection[2]. »

Notre mémoire dépasse de loin notre biographie, elle est d'abord le résultat d'un bagage biologique hérité. Elle est gérée

1. Roland Jouvent, *Le Cerveau magicien*, Odile Jacob, 2009.
2. Roland Jouvent, *Le Cerveau magicien*, Odile Jacob, 2009.

par l'hippocampe, qui vit en étroit voisinage avec l'amygdale, qui gère nos émotions les plus viscérales.

Notre mémoire et notre système émotionnel sont deux compères qui pensent sans penser, et savent bien nous défendre. C'est l'amygdale qui déclenche ces réactions qui nous débordent, comme la stupeur, les pupilles qui se dilatent, le cœur serré, les larmes aux yeux, les mauvais pressentiments, l'amour, la rage aussi ; la joie, l'instinct maternel, le désir, le plaisir, la séduction, l'appartenance au groupe, la motivation, l'ambition.

La turbine

Quelque part au fond de notre cerveau, sous notre cortex (la conscience), il y a un noyau qui mesure 3 millimètres, qui est vieux de 400 millions d'années. Les singes et les oiseaux ont le même que nous. Il fait partie d'un petit système très ancien lui aussi, qui a plusieurs noms, et qu'on appellera pour simplifier : la « turbine ». Cette « turbine » se situerait entre le « cheval » et le « cavalier ». Elle est moins rapide que le cheval, mais n'en reste pas moins inaccessible à notre volonté.

Depuis trente ans, Jérôme Yelnik étudie ce système-turbine et, en particulier, le noyau[3], qu'il appelle « son trésor ».

---

3. Jérôme Yelnik : « Il a fallu beaucoup de temps et de recherches pour que ce "système" soit reconnu comme une entité fonctionnelle cruciale pour la gestion de nos comportements. Il a été appelé successivement "système extra-pyramidal", "noyaux gris centraux", puis "*basal ganglia*" par les neuroscientifiques anglo-saxons et donc "ganglions de la base" en français. Le noyau "subthalamique" est l'un des composants essentiels de ce système. » Voir Jérôme Yelnik, « Les noyaux gris centraux », *Le Grand Atlas du cerveau*, Glénat, 2018, p. 54-55.

Jérôme Yelnik, *neuroscientifique*. – Avant d'être capables de raisonner, on était des êtres émotionnels, rapides. Il fallait fuir le prédateur, il fallait être capable en quelques secondes d'identifier qu'une biche et un lion, ce n'est pas pareil, et que si c'est le lion, il faut partir très vite. Cette rapidité, c'est le cheval qui la rend possible.

La « turbine », au centre de notre cerveau, est un système d'apprentissage et d'automatisation qui marche en permanence, qui pense et sent à notre place, et nous fait agir avant qu'on ait le temps de réfléchir, parce qu'on ne pourrait tout simplement pas vivre si on devait penser à tout. C'est grâce à ce système qu'on a appris à marcher, qu'on sait faire du vélo, jouer une sonate de Mozart, qu'on ne mange pas les lampes. Ces apprentissages se sont faits par imitation, avec effort, et font maintenant partie de nous, ils sont stables, une seconde nature, on n'a plus à y penser ; ils ne nous coûtent plus : la conscience peut s'occuper de choses plus compliquées. En fait, on passe presque toute notre vie à faire les choses sans y penser, ou plutôt, on passe continuellement d'un mode automatique à un mode plus conscient, plus lent, qui nous coûte davantage. Quand tout va bien, on est en automatique, c'est plus fluent, plus joli, mieux réussi ; au moindre problème, le cortex reprend la main, il analyse et redevient volontaire, ça devient un peu fabriqué. C'est un équilibre permanent entre les deux.

Anouk. – Toi qui travailles sur la turbine, tu peux la sentir en toi ?

Jérôme Yelnik. – Non, la sentir, je ne pense pas. Mais je sais les circonstances dans lesquelles elle joue. Je suis pianiste de jazz, je sais très bien que dans une production artistique, il y a un mélange fascinant et indispensable de perceptions et de commandes conscientes (« Je sais ce que je fais… je sais pourquoi je fais ça… j'ai du bonheur à le faire… »), et une partie qui m'échappe complètement, qui a une force énorme. C'est un mélange de ce que je sais faire, que j'ai automatisé, et de ce que j'essaye, que je ne sais pas bien encore. Avec l'inconscient qui joue sa partie.

ANOUK. – Dans la vie, la turbine pense pour nous, on ne la contrôle pas ?

JÉRÔME YELNIK. – Oui, pour le *vulgum pecus*, elle pense pour nous, absolument. Notre cortex reçoit beaucoup trop d'informations, il y a trop de trucs qui se passent là-haut, ça baragouine, ça barbotte, comme s'il y avait en nous une assemblée qui crie… Le cortex ne peut pas tout traiter, il ne peut pas penser à tout. Alors la « turbine » fait un truc farfelu : dans ce bordel, elle prend un petit échantillon de ce que le cortex perçoit, elle capte les informations importantes, et gère de façon très fine le brouhaha de la vie : elle « réduit le bruit », elle prend ce qui est le plus riche, et sans trop réfléchir, elle transforme ça en « j'y vais ! je n'y vais pas ! », avec l'aide d'un petit frein et d'un petit accélérateur, qui nous font foncer ou ralentir en fonction de la dangerosité du contexte. On bouge toujours dans un but précis, avec un vécu, une motivation émotionnelle particulière, et des histoires dans la tête. Dans cette turbine, tout est pensé sous l'angle de la survie, de l'adaptation et de l'apprentissage.

ANOUK. – Comment elle s'adresse au cheval et au cavalier ? Elle est bilingue ?

JÉRÔME YELNIK. – Elle tourne en permanence, elle fait des boucles de haut en bas et de bas en haut, pour mobiliser nos automatismes moteurs, cognitifs et émotionnels et s'adapter à ce qu'on vit. C'est dans cette confrontation permanente entre le cortex volontaire et ce système d'automatisation que se réalisent tous nos comportements, les plus rationnels, les plus réfléchis, et ceux qui nous échappent… Comme on apprend toute notre vie, elle fonctionne toute notre vie : elle conditionne notre gestuelle, nos émotions, nos mimiques, nos façons de voir la vie, l'irrépressible de certaines de nos réactions, ce qui s'impose à nous et qu'on ne peut pas cacher. C'est ce qu'on appelle le naturel de quelqu'un, qui lui échappe. Tout ce qu'il dit de lui, sans qu'il veuille le dire.

Nos émotions, nos sentiments

Antonio Damasio étudie depuis des années les émotions, les sentiments, et leur influence dans l'élaboration de nos pensées.

Nos émotions sont différentes de nos sentiments, de nature et de destination.

Les émotions précèdent toujours les sentiments, parce qu'elles sont plus anciennes, plus viscérales ; elles sont liées à notre survie. Elles sont inconscientes, archaïques, très privées ; si privées qu'on n'en a pas conscience (je suis triste, mais je ne le sais pas… mon corps le sent). Elles modifient notre moelle épinière, nos viscères, notre circulation sanguine, nos nerfs, nos muscles, notre squelette. Elles partent « du niveau du tronc cérébral pour s'élever jusqu'au cerveau supérieur[4] ». Elles sont « en bas » de nous.

Les sentiments sont les émotions dont on a pris conscience, ils sont ce qu'on peut se dire à soi, ce qu'on choisit de partager, ou ce qu'on choisit de cacher. Ça se passe plutôt « en haut ».

---

4. Antonio R. Damasio, *Le Sentiment même de soi*, Odile Jacob, 1999.

Antonio R. Damasio, *neuroscientifique.* – « Les émotions se manifestent sur le théâtre du corps, les sentiments sur celui de l'esprit[5]. »

Étonnamment, ce qui est le plus privé (nos émotions) est le plus public, puisque des petites choses se passent sur nos visages, changent notre voix, nos comportements, et les autres y ont accès (leur inconscient le voit). Alors que les sentiments, qui sont ce que nous mettons en partage, sont plus trafiqués.

L'arbre de nos pensées

Toutes nos pensées, nos décisions, y compris celles qui nous semblent les plus mûries, rationnelles, tactiques, politiques, voire abstraites sont toutes rattachées à des émotions, des stratégies de survie qui nichent « en bas » de nous : quelque chose lié à l'Origine est toujours au cœur des buts que l'on poursuit. Comme avant et pour toujours, on se débat dans un milieu pour sauver nos corps et nos esprits.

Antonio R. Damasio. – « Les décisions dans les domaines personnel et social comportent de nombreuses incertitudes, et ont des conséquences directes ou indirectes sur la survie. Elles ont donc besoin d'être fondées sur un vaste répertoire d'informations relatives aussi bien au monde externe qu'au monde interne. […] Parce que atteindre ou ne pas atteindre un but social subtil contribue (ou est perçu comme contribuant), bien qu'indirectement, à la survie et à la qualité

5. Antonio R. Damasio, *Spinoza avait raison*, Odile Jacob, 2003.

> de la survie. […] Les niveaux inférieurs de l'organisation cérébrale influent sur les décisions rationnelles du plus haut niveau. […] La régulation du corps, la survie et le fonctionnement mental sont étroitement interreliés[6]. »

Dans notre édifice mental, bien qu'il y ait du « bas » et du « haut », un « tronc » et du feuillage, du social et de l'archaïque, il n'y a pas de tuyauterie spéciale pour traiter les émotions primaires liées à notre survie, et une autre qui traiterait des émotions plus raffinées.

> ANTONIO R. DAMASIO. – « La nature, avec son génie du bricolage visant à l'économie, n'a pas élaboré des mécanismes indépendants pour l'expression des émotions primaires et secondaires. […] La peur, la jalousie, la honte, la rage, le plaisir, le chagrin, l'extase, la timidité, etc., tout passe par les mêmes canaux[7]. […] Le produit comportemental de chaque moment est un tout intégré, une fusion de contributions qui n'est pas sans ressembler à la fusion polyphonique d'une exécution orchestrale[8]. […] Notre psychisme n'existe que par et pour un organisme intégré[9]. »

Comme le disait si bien Montaigne, « nous n'allons pas, on nous emporte[10] », avec l'impression que nos « exécutions orchestrales » manquent d'harmonisateurs : nos tuyauteries uniques n'empêchent pas les conflits entre le « bas » qui dit une chose et le « haut » qui dit l'inverse, ou le « haut » qui veut

---

6. Antonio R. Damasio, *L'Erreur de Descartes*, Odile Jacob, 2006.
7. Antonio R. Damasio, *L'Erreur de Descartes*, Odile Jacob, 2006.
8. Antonio R. Damasio, *Le Sentiment même de soi*, Odile Jacob, 1999.
9. Antonio R. Damasio, *L'Erreur de Descartes*, Odile Jacob, 2006.
10. Michel de Montaigne, *Essais*, livre I, Le Livre de poche, 1972.

dominer le « bas » et les esprits qui ne respirent pas. Et la vie entre nous, si compliquée.

Ce qui me fait revenir à l'art du jeu, à la représentation de nos cacophonies, aux émotions du monde que nous interprétons. Avec une partition cette fois, et un chef d'orchestre.

Sauf que voilà…

Tout ça niche si profond qu'il est impossible de tromper le cerveau…

> Antonio R. Damasio. – « Le cerveau ne peut pas être induit en erreur par des configurations musculaires qui n'ont pas été engendrées par les voies normales[11]. […]
> Pour l'essentiel, ce que nous accomplissons, c'est la capacité de dissimuler certaines des manifestations extérieures de l'émotion, sans être jamais capables de faire barrage aux changements automatiques qui se produisent dans les viscères et dans le milieu interne[12]. […]
> La capacité d'exprimer et ressentir des émotions dépend des parties basses du cerveau, des régions les plus subcorticales que l'on puisse imaginer[13]. […]
> Le déclenchement non conscient des émotions explique aussi pourquoi il n'est pas facile de les simuler volontairement.

11. Antonio R. Damasio, *L'Erreur de Descartes*, Odile Jacob, 2006.
12. Antonio R. Damasio, *Le Sentiment même de soi*, Odile Jacob, 1999.
13. Antonio R. Damasio, *L'Erreur de Descartes*, Odile Jacob, 2006.

Comme je l'ai expliqué dans *L'Erreur de Descartes*, un sourire spontané procuré par un réel plaisir ou les sanglots spontanés provoqués par l'angoisse sont exécutés par des structures cérébrales enfouies dans le tronc cérébral, sous le contrôle de la région cingulaire. Nous n'avons aucun moyen d'exercer un contrôle volontaire direct sur les processus neuraux situés dans ces régions. Il est facile de détecter le caractère factice de l'expression d'une émotion, qui se trouve avoir été simulée volontairement – il y a toujours quelque chose qui ne va pas, que ce soit dans la configuration des muscles faciaux ou dans la tonalité de la voix[14]. [...] Nous ne nous trompons pas nous-mêmes, pas plus que nous trompons les autres, lorsque nous ne faisons que sourire poliment, et c'est cela que les résultats électrophysiologiques mettent parfaitement en évidence. Cela doit être aussi la bonne raison pour laquelle les grands acteurs, les chanteurs d'opéra, etc. arrivent à survivre aux fortes émotions qu'ils doivent régulièrement simuler. Je me suis entretenu avec la chanteuse d'opéra Regina Resnik, qui a donné l'interprétation la plus remarquable de notre époque de rôles tels que ceux de Carmen ou de Clytemnestre. Cette artiste a donc connu des milliers de soirées de colère ou de folie musicales. Je lui ai demandé s'il lui avait été difficile de garder ses distances par rapport aux excessives émotions du personnage. Pas difficile du tout, m'a-t-elle répondu, à partir du moment où elle avait maîtrisé les secrets de son art. Personne n'aurait deviné, en la regardant et l'écoutant, qu'elle ne faisait que reproduire le tableau des émotions, sans les ressentir. Mais elle m'a avoué qu'une fois, en jouant *La Dame de pique* de Tchaïkovski, seule sur la scène plongée dans l'obscurité pour l'épisode de la Vieille

14. Antonio R. Damasio, *Le Sentiment même de soi*, Odile Jacob, 1999.

> Comtesse connaissant une peur terrifiante, elle n'a fait plus qu'un avec son personnage, et a véritablement ressenti de l'épouvante[15]. »

Quand on apprend tout ça, on est :
1) Baba devant le génie de la vie.
2) On révise à la baisse notre ambition d'incarner les émotions des autres : la vie ne s'imite pas, ses secrets sont trop bien gardés. On ne peut pas toucher à ce qui niche si profond. Le cerveau ne s'y trompe pas, et on ne peut pas le tromper. Il n'y aurait que des faux-semblants.

Problème

Pourtant quand on est acteur, on sait quand c'est du toc, et on n'est pas content. On fait très bien la différence entre les faux-semblants et ce qui vaut mieux que ça. On sait très bien faire la différence entre un faux sourire et un vrai sourire. On connaît les petits muscles de nos visages et des vôtres. Nos sourires ne ressemblent pas du tout aux photos de sourires qu'utilisent les neuroscientifiques. Sourire, c'est d'ailleurs une des choses difficiles à bien faire, parce que c'est comme s'il fallait faire sourire le sang.

Alors, quoi ?
Comment cette imprenable mécanique cérébrale travaillerait à l'incarnation ?
Par quels souverains passe-plats Shakespeare ou Molière descendraient « en bas » de nous, et remonteraient chargés de vie ?

15. Antonio R. Damasio, *L'Erreur de Descartes*, Odile Jacob, 2006.

Que se passe-t-il quand on apprend par cœur ?
Sur quels souvenirs, émotions, associations, le texte se branche en nous, devient une part vivante de nous ?
Comment nos inconscients lisent un texte, et nous conditionnent pour devenir un autre ?
Comment notre « cheval », si génial pour sentir la vie, refuse au début de courir dans un décor sans odeur ; puis, à force de répétitions, vit la fiction, s'y croit, et nous emporte ?
Comment les émotions, nichées si « bas » en nous, s'éveillent au contact d'un texte et d'un personnage ?
Comment peut-on automatiser des émotions viscérales ?
Pourquoi la mécanique nous rend moins mécaniques, plus animaux ?
Comment cette « turbine », vieille de 400 millions d'années, fait fonctionner un autre que soi, le fait sentir « à sa façon » ?

14

DU CHEVAL EN BOIS AU CHEVAL DANS LES BOIS

(Balade n° 6 dans le jeu)

Il semble en effet que toute la mécanique cérébrale « normale » se retrouve à l'envers.

Chez nous, devenir vivant commence par le « haut » : on lit, on analyse ; pendant des mois on apprend par cœur pour faire descendre le « haut » en « bas ». Sans « bas », notre cheval est en bois. Sans cheval, on ne peut pas grand-chose pour la culture.

La mémoire des mots

Une des questions que nous posent souvent les gens, c'est : comment pouvez-vous ingurgiter ces centaines de pages ? !

Les scientifiques disent que, de ce point de vue, « on est des dinosaures », tout comme les musiciens, les chanteurs d'opéra.

En réalité, c'est beaucoup moins héroïque.

Apprendre cent cinquante pages par cœur, c'est se retrouver à peu près dans la même situation d'une oie avant Noël. C'est littéralement gavant. On avale des phrases qu'on ne comprend pas toujours. « Pourquoi il dit ça ? Pourquoi il me répond ça ? » On verra plus tard, on doit apprendre, et réciter. Ça renvoie à l'enfance, quand on apprenait des poèmes, les yeux délavés d'efforts : trois mots en cachant la page avec sa main, avec deux doigts écartés pour voir un peu quand même, et au compte-gouttes, ça entre dans la terre gavée. Toutes les lignes sont faites de détails embêtants, qui deviendront plus tard l'ADN des personnages : « Veux-tu… ? » n'est pas « Tu veux… ? ». Un point d'exclamation, trois petits points disent des mini-choses qui s'adressent directement à nos nerfs ou à l'inconscient.

À ce stade, on n'est pas bon, mais notre cerveau, lui, l'est.

> Yves Agid, *neuroscientifique*. – « Si une information se répète, les circuits neuronaux qui en résultent finissent par utiliser les mêmes trajets. Les informations prennent l'habitude de passer par des synapses nouvellement remodelées : elles se renforcent. L'acquisition de nouvelles informations crée de nouvelles connexions synaptiques[1]. »

Ce travail de mémorisation fait littéralement tourner la tête, on a des gouttes de sueur. Au début, on a l'impression d'avoir à mâcher des caillasses, qui deviendront un jour fluides comme de l'eau.

Apprendre par cœur, c'est une greffe qu'on doit métaboliser, qui doit se faire oublier. Il faut apprendre la nouvelle langue jusqu'à oublier qu'on l'a apprise, sans quoi, « ça » ne répond pas.

Tous les jours, des proches font réciter. Je sens les mots qui creusent des galeries dans ma cervelle. Je crois sentir quand les synapses se connectent ; et quand je sais par

---

1. Yves Agid, *L'Homme subconscient*, Robert Laffont, 2013.

cœur, c'est-à-dire sans plus penser, je sens que les mots ont migré vers une partie du cerveau plus automatique.

Le ruisseau et la rose

Ce qui m'aide à apprendre par cœur est bizarre : je comprends plus ou moins le sens des mots, mais j'entends et vois en relief les sons qui se répètent ; je les entoure de ronds de couleurs, et je trace des lignes pour les faire se rejoindre. Je me souviens du texte en biglant mentalement sur le zigzag de ronds, qui déclenchent des souvenirs, éveillent des émotions, titillent les sens, comme un jeu de dominos. Et j'apprends tout à la fois.

Chose bizarre, chaque ligne que j'apprends se retrouve dans un petit ruisseau, et chaque nouvelle ligne agrandit le ruisseau de quelques centimètres. Le ruisseau est bigarré. Il fait toujours beau. Il y a des cailloux, de la mousse. Les voyelles et les consonnes se débrouillent là-dedans. Tous mes textes ont baigné dans l'eau.

Pourquoi ce ruisseau qui serpente pour apprendre mes textes ? Ce n'est pas du tout pratique pour ranger des répliques… Et pourquoi mémoriser un zigzag de couleurs pour se rappeler des milliers de mots ? Au lieu d'une chose, mon cerveau doit s'en rappeler trois ! Ce n'est pas économique comme dépense…

J'ai découvert que je faisais une chose banale : il y a dans notre cerveau un endroit spécialisé pour la mémoire, appelé l'hippocampe, et cet hippocampe a deux métiers : il mémorise, et il nous oriente dans l'espace. Notre mémoire est toujours associée à une visualisation, à des lieux. « La mémoire, c'est une peinture qui parle[2]. »

Les neuroscientifiques ont aussi compris que pour apprendre par cœur, le cerveau avait besoin de sentiments plaisants : il s'invente une autre petite histoire qui se déroule dans un lieu aimé, et c'est dans ce lieu qu'il dépose ses nouvelles acquisitions.

Il a aussi été prouvé que les gens apprennent mieux un texte si dans la pièce où ils sont, il y a une odeur de rose : « Ceux qui ont appris les mots sans la rose ont plus de mal[3]. »

Quand j'étais petite, on vivait à la campagne. Il y avait un ruisseau qui courait dans le jardin, il descendait des montagnes et quelque cent mètres plus loin, se jetait dans le lac où on se baignait. Sur le pont de bois qui l'enjambait, je regardais l'eau, et je la regardais tellement que je n'étais plus moi dans mon corps d'enfant, mais j'étais l'eau qui coulait et coulerait toujours. C'était moi que je voyais se débrouiller entre les cailloux et la mousse. Je voulais aller dans le lac.

Peut-être, la rivière, c'est ma rose ?

Il paraît aussi que pendant le sommeil, notre mémoire dépose ses nouvelles acquisitions dans des endroits plus « sécurisés » du cerveau, qui ne réclament pas autant notre attention. La mémoire des rats marche aussi de cette façon.

> LAURENT COHEN, *neurologue*. – « On entraîne un rat à effectuer un trajet donné (le coin, le couloir, la porte, et ainsi de suite) en plaçant des petits bouts de nourriture

2. Propos attribué à Simonide de Céos.
3. Laurent Cohen, *Pourquoi les chimpanzés ne parlent pas. Et 30 autres questions sur le cerveau de l'homme*, Odile Jacob, 2009.

aux bons endroits pour le motiver. En même temps, on enregistre l'image de ce trajet dans son hippocampe. Puis on envoie le rat se coucher. Et pendant qu'il dort, on continue à enregistrer son hippocampe. Et que voit-on ? Que l'hippocampe refait le même trajet que le rat parcourait lorsqu'il était réveillé : le coin, le couloir, la porte, etc. Mais comme il n'a pas besoin de se déplacer réellement, ce circuit mental est parcouru à toute allure, environ 10 fois plus vite qu'en réalité[4]. »

Les italiennes

Pendant des mois, avant que les répétitions ne commencent, on apprend le texte chacun chez soi, on récite, sans mettre le ton, en marquant la ponctuation, en allant de plus en plus vite. Dans notre jargon, ça s'appelle : faire une italienne. Ça sert à faire entrer le texte dans notre colonne vertébrale. Ça semble si mécanique qu'on ne nous donnerait pas trois sous. C'est très technique ce moment-là, ça ne paye pas de mine, mais si on s'y colle vraiment, on reçoit plus tard des cadeaux : pendant qu'on emploie notre conscience à rester au ras du texte, on mécanise la mémoire, et au passage, on chasse le naturel, qui est souvent une boîte de conserve. Être authentique, c'est plus intéressant qu'être naturel.

Jacques Weber, *comédien*. – Si tu prends le temps, très long, de laisser naturellement venir les choses, sans les forcer, sans les violer, sans interpréter, alors plein de pensées se

---

4. Laurent Cohen, *Pourquoi les chimpanzés ne parlent pas. Et 30 autres questions sur le cerveau de l'homme*, Odile Jacob, 2009.

baladent dans ce corps, comme des mini-organismes dans la mer. C'est tellement ridicule d'aller vite sur un texte qui mérite tout sauf la vitesse, que des sens apparaissent. Soudain on entend, on comprend ce qu'une phrase voulait dire.

« Le plaisir du texte, c'est ce moment où mon corps va suivre ses propres idées – car mon corps n'a pas les mêmes idées que moi[5]. »
C'est peut-être ainsi que l'esprit commence à respirer « par le biais du corps[6] » ?

ANOUK. – Comment tu fais pour apprendre les textes ?

ANNE KESSLER, *comédienne*. – Apprendre, ce n'est pas seulement mettre les mots les uns après les autres : on se projette, on vit, on sent. Même si tu restes sur ta chaise, tu bouges, tu dessines dans ta tête. On passe quand même de la bibliothèque à du vivant ! Mais si tu n'es pas sincère, il vaut mieux aller à la bibliothèque.

ANOUK. – Tu apprends le texte sans mettre de ton ?

ANNE KESSLER. – Non, je n'y arrive pas. On ne peut pas chasser la vie des mots. Au début, tu apprends en assaisonnant légèrement. Ce n'est pas extraordinaire, mais ça permet de bâtir. Ensuite, tu remets tout à plat. C'est la deuxième étape, l'étape mécanique, la froide, la moche, la rasée, la dépouillée. Tu chasses le poncif, le conventionnel pour essayer de retrouver la vraie évidence. Par moments, j'ai une impatience que ça m'appartienne, pourtant il faut être très patient. C'est comme si on

5. Roland Barthes, *Le Plaisir du texte*, Seuil, 1973.
6. Antonio R. Damasio, *L'Erreur de Descartes*, Odile Jacob, 2006.

devait beaucoup faire travailler notre tête pour que ça descende dans le corps.

ANOUK. – C'est le temps de la greffe ?

ANNE KESSLER. – Oui. Ce qui est magnifique, c'est qu'on apprend pour ne plus s'en souvenir. Bientôt, on sera comme si on ne savait rien. Sans doute qu'il faut en passer par ces balbutiements pour inventer de la vie, être dans l'instant. On est des piranhas de l'instant. On est des monstres qui mangent tout pour faire de la vie.

ANOUK. – Tu travailles toute seule ?

ANNE KESSLER. – Beaucoup ! Tout le temps !

ANOUK. – En parlant dans ta tête ou à voix haute ?

ANNE KESSLER. – Ça dépend. Des fois, je dis dans ma tête, et puis c'est irrésistible, je goûte la crème au chocolat, je dis les mots.

ANOUK. – Moi, quand je dis la phrase à voix haute, ça m'arrache les oreilles.

ANNE KESSLER. – Toi, tu dois être un peu comme ces peintres japonais qui ne font pas un trait avant longtemps.

ANOUK. – Je reste très longtemps sans qu'aucun son ne sorte.

ANNE KESSLER. – Tu as une grande conscience de ta voix ?

ANOUK. – Pas du tout, j'ai un grand doute de moi, et il me faut du travail pour passer outre. Tant que je doute, j'aime mieux me taire. Ou je vais dans la forêt, j'ai l'impression que ma fausseté s'en va dans les arbres. Je n'aime pas le théâtre, j'aime dans le théâtre ce qui n'en est pas, et je ne le trouve pas tout de suite.

La mémoire des émotions

Antonio R. Damasio, *neuroscientifique*. – « Tout ce qu'on imagine sollicite la mémoire du passé et la mémoire du futur[7]. »

À mesure qu'on incorpore le texte, des associations se fabriquent en nous. L'imagination, on l'a sous la peau. Les mots activent automatiquement la mémoire, les émotions, l'inconscient. Le fait même que ce soient des bons textes fait que ça associe à beaucoup de choses. Des souvenirs remontent à la surface, des situations vécues, vues, lues, tues, imaginées, visages connus ou inconnus, des rêves. Ça peut être des femmes, des hommes, des enfants, des paysages, de la peinture, de la musique, des actualités. Ça dépasse de loin la biographie. On a les antennes dépliées vers le dedans, le dehors. Comme Robin des bois (Robin des moi !), on vole des richesses pour les redistribuer. Parfois, un souvenir est là, mais muet ; les fréquences sont brouillées. On entre en soi, ça trouve l'onde, et on entend la signification. On dirait que l'inconscient hume le texte comme un possible espace de vie, comme s'il l'ovulait.

« Ce ne sont là
Qu'allusions et conjectures ; allusions
Suivies de conjectures ; le reste étant
Prière, observance, discipline, méditation et action.
L'allusion à demi devinée,
le don à demi compris est l'Incarnation[8]. »

---

7. Antonio R. Damasio, émission *La Grande Table*, France Culture, 22 novembre 2017.
8. T. S. Eliot, *Poésie,* Seuil, traduction de Pierre Leyris, 1969.

Ces souvenirs-images-émotions sont rangés dans un drôle d'endroit dans ma tête : un immense hangar avec des rayons depuis très bas jusque très haut. Tout y est en désordre (par exemple, l'amour n'est pas au rayon amour). Je ne dois pas y mettre d'ordre, sinon plus rien ne veut rien dire. Ce qui résonne avec le texte est secret, et je dois l'être aussi. Je ne dois surtout pas analyser, pas en faire la publicité, laisser venir, pas dompter. C'est une affaire d'amitié et d'hospitalité pour ce qui était enfoui, qui doit rester sauvage.

Au début des répétitions, pendant plusieurs jours, on lit autour de la table (même si on connaît le texte par cœur), on est dans nos habits civils, on s'appelle encore de nos noms. On ressemble à des alpinistes qui préparent une ascension : on étudie de près la carte : on repère les montées, les descentes, les à-plats, les ravins.

> GRÉGORY GADEBOIS, *comédien*. – On note le cahier des charges, tout ce qu'il faudra faire, et comment on arrivera à le faire passer… On commence aussi à faire de la contrebande. On pense à des trucs qui n'ont rien à voir, mais qu'on mettra peut-être, des trucs qu'on ne dit pas.

C'est un moment du travail assez libre, ludique, tout est ouvert, même si on a peur : chaque fois on repart à zéro, on recommence à ne plus rien savoir. Quel autre métier demande de ne pas savoir le faire ? Mais protégés par la table, par la confiance qu'on se fait, par le plaisir du texte, par le goût de la vie… on entre dans la tête des gens, et nos faces commencent à changer.

Au début, le cheval n'aime pas le théâtre

Après quelques jours à lire, on passe sur le plateau, dans un semblant de décor, avec des bouts de costumes.
Pour reprendre la métaphore des alpinistes, nous voilà sur le territoire, et la carte n'est pas le territoire ! D'un coup, le jeu régresse : tout est freiné, laborieux, lent. On a les corps empaillés. Le texte qu'on savait par cœur, voilà qu'on ne le sait plus. On accroche sur les mots, comme si on ne savait plus parler, comme si on avait une maladie mentale. Plus rien ne va de soi. La conscience est écarquillée. On voit tout de l'extérieur, on ne croit plus à rien. On n'est ni soi ni l'autre. On voudrait changer de métier. Nos sens, qui nous relient normalement à la vie, sont désorientés : il n'y a pas d'odeur, les yeux voient du toc partout. Le sol sonne creux, les portes sont fausses, marcher est toute une affaire. On boit du thé sans thé. Ça fait mal aux oreilles ces phrases sans corps. En effet, le cerveau ne s'y trompe pas. La feinte, ça fait mal.
Au début, ça ne lui plaît pas au « cheval ». Il ne sait pas où il est. Il n'y croit pas à l'histoire. Son nouveau nom ne lui dit rien. Les mots sont du pâté. Lui qui a le génie de la vie, il sent qu'elle n'y est pas encore, et comme il ne sent rien, on ne sent rien non plus.

> Frank Bellivier, *psychiatre*. – Ce à quoi ça renvoie sur le plan neurobiologique, c'est aux phénomènes de dépersonnalisation. C'est un état dans lequel une personne ne se sent pas comme ayant une identité et un corps. Elle a l'impression d'être extérieure à sa vie, à son corps, à ses

émotions. Elle ne se reconnaît plus en tant que personnalité. L'environnement lui semble irréel. D'ordinaire, l'expérience de la réalité se fonde sur des acquis inébranlables : les choses qui sont, et ne sont pas autrement.

Chaque jour, la répétition commence par une italienne qu'on fait cette fois tous ensemble. Le metteur en scène est là. Il écoute tout, et nous aussi. On récite vite, sans mettre d'intention, concentrés sur les mots, la ponctuation. Des nouveaux sens affleurent à notre conscience (tantôt clarté, tantôt semi-pénombre) ; on ne les joue pas, on laisse faire. Sans doute, pendant ce temps-là, « haut » et « bas » s'habituent au nouveau monde, se conditionnent l'un l'autre. L'inconscient flaire. Le « cheval » broute, sans longe au cou.
Puis, on va au plateau. Scène après scène, détail après détail, on cherche à faire vivre le texte, qui se branche sur nos « images ». Celles qui rendent le texte actif ont le don de nous faire agir ensemble, plus vite que la pensée.

S'exercer à dire telle ou telle réplique sur tel ou tel ton n'est jamais le chemin pour trouver ce que vivent les gens et pourquoi ils se disent ça. Si on est trop pressé au début, on sera en retard à l'arrivée. Le simple fait d'écouter l'autre, sans savoir ce qu'il va dire, sans prévoir où il va tirer sa balle, fait qu'on sent où aller, et comment répondre. Et la tête qu'on a, à vrai dire, ce n'est pas nous qui la faisons.

Peter Brook, *metteur en scène*. – « Préparer un personnage est à l'opposé de la construction – il s'agit de démolir, de retirer brique après brique tout ce qui dans les muscles, les idées et les inhibitions de l'acteur se dresse entre lui et le rôle, jusqu'à ce qu'un jour, en grande bouffée d'air, le personnage envahisse chacun de ses pores[9]. »

*

Constantin Stanislavski, *professeur d'art dramatique.* – « Il nous faut ruser avec notre inconscient, pour l'attirer dans le jeu. Donc concentrez-vous sur la vie du corps humain, débranchez le conscient (en ce qu'il nous empêche de sentir), vous donnerez pleine liberté à votre nature [...]. L'acteur n'est pas son propre maître. C'est la nature qui crée à travers lui. Il n'est que l'instrument[10]. »

J'imagine que nos répétitions donnent envie aux « chevaux » de courir dans la fiction : on leur fait faire le parcours physique, mental, émotionnel des personnages pour qu'ils les sentent. Avec le temps, le cerveau s'est tant approprié sa nouvelle langue qu'il croit même que *Phèdre*, c'est lui qui l'a écrit ; le cerveau pense en vers, rêve en vers. Il se prend pour Phèdre. Et c'est un peu vrai... Le texte jaillit depuis un endroit qui n'est plus la culture.

Alain Françon, *metteur en scène.* – « C'est ce type de production plus ou moins inconsciente dans le feu de la situation qu'il faut provoquer et garder. Il ne faut pas craindre le paradoxe, au contraire, le chercher : après on fait la somme de ce qui vient d'être produit. S'il y a vraiment des incohérences, on les voit tout de suite [...]. La répétition d'une scène se fait par couches successives, ça s'entasse, et puis à un moment inattendu, l'évidence est là [...]. Entre le trop qui déborde et le pas assez trop maigre, il faut trouver le juste équilibre [...].

9. Peter Brook, *Points de suspension*, Seuil, 2004.
10. Constantin Stanislavski, *La Construction du personnage,* Pygmalion, 1986.

La place de face est fondamentalement une place critique. Je ne montre jamais comment faire, j'explique plutôt pourquoi faire. Je peux indiquer où il faut aller, ne pas aller, caractériser chaque moment dans son rapport au discours central de la pièce, chercher des contradictions, régler les questions concrètes d'entrées et de sorties. Le metteur en scène est là pour tracer le chemin, poser des repères, guider l'acteur mais le sensible c'est lui qui en est le dépositaire, qui en règle le régime et le fera partager aux spectateurs ; comme le disait Bond[11], "il est le seul à pouvoir atteindre l'objet invisible". Il lui faut aller loin dans le ressenti, l'éprouver pour retrouver ensuite la surface[12]. »

*

MICHEL BOUQUET, *comédien*. – « Ce travail intérieur, cette alchimie qui se développe à notre insu – mais qui est quand même provoquée par nous, c'est un peu le combat de Tobie avec l'ange. Il arrive un moment où l'ange vous terrasse, et c'est paradoxalement le moment le plus beau. On est à la fois vainqueur parce que grâce à nos efforts le personnage est là, mais l'on est aussi vaincu parce qu'il est comme un chef de bataillon qui vous donne des ordres sur la manière la plus juste de conduire votre jeu. Il n'y a pas à discuter. Il faut seulement être fort techniquement pour transcrire ce que le personnage vous dicte, et savoir, dans l'instant qui suit, répondre à sa volonté[13]. »

---

11. Edward Bond, dramaturge contemporain, metteur en scène, théoricien.
12. Odile Quirot, *Alain Françon. La Voie des textes*, Actes Sud, 2015, © Actes Sud, 2015.
13. Michel Bouquet, *La Leçon de comédie*, Maisonneuve et Larose/Archimbaud, 1997.

Peu à peu, les personnages prennent leur autonomie, on travaille sous leur dictée, en binôme avec le metteur en scène. Ajustements constants entre ce qu'on comprend, ce qu'on sent et ce qu'on fait ressentir. C'est comme ça qu'on sculpte les émotions d'un texte et qu'on se fait sculpter ; et plus on mécanise, plus ça nous échappe.
À force d'entraînement, je crois que les « chevaux » ne sont plus au théâtre, ils sont dans le texte comme dans leur vie, et nous emportent. Parce qu'on se dupe nous-mêmes (sans être dupes tout à fait), le cerveau n'est plus trompé.
En fait, on joue aux chevaux.

Plus petit, c'est plus grand

Et plus on travaille, plus on réduit la masse de jeu, on retire de l'expressivité, de la volonté, pour slalomer de plus en plus vite dans les contradictions, sans pointer, sans être devant, sans volonté.

> Anne Kessler, *comédienne.* – Quand je suis entrée à la Comédie-Française, je regardais les acteurs les plus virtuoses que les gens adoraient, je les écoutais en italienne, et je me disais : « Mais pourquoi ils ne jouent pas comme ça ? » Tout était là, a minima, et c'était le summum. Ce qui est beau dans une italienne, c'est qu'on esquisse tout, on ose, on va vite, on est un fleuve, on ne regarde pas notre reflet depuis le pont. Personne ne fait le malin. On donne la main à celui qu'on est allé chercher. On n'a rien à montrer, et tout affleure. Quand je fais des mises en scène, je demande aux acteurs d'oser jouer un peu comme en italienne.

Il n'y a rien de plus beau dans ce métier qu'une équipe qui joue très ensemble.
C'est une cavalcade d'hommes et des femmes sur des bêtes qui courent dans un espace imaginaire très réel.
Chaque bon acteur t'aide à croire à qui tu prétends être, et tu aimes à lui faire croire qu'il est un autre. C'est pour lui, d'abord, que je joue. Et je vois dans certains visages d'acteurs des cadeaux minuscules et gigantesques qu'aucun spectateur ne pourra voir, mais qu'il sentira, même s'il est au dernier rang d'une immense salle.
Ce qui est extraordinaire, c'est que la vie profonde est à la surface, et la surface est infinie.

Des cabris

Les acteurs de la Comédie-Française peuvent incarner un personnage de Molière un soir, Racine le lendemain, et répéter un texte contemporain dans la journée. Quand on va au café près de ce théâtre, on les voit parfois au comptoir tourner les pages de leur manuscrit usé comme un vieux chiffon. J'imagine qu'ils révisent pour le soir. J'ai de la peine pour eux, cette vie près de l'abîme, mais c'est aussi bête que d'avoir de la peine pour les cabris qui vivent sur les pentes verticales. Pour eux, c'est l'ordinaire.

Anne Kessler. – Ce n'est pas plus compliqué que d'avoir deux conversations différentes dans la même journée. En général, tu joues une pièce le soir, ce qui fait que tu peux l'oublier jusqu'à la représentation, et l'après-midi, tu travailles sur un autre texte. Ça ne se mélange jamais.

ANOUK. – Quand vous n'avez pas joué pendant quatre ou cinq jours une pièce, les acteurs se retrouvent avant la représentation pour faire une italienne ensemble ?

ANNE KESSLER. – Non, pas forcément.

ANOUK. – Tu te souviens toujours du texte ?

ANNE KESSLER (elle rit). – Tu as peur, tu es aux aguets, tu retrouves de justesse les répliques. Ça donne de la fraîcheur. Moi, je veux être positive. Le mieux, c'est de se dire que ton inconscient connaît très bien le texte. Faut avoir confiance mais pas trop, c'est cet endroit-là qui fait que tu n'as pas de trou.

ANOUK. – Vous ne vous mélangez pas les pinceaux avec les sentiments des différentes pièces ?

ANNE KESSLER. – Non, parce que ce sont les mots qui font venir les sentiments. C'est synchrone, les mots et les sentiments. On reprend un sentiment comme un pianiste reprend une mesure.

ANOUK. – Ça t'arrive, une seconde avant d'entrer en scène, de ne plus te souvenir de ce que tu dois jouer ?

ANNE KESSLER. – Oui, je cours voir le souffleur et je lui demande : « Qu'est-ce que je dis ? ! Qu'est-ce que je joue ? ! » On se sent comme un homard plongé dans l'eau bouillante.

15

SURFACES ET PROFONDEURS

(Balade n° 7 dans le jeu)

Si ça va de « haut » en « bas », on n'inverse pas pour autant le sablier. C'est beaucoup plus compliqué, plus mouvant, tourbillonnant à l'endroit où « ça » se rencontre. Nos foules inconnaissables œuvrent en chacun de nous et se répondent et jouent entre elles.

Entrez dans nos cuisines, écoutez ce que les metteurs en scène nous demandent, combien « haut » et « bas » sont continuellement convoqués, fusionnés, contrariés pour fabriquer du jeu.

La base du travail, ou le pacte premier, c'est une sorte d'abandon, donc une déconstruction.
Mettez n'importe qui sur un plateau de théâtre ou devant une caméra, son réflexe premier sera de « faire quelque chose », justifier sa présence. On est si peu sûr d'exister qu'on a tendance à montrer.
Concrètement, un acteur ouvre une porte et entre : s'il nous montre qu'il entre, on s'ennuie ; on ne sort pas de cette maladie mondiale du regard. S'il entre, occupé par ce qui l'occupe, et sans regard sur lui-même, la vie est là.
Imaginez une rivière qui vous montrerait qu'elle coule bien, ou un zèbre qui se regarderait passer… Non, on ne peut pas l'imaginer, et c'est ça, la paix.

La paix pour soi, et la paix pour ceux qui viendront nous voir, c'est d'être animal, seul et inconscient.
Oui, on va retrouver de la solitude et on va chercher l'innocence devant des gens.
Pas simple d'être au présent, et pas donnée, l'innocence.
Il y a une forme de modestie ou de modernité avec le fait même d'être acteur. On est payé pour l'être, ce qui veut dire : ne pas trop l'être.
Il s'agit de produire de la sensibilité, sans sensiblerie. Il faut être dur à cuire pour travailler cette matière et répondre à des demandes contradictoires.

Quelques exemples de méli-mélo

Alain Françon met en scène *Un mois à la campagne,* de Tourgueniev[1]. L'histoire se passe en Russie, il y a un siècle. Des gens riches, oisifs, flottant un peu dans l'ennui. Tout baigne, mais rien ne fait saillie. Il y a un couple, un enfant, une pupille, et il y a le meilleur ami du couple. Natalia (que je joue) et le meilleur ami s'aiment infiniment, à la lisière de l'autorisé ; cette lisière est un paradis. Un jeune homme entre dans la maison comme tuteur de l'enfant. Il est modeste, magnétique, orphelin. La maîtresse de maison en tombe amoureuse. L'amour, elle ne connaît pas, et c'est si interdit. Elle est mariée, elle a l'âge qu'elle a, et c'est une question de classe. C'est l'histoire d'une catastrophe naturelle,

1. *Un mois à la campagne* d'Ivan Tourgueniev, traduction de Michel Vinaver, Théâtre Dejazet, 2018, avec Micha Lescot, Anouk Grinberg, India Hair, Nicolas Avinée, Jean-Claude Bolle-Reddat, Philippe Fretun, Guillaume Lévêque, Laurence Côte, Catherine Ferran.

quand le désir vous tombe dessus, qu'on n'a pas le droit, et qu'on fait n'importe quoi. À la fin de la pièce, la maisonnée est dévastée, le grand ami est sacrifié, le mari est ahuri, la pupille est trahie, le tuteur fuit, et la femme perd tout. Fin du paradis. Personne n'a compris ce qui lui est arrivé.

Alain est un metteur en scène qui ne quitte jamais sa place derrière sa table. Il ne monte jamais sur le plateau, ne s'approche pas physiquement des acteurs, et pourtant ça va loin dans le partage. Il nous dirige en parlant tout bas.
Les répétitions et les représentations sont souvent suivies des « notes » du metteur en scène. « Notes », dans notre jargon, veut dire : « Où en est la peinture ? Vers quoi on tend ? » Elles passent en revue une foule de détails qui touchent à la façon de produire le texte, aux corps, aux déplacements, aux relations. Ça parle de technique et d'émotions. C'est un travail d'équipe entre nous, et en chacun de nous.
Lorsque le metteur en scène-peintre donne ses « notes » aux acteurs, on ne parle pas, on écoute.

Ici des extraits de « notes » de travail, du premier au dernier jour :

> Alain Françon, *metteur en scène.* « Ne jouez pas le drame. Dès que vous jouez le drame, on est dans le vieux théâtre. On s'emmerde…
>
> Ne soyez pas en représentation. C'est ça qui sera la représentation […].
> On ne cherche pas un état. Un état, c'est un aplat de couleur, c'est volontaire, conscient. On s'ennuie, ça ne touche pas […].
>
> Évitez la continuité psychologique. Ce sont des émotions infiniment fluctuantes. On n'a affaire qu'à des fragments. Chaque instant maintient toutes les contradictions […].

> La pluralité est le maître mot du jeu [...].
>
> Jouez vite, pensez vite, avec des variations continues [...]. Art du discontinu, du zigzag. »

Il faut tendre des miroirs justes, ça veut dire être un torrent et être le barrage, cacher plus que montrer. C'est plus émouvant de voir quelqu'un qui s'empêche de pleurer que quelqu'un qui pleure. Oui, mais pour s'empêcher de pleurer, faut avoir envie de pleurer… Et il n'y a pas de boutons, donc ça marne dans nos cuisines, nos hangars.

> Alain Françon. – « Il faut laisser venir les couleurs, mais moins colorier, laisser des blancs [...].
>
> Être débordés par des émotions et faire tout pour que ça ne se voie pas [...].
>
> On produit la sensation, sans l'interpréter. Trop de jeu abîme le jeu. Ça empêche le texte d'agir [...].
>
> Si on est traversé, l'instant d'après, il faut bouger. Les émotions, elles doivent être là, et faut les virer tout de suite [...]. »

À propos de la liberté d'être et de ne plus être soi…

> Alain lit cette phrase à toute l'équipe. – « Être dans le récit, c'est une façon de se donner congé. D'être au-dehors, à l'air libre. Peut-être la plus belle de toutes[2]. »

À propos des états de crise à jouer…

> Alain Françon. – « L'émotion n'inonde plus, ne submerge plus. Gardez du surplomb : Je suis et je ne suis pas = je joue [...].

2. Citation de Peter Handke.

> Il y a de l'incarnation, et de la distance avec l'incarnation : ne pas se mettre dans tous ses états [...]. »

Entre folie et rigueur...

> ALAIN FRANÇON. – « Le personnage principal, c'est le texte... Il ne faut pas altérer la partition. Regardez-la, il y a des points, la pensée avance point par point. Fermez les phrases [...].
>
> N'ajoutez pas des “Ha”, des rires. Les émotions ne doivent pas faire écran au texte. [...]
>
> Si on joue trop, ça tue. Si on ne joue pas assez, ça tue. C'est une crête sur laquelle se tenir. [...]
>
> Colletez-vous à l'œuvre. Attention à la prosodie !
>
> Articulez : bien attaquer une phrase, c'est permettre au public d'entrer dans l'histoire, être précis jusqu'au bout ; c'est permettre aux gens de se reposer dans les phrases...
>
> Si tu abîmes la fin de la phrase, tu n'as pas l'âme de la phrase...
>
> Il cite : “La forme, c'est la paix.” »

Comme dans un concerto, chaque réplique fait silex avec une autre. On prend parfois des temps psychologiques qui plombent le rythme...

> ALAIN FRANÇON. – « Inventez le texte sur-le-champ, mais restituez l'œuvre dans son tissu organique, que ça file d'une bouche à l'autre. Quand il y a continuité de l'un à l'autre, on entend tout, et ça fait tourbillon... »

Concrètement, ça veut dire : ne pas attendre la fin de la réplique du copain pour respirer, mais respirer sur sa dernière syllabe, pour qu'il n'y ait pas de temps entre les phrases. Ça veut dire apprendre le texte et le tempo de l'autre. Jouer ensemble n'est pas se mettre au diapason de l'autre. Chacun sa logique intérieure.

> ALAIN FRANÇON. – « La continuité textuelle ne doit pas vous contaminer les uns les autres. Chacun a biologiquement son rythme… On rend la vie hétérogène. »

En jouant longtemps, le jeu s'émousse. Il faut redevenir vierge.

> ALAIN FRANÇON. – « Être au présent, c'est la clé… Écoutez les autres… Parlez-vous, sans être préparés. Laissez-vous traverser en temps réel. N'anticipez aucune balle que vous envoyez, que vous recevez. Faut produire le texte en direct, et le recevoir en direct…
>
> Gardez la fragilité. Être heureux dans la fragilité… »

Il nous lit cette phrase : « Dans le récit, tout reste comme au premier jour. »

À propos des chagrins…

> « TOUJOURS LUI. – Jouer un drame, c'est pas du tout triste. Il y a l'enthousiasme de raconter une histoire, instant après instant. C'est jubilatoire d'être naïfs parce qu'on est des hommes. Enthousiasmes de nos émois.
>
> C'est une comédie sur la vie, les dégâts qu'elle fait, comment les sentiments nous dégomment. Dans chaque scène, il se passe des choses qu'aucun personnage n'avait prévues. C'est beau comme ils prennent les coups en direct… »

Dans un monologue, Natalia découvrait en direct l'Amour. C'est dur, un monologue. Pourquoi quelqu'un parle tout seul,

à voix haute, de choses qu'il se dit tout bas ? Faudrait presque être ventriloque, sans même savoir qu'on est en train de parler. J'avais comme outil le texte, beaucoup de ponctuation, un petit canapé, et le souvenir d'un séducteur qui avait fait de moi une bête touchée par un venin, réduite à embrasser du mobilier.
Avant le début des répétitions, j'avais noté en vrac ces souvenirs :

« Il n'y a pas d'échappatoire à l'émotion. Impression que la peau va péter sous le déluge.
On n'est plus que des parois pour contenir le fleuve.
On peut bien courir se réfugier sur les hauteurs de soi, les hauteurs sont noyées.
Corps plié en deux, des sons de bête qui sortent.
On a un raton laveur dans le ventre, il creuse dans nous toute la journée.
*Quand l'attente (*Longing...*) a envahi tout et que l'on crie sans bruit.*
L'amour est stupide. C'est téter, mais sans tête.
Être une miniature dans les pattes de King Kong.
Quand on aime, qu'on ne devrait pas et qu'on ne vous aime pas, on embrasse les barreaux des chaises sans s'en rendre compte.
Je te remercie de m'avoir mise en vie... Mais voilà, brève saison chassée par nos balais.
On est comme une arête de poisson sur la belle prairie veloutée dévastée.
La forcenée neutralisée.
Souviens-toi, ce jeune homme brillant et silencieux qui venait de perdre sa mère, plongeait du haut des rochers. Il t'a troublée si fort. Dès qu'il entrait dans une pièce, ton cœur battait de désir à te déloquer la tête – et tu te battais : incestueuse ! Tu feignais d'être froide, alors que tu rampais.

Quand on répétait ce monologue, je voulais m'approcher de cette folie, mais j'avais peur, honte de jouer le corps cassé en deux. Pourtant c'était vrai. Si j'osais, ça pourrait être comique et tragique.
Il a fallu deux mois pour qu'on en fasse quelque chose. Amener cet état, et le sculpter.

> Alain Françon. – « Quand tu te tords sur le canapé, pas de "ha" qui sort. Aie le corps plus graphique.
>
> Désynchronise les sons du geste. Le débit plus saccadé, les gestes doivent être plus lents.
>
> Va à l'avant-scène, en fraternité avec le public comme si tu leur disais : "Regarde ce qui m'arrive. Ça t'est arrivé, aussi ?" »
>
> Un jour où je n'y arrivais pas, je lui dis : « Je suis anéantie…
>
> Lui. – Prends du recul comme un peintre. Offre cette possibilité d'écart entre soi et soi. La distance permet de lâcher de fichues inhibitions. Ce n'est pas toi, ce n'est pas moi, c'est une autre. C'est une possibilité de vérité…
>
> Plus tu es inconséquente, mieux c'est…
>
> Il n'y a pas d'indécence à s'ouvrir au monde. C'est noble. Les gens seront en empathie avec cette honnêteté. C'est beau d'être vivant.
>
> Quand on partage avec le public, on partage l'enthousiasme de vivre… »
>
> À l'équipe : « Raconter veut toujours dire projeter un monde digne de l'homme[3]. »

---

3. Citation de Peter Handke.

Un autre jour, je lui dis : « Je déteste quand ma voix monte dans les aigus ; elle fait ça toute seule ; je ne veux pas faire d'effets avec ma voix !

ALAIN FRANÇON. – Ton jeu n'est jamais plus fort que quand tu es dans ta voix, dès les premiers instants.

ANOUK. – Il y a quelque chose à dénouer…

ALAIN FRANÇON. – Ou à nouer : les fils du droit. Quand ta voix monte, c'est un symptôme de peur. On ne doit pas être devant l'œuvre.

ANOUK. – Comment je fais ?

ALAIN FRANÇON. – Démerde-toi. »

*

PETER BROOK, *metteur en scène*. – « Un metteur en scène met longtemps à comprendre que, plutôt que de penser en termes de résultat souhaité, il lui faut se concentrer sur la source d'énergie de chacun : c'est de là que les vraies impulsions peuvent surgir. Si on montre le résultat recherché, l'acteur peut, pendant un court moment, le reproduire. Mais le refaire avec l'énergie voulue nécessite qu'il ait acquis une conviction assez forte pour que cette impulsion devienne vraiment la sienne. Cette conviction ne peut venir que d'une appréhension intérieure de la réalité et non de l'obéissance aux idées d'un metteur en scène[4]. »

*

Patrice Chéreau met en scène *Le Temps et la Chambre*[5]. C'était un metteur en scène qui s'approchait tout près des acteurs,

---

4. Peter Brook, *Oublier le temps*, Seuil, 2003.

5. *Le Temps et la Chambre* de Botho Strauss, traduction de Michel Vinaver, mise en scène de Patrice Chéreau, Théâtre de l'Odéon, 1991, avec Anouk

il nous parlait tout bas à l'oreille pendant qu'on jouait, et il allait parler tout bas à l'oreille de l'autre acteur pour le pousser plus loin dans sa logique. C'était presque un hypnotiseur. Il pouvait passer deux heures sur un détail avec un acteur : comment ton petit doigt se lève quand tu entends ces mots. Avec certains acteurs, il montrait, il jouait. À nous de comprendre, obéir mais désobéir.

Après avoir joué le spectacle peut-être soixante-dix fois au théâtre de l'Odéon, on part en tournée. La vie de tournée demande à la troupe beaucoup d'élasticité et de santé. Parfois, on n'a plus joué depuis une semaine, le plat est froid, il faut lui retrouver saveur, vitalité ; on n'a pas toujours le temps de se redire les enjeux tant il y a de détails à gérer techniquement : on passe d'un immense théâtre à un plus petit, on est obligé d'adapter le décor, les lumières, le jeu : parler plus ou moins fort, faire six pas au lieu de deux si le plateau est plus grand, changer une entrée – où il y avait une porte à la création, il y a maintenant un mur, etc. Tout ça, en très peu de temps. Le spectacle avait rencontré un énorme succès à Paris, ce qui nous a peut-être fait croire qu'on était maîtres de notre coup. Je ne me souviens pourtant pas d'avoir jamais joué ce spectacle dans le confort tant il engageait, mais bon…

> Patrice Chéreau, *metteur en scène* (« Lettre aux acteurs », après une représentation en tournée). – « J'ai vu le spectacle. En entier. J'ai eu l'impression que vous étiez plutôt contents. Je trouve que vous avez tort. Ce n'est pas très bon, ni très intéressant, ni très habité. Ça marche sur le public, oui. Et alors ? Je n'ai franchement pas beaucoup aimé. Tout cela est

---

Grinberg, Roland Blanche, Bulle Ogier, Bernard Verley, Marc Betton, Pascal Greggory, Marc Citti, Laurence Côte, Jean-Pierre Moulin.

installé, un peu peinard, un peu vide. Je voudrais que vous vous ressaisissiez. Le spectacle marche. Tant mieux, mais ne courez pas trop après les effets, ne vous rassurez pas parce qu'ils marchent. Il doit y avoir une folie, comme une perte d'identité, une précarité de tous ces destins, de toutes ces vies, qui n'est pas là. Une inquiétude aussi. Des malentendus plus terribles. Une solitude plus grande qu'il faut jouer plus ensemble : vous n'êtes pas très ensemble. On fait son travail dans son coin, c'est comme une mayonnaise qui ne prend pas ou qui fait semblant de prendre. Je me dis : trois jours de répétitions, c'était évidemment trop court pour retrouver tout ce qui avait fait la valeur du spectacle à l'Odéon : tout cela manque aujourd'hui, on a un squelette un peu décharné et un peu pépère. Installé. Ce ne sont pas des révisions déchirantes que je vous demande, mais de retrouver la nécessité des choses, l'urgence de faire avancer le spectacle. Rentrez avec un but sur le plateau ! Battez-vous pour exister. Soyez plus à l'écoute des autres, surtout dans les malentendus et les paranoïas. Ne soyez pas complaisants. Vous êtes un peu complaisants. […] C'est avec un désespoir un peu plus profond qu'il faut faire rire les spectateurs. Et peut-être aller chercher plus loin en vous. Essayez de retrouver la folie, la loufoquerie de la première partie, l'inquiétude, le déboussolement, le besoin des autres. Donnez un but plus criant à chaque scène de la deuxième partie. Et n'oubliez pas, elles changent en cours de scène, elles ont toutes un début, un milieu et toujours une conclusion, généralement surprenante, ou bouleversante, ou paradoxale, ou rien comme la dernière. Ne soyez surtout pas trop contents. Je vous embrasse très fort.

À tout de suite.

Patrice »

*

Quand on se laisse baigner dans nos émotions, c'est comme si on buvait l'eau qu'on est en train d'offrir. Dans ce métier, l'émotion est aussi notre ennemi : on ne doit pas être les premiers servis.

JEAN VILAR, *metteur en scène* (« Lettre aux comédiens après une représentation ») : « Toute pièce de Hugo est une pièce éclatante [...]. Je ne voudrais pas plaisanter, mais enfin, j'ai bien envie de vous affirmer que nous jouons un peu trop comme des gens compliqués et profonds. Eh ! non, un peu moins de profondeur et un peu plus en surface. Le ton changera, dans le cliquetis du dialogue (et parfois même dans le monologue), nous jouerons avec le cœur. Directement avec le cœur. [...] Il faut, compte tenu de cette sincérité du cœur, respecter les cadences sonores sans cependant en faire un vaniteux étalage de caf' conc'. Aisance, articulation nette, respect des effets. Voilà en deux mots les nécessités techniques. Réalisme, donc, et aussi Poésie. Ces deux nécessités, contradictoires d'apparence, il faut à tout prix les marier. Et dans une union heureuse. Il faut colorer l'un et l'autre. Avec évidemment beaucoup de goût [...]. Je vous en supplie, ne mettons pas, dans cet ensemble musical très complet, un jeu trop fait et refait ni un débit à variations multiples et inattendues, des cadences qui nous sont personnelles [...]. Ne léchons pas trop les vers et les sentiments. Ça donne l'impression que l'on s'écoute parler. Chose à proscrire, vous l'imaginez. Rien de plus néfaste à Hugo qu'un interprète qui lèche, "surlèche" ses alexandrins écrits en pleine inspiration et de plein jet : À notre tour, avec Hugo, nous devons éblouir cette assemblée d'enfants que sont les spectateurs[6]. »

6. Jean Vilar, « Du tableau de service au théâtre », *Cahiers théâtre Louvain*, 1985, 53.

Ce que ça brasse

Le Misanthrope de Molière : une minorité universelle

Alceste, c'est un homme avec un clou dans la tête : les mensonges, ça le dégoûte. Plus son entourage lui dit « Allez l'ami… C'est ça, la vie ! » et plus le clou ressort, brillant comme de l'or. Molière a appelé ça « comédie », mais on y voit un homme malade de la civilisation.

> Antoine Vitez, *metteur en scène*. – « Alceste est pour moi l'image de cet homme le plus seul, qui est l'homme le plus fort : l'ennemi du peuple, c'est-à-dire son ami, ayant essuyé toutes les rebuffades, accusé à tort, et quittant la partie[7]. »

Les neuroscientifiques savent aujourd'hui que le dégoût moral active les mêmes zones que le dégoût physique, l'un et l'autre assurant la survie de l'espèce. Nos je-ne-peux-pas auraient des racines très profondes, ils nous protègent de ce qui infecte la vie, permettent à l'humanité de se perpétuer.

> Laurent Cohen, *neurologue*. – « Si la fonction première du dégoût est de recracher, rejeter des substances étrangères et toxiques, ces mêmes mécanismes pourraient être réactivés pour exprimer le rejet d'une transgression morale[8]. »

Il se peut fort que l'acteur, pour exprimer cette émotion viscérale (bien loin de « prendre des airs de dégoût ») ait comme

---

7. Antoine Vitez, *Écrits sur le théâtre*, t. 4 : *La Scène, 1983-1990*, POL, 1997.
8. Laurent Cohen, *Pourquoi les filles sont si bonnes en maths. Et 40 autres histoires sur le cerveau de l'homme*, Odile Jacob, 2012.

« bureau » ce petit noyau de 3 millimètres, vieux de 400 millions d'années, et cette intelligence que le texte aura réveillée en lui va en miroir se réveiller chez le spectateur. Si le spectacle est bon, l'espèce, peut-être, pendant une heure, se sera « réinitialisée ».

Ce genre d'amour, d'alliance

ANTOINE VITEZ (« Lettre à Patrice Kerbrat », son interprète) : « J'étais très ému de ce que tu faisais, hier au soir, dans le rôle d'Alceste [...]. Aussi parce que je sais ce que ces mots veulent dire pour toi : le noir chagrin. Et le sentiment d'injustice. Je n'ai ni honte ni scrupule à écrire cela. L'art, toujours, se nourrit de vérité, d'intimité. Et sans doute, avec le temps, devenons-nous encore plus nus. Je t'embrasse[9]. »

*

Phèdre : jouer l'amour et dire les vers

ANTOINE VITEZ. – « Ainsi l'amour. C'est un crime d'aimer. Le monde est là pour empêcher, torturer. [...] Ils se font des plaies horribles, ou se disent des choses tendres, de tout près, avec élégance, en alexandrins. L'alexandrin n'est pas une gêne, il est l'instrument même de la cruauté. [...] Quelques règles. Ne jamais lésiner sur ce que j'appelle l'inélégance des corps (et qui est leur beauté). Je n'ai pas de goût pour l'indiscrétion, je vous assure, mais la discrétion me paraît désormais inconvenante[10]. »

*

9. Antoine Vitez, *Écrits sur le théâtre*, t. 4 : *La Scène, 1983-1990*, POL, 1997.
10. Antoine Vitez, *Écrits sur le théâtre*, t. 2 : *La Scène, 1954-1975*, POL, 1995.

Autour des mères et des fils

> VILAYANUR S. RAMACHANDRAN, *neuroscientifique*. – « Croyez-le ou pas, à chaque fois que vous voyez votre mère, vous transpirez[11]. »

Je suis sûre qu'un bon acteur qui joue avec une mère transpirera si le texte est bon, si l'actrice est bonne, si le metteur en scène les a bien dirigés, parce que c'est inscrit dans le texte, et ça transpirera en nous.

*

La mort d'un enfant et le tronc d'arbre

Je dis les mots d'une mère russe qui raconte le suicide de son fils, un des témoignages de *La Fin de l'homme rouge*[12]. Ce n'est pas de la fiction, ça a été vécu. Ce malheur est un comble, ça ne se joue pas. Pourtant, c'est ça que je dois faire.
Les phrases sont très courtes, décousues. Ça saute du coq à l'âne, ça passe du passé au présent et retourne au passé comme si le choc avait atteint les conjugaisons. C'est tellement triste que ma mémoire ne veut pas apprendre ces mots. C'est un mauvais calcul de mon cerveau, parce que je dois travailler trois fois plus longtemps. J'apprends les mots et forcément des images apparaissent, mon fils, je vois sa tombe, c'est insupportable parce que tout a l'air si vrai. Le peu de texte que j'avais réussi à apprendre, je ne le sais plus. Mon meilleur ami qui s'est suicidé me revient. Non, je n'y toucherai pas non plus.
Avant les répétitions, le metteur en scène nous fait travailler chacun dans nos cuisines, avec le texte sous les yeux. La règle :

---

11. Vilayanur S. Ramachandran, *Le Cerveau, cet artiste*, Eyrolles, 2005.
12. *La Fin de l'homme rouge* de Svetlana Alexievitch, mise en scène d'Emmanuel Meirieu, Comédie de Saint-Étienne, 2019.

ne pas jouer, toujours faire moins, moins… Quand on commence à toucher ce « presque rien », les répétitions commencent sur le plateau. On doit emmener ce « rien » sur scène, pas jouer. Mais on se retrouve soudain en costumes, maquillés, coiffés, sous les projecteurs, à parler au micro. Je rate, au sens où dès que je dis par cœur, le cœur s'emballe, le drame me fait chialer. On arrête. Le metteur en scène m'emmène en coulisse, on se remet autour d'une petite table, avec le texte sous les yeux, et dans la pénombre on reprend toute la simplicité à zéro. Quand c'est un peu retrouvé, on le retente au plateau. Surgit Hala de ma mémoire, mon amie syrienne : je revois son calme quand elle parlait de la torture, sa voix monocorde. Penser à elle fait qu'elle me prête ses « tuyaux » durs à cuire. Le grand chagrin ne ressemble pas au chagrin. À force de mettre au régime sec le jeu, je trouve peu à peu le calme de cette femme. C'est bizarre, je ne sens plus mes jambes, comme si j'étais un tronc creux. Je me dis : « ça doit être elle », alors je laisse faire ; elle devait être fort à côté d'elle pour que je sois tellement à côté de moi. Plus tard, me revient la photo d'un vieil arbre avec beaucoup de feuillage, je me souviens que la vie veut la vie. Le deuil est fait aussi de ça. Je retrouve cette phrase dans un vieux bouquin : « Quand on regarde quelqu'un au moment où il éprouve un chagrin extrême – on est frappé par l'état de cet homme qui souffre, ou par sa façon d'exprimer ce chagrin, jamais par le chagrin lui-même. Mais quand la plaie se cicatrise avec le temps, et que l'homme qui a souffert, devenu calme, se met à raconter tranquillement ce qu'il a vécu, alors c'est l'auditeur qui pleure, et le narrateur qui reste calme[13]. » Des visages de ma famille russe me reviennent, intellectuels déclassés, leurs yeux endurants, le non-bavardage. Depuis des mois que je suis plongée dans ces témoignages, que j'écoute les autres acteurs dire leurs textes,

13. Constantin Stanislavski, *Notes artistiques*, Circé, 1997.

je comprends que je ne comprenais rien : comment des gens peuvent-ils être nostalgiques d'un régime totalitaire ? Pourquoi le libéralisme a été vécu par eux comme un cauchemar, une saignée de leur humanité ? Qu'est-ce qu'ils sentent qu'on ne sent plus ?
Jouer quelqu'un, c'est se déplacer : voir le monde par ses yeux, porter ses ornières. C'est le plus passionnant de ce métier.
Autre chose de passionnant : ne pas le faire en professionnelle. Ne pas le faire.
Les représentations commencent. Dans ma loge, impossible de faire une italienne, aucun mot ne me revient. Je ne sors pas mon texte du sac, je me dis : « Le vide, c'est son chemin, donc le tien. » Mon cerveau ne veut pas non plus se concentrer. Je me dis : « C'est normal, tu n'as pas à te concentrer, tu n'es pas actrice. » En coulisse, quelques secondes avant d'entrer en scène, mon cœur bat très lentement ; en général, il tape beaucoup. Mes jambes sont insensibilisées. Un héron fossile. Je les tape pour qu'elles répondent. Sur scène, je dis les mots au micro avec autant de distance que je peux, mais souvent, à certains mots très banals, la voix se casse (on ne peut pas faire exprès cela), ou une larme coule (ça m'énerve). Et puis je ne comprends pas : ce n'est pas ma vie, je ne connais pas, je ne peux même pas imaginer ce que cette femme a vécu. Mais ce que je crois dépasser « en haut », « le cheval » le pense autrement en bas. Sinon je ne vois pas.

La grâce arrive par accident

ÉVELYNE DIDI, *comédienne*. – « Il ne s'agit pas seulement de sentir les choses. Mais de creuser. [...] C'est avec Grüber[14] que j'ai compris “le fond d'âme” du théâtre.

14. *Faust* d'après Goethe, mise en scène de Klaus Michael Grüber, Chapelle de l'hôpital de la Salpêtrière, mai 1975.

Dans *Faust Salpêtrière*, il m'avait donné tous les rôles qui représentent l'enfance et la jeunesse, dont celui d'Euphorion, une sorte d'Icare : il veut voler et se casse le nez. Comme j'avais vraiment envie de voler, j'ai saisi en répétition une corde qui pendait, je m'y suis accrochée, mais la corde a cassé, et je suis tombée sur le dos ; j'ai recommencé, et je suis retombée. Comme on était à la Salpêtrière, j'ai été faire des radios. Quand je suis revenue, Grüber m'a dit : "Tu te mets dans un coin et tu te reposes." J'avais ma corde dans les mains, cette espèce de ficelle, je pensais à des dessins de mon père, de Léonard de Vinci ; dans mon coin, j'ai commencé à l'attacher à ma main, à mon pied, à tirer sur cette ficelle. Et à ce moment-là, Grüber m'a dit : "Euphorion, c'est ça. Tu le feras en te mettant juste plus haut." Il m'a vue pendant que je ne jouais pas, et la poésie était là : quelque chose qui arrive à la fois par hasard et par instinct. Et quelqu'un est là pour le voir, et l'utilise de façon très simple. C'était mon paradis[15]. »

***Molly Bloom*[16] : comment on trouve en perdant ses repères**

James Joyce s'inspire de Nora, sa femme, pour écrire ce monologue intérieur. Il dit d'elle que c'était « une reine lavée dans le sang du soleil. [...] Une primitive fort naïve[17] ». Lui, l'intellectuel, aurait bien voulu éduquer sa reine, mais « on ne pouvait tuer la virginité de son âme ». Joyce écrit trente pages

---

15. Évelyne Didi, « Bizarre façon d'exister », *Le Rôle de l'acteur, OutreScène*, 3 et 4, Les Solitaires intempestifs, 2012.
16. *Molly Bloom* d'après *Ulysse* de James Joyce, mise en scène de Marc Paquien et Blandine Masson, Théâtre des Bouffes du Nord, 2012.
17. Brenda Maddox, *Nora. La vérité sur les rapports de Nora et James Joyce*, Albin Michel, 1990.

sans une virgule sans un point, un *stream of consciousness*. Ça commence par Oui et ça finit par Oui. Molly n'arrive pas à dormir. D'étranges poissons nagent dans sa tête. Elle pense. Non, elle ne pense pas. Un torrent coule. On est dans sa tête, foule qui se défoule. Pour apprendre par cœur ce torrent, sans ponctuation, mon cerveau est littéralement noyé. Le cerveau n'est pas moderne, pas aventureux. Il aime le stable, le construit. Je suis obligée pour mémoriser de reconstituer des segments de pensées ; je plante des virgules, je crée des prises. Sur le plateau, pendant deux mois, j'essaie d'incarner Molly, cette femme impudique, solaire, chagrine, féminine, enfantine, sans frein, innocente dans le cash. J'en rougis de dire ses mots crus, j'apprends à ne plus rougir. Mais je me trompe : Molly, ce n'est pas un personnage qui parle de son mec ses fesses ses amants ses règles ses enfants.

Quelques jours avant la première, après un dernier filage devant mes deux alliés à la mise en scène, Marc et Blandine me disent : « C'est bien, mais jouer comme ça, c'est aussi inintéressant que le courrier de *Marie-Claire*… On s'en fout des petites histoires de Molly… Ce n'est pas une femme à camper, c'est un texte à dire. Tu n'es pas dans l'écriture. Fais-toi déglinguer par elle. Elle ne parle pas, elle se parle. Ne sois pas mignonne. Ce qui est beau, c'est entendre comme tout la traverse à 300 % dans un total présent, sans police pour réguler. Tu ne dois jamais réfléchir avant de penser : zigzague, vole, crée des ruptures, des dérapages. C'est comme un vol aléatoire dans toutes les dimensions. Il n'y a pas de ponctuation parce qu'il n'y en a pas en elle. Sois portée par la langue, c'est un titan. Pas de refuge. Joue Joyce, qui a risqué la prison pour avoir écrit ça. Efface les virgules, les points. C'est un oxygène rare. »

Ils avaient raison. La nuit qui a suivi, j'ai gommé de ma tête toutes les césures que j'avais créées pour avaler la montagne de mots. J'ai réimprimé le texte initial sans ponctuation, collé les pages les unes à la suite des autres comme un long parchemin pour ne plus jamais tourner les pages, mais qu'elles arrivent dans ma tête comme un *stream* ; et en lâchant tous les repères, Molly est arrivée[18].

On ne sait pas pourquoi ces émotions déchirantes ne nous déchirent pas. Ça fait un petit bobo qui n'est pas désagréable, c'est principalement humain, une cérémonie.

Contre-exemple
***La Maman et la Putain*[19] : un jour, par fracas, la vérité**

Moi je mendiais, et je couchais pour mendier en faisant le caïd. Les hommes pensaient que je pleurais de joie, qu'ils étaient bêtes et orgueilleux ! Les mots de Veronika : l'infirmière que tout le monde peut manger – petit pain au chocolat humain –, un soir pleure sa vie, dégueule sa vie de pain au chocolat. L'écart entre elle et moi était en réalité si mince en ce temps-là que sans le savoir, j'ai mis un mur entre elle et moi. Je ne sais pas ce que j'ai fait pendant les deux mois de répétitions, à part me défendre et la jouer sans approcher son être. Quand elle se fendait, on tombait sur du vide. Je n'étais pas sincère. Je ne pouvais pas. Deux jours avant la première, Jean-Louis Martinelli (un metteur en scène ami) donne aux acteurs ses « notes » après le filage. Il parle à chacun, puis à moi, il dit : « Je n'ai rien à te dire, sauf que ce n'est rien. » J'ai mal dormi, pleuré, mais le coup a frappé si

18. Voir le petit documentaire de Charles Mignon sur notre travail, avec Blandine Masson et Marc Paquien : https://vimeo.com/61128991.
19. *La Maman et la Putain*, adaptation du film de Jean Eustache, mise en scène de Jean-Louis Martinelli, avec Charles Berling, Sylvie Milhaud et Catherine Anne, Théâtre Daniel-Sorano, 1990.

fort que ma carapace a volé en éclats la nuit qui a suivi. Le lendemain, j'étouffais dans mes remparts, malheureuse d'être « rien » ; je n'avais tellement plus la force de résister que le grand et déchirant Rien de Veronika est apparu. Elle – moi, on s'est mise à parler, le barrage a cédé. Il n'y avait pas que son désespoir, ça disait l'envie d'amour, ça voyait la misère, comme on s'était trompé. Ça disait la fin d'un jeu – vaut mieux rien que jouer encore.

Comme j'avais gaspillé les répétitions à faire semblant, je n'avais eu que quelques heures pour préparer mon cerveau à cette tauromachie : une illusion meurt en direct. Je n'avais pas eu le temps de protéger les fils électriques qui allaient sauter. J'ai ouvert la porte d'un grand secret (ce que je n'aurais jamais fait ailleurs que dans un théâtre), je l'ai fait sans lésiner pour dire au monde : ne faites pas comme elle – moi. Je ne jouais pas, je vivais. Pas de frontière. C'était un chant guérisseur ; les gens se pressaient pour le voir. Mais le chant me déchirait de plus en plus chaque soir, je n'avais pas le temps de me remettre entre deux représentations, et si je m'étais remise, je n'aurais plus pu être cette vague qui explose.

À la trentième représentation, le corps, l'esprit, « le cheval » n'ont plus pu. J'étais par terre dans la loge. Piqûre. Arrêt de travail. Des gens m'en ont voulu de n'avoir pas assuré les représentations suivantes, mais maintenant que j'y pense, je trouve incroyable que mon cerveau ait pu le faire trente fois avec joie et santé, la joie de s'éveiller et jeter bas les voiles, la joie de partager une énorme erreur. Il y a des naufrages fictifs qui viennent vous sauver d'une longue anesthésie.

Le succès du spectacle ne m'a protégée de rien, au contraire ; la barre montait toujours plus haut. L'équipe non plus n'a pas pu me protéger, pourtant on s'aimait tendrement, mais comme dit un ami : « L'amour n'empêche pas ce qui empêche l'amour. »

La « turbine » prise au jeu

Jérôme Yelnik, *neuroscientifique*. – Vous faites des choses très bizarres avec votre cerveau et avec le nôtre, vous faites des choses inverses à ce qu'il est... Vous le poussez dans des fonctionnements pas habituels ! Dans la vie, on est soumis à des émotions ; vous, vous les tripotez ! Ce qui m'intéresse dans ton affaire, c'est comment vous pouvez manipuler l'émotionnel de notre « turbine[20] » par la motivation, sous l'effet de la dopamine, avec le frein et l'accélérateur. Ce qui est sûr, c'est que chaque fois que vous automatisez un comportement (moteur, cognitif ou émotionnel), vous utilisez « mon petit trésor ». Parce que c'est bien cette turbine qui a l'intelligence des situations, c'est elle la maîtresse d'œuvre de cette capacité à automatiser les mouvements du corps, et les émotions.

Anouk. – Quand je joue, ma turbine sait que je joue ?

Jérôme Yelnik. – Je dirais que non. Elle ne sait pas. C'est très rudimentaire, très automatisé cette turbine. Mais ton cortex, lui, le sait.

Anouk. – Mon cortex la dupe suffisamment pour qu'elle se croie chez elle dans l'histoire ?

Jérôme Yelnik. – C'est ton cortex qui la met dans une situation émotionnelle.

Anouk. – Cette turbine, ce n'est pas un clown ? Elle ne feint pas ? Elle n'est pas au courant qu'elle est dans un théâtre, elle ne connaît pas le raffinement de la fiction ?

Jérôme Yelnik. – Non.

---

20. Voir *supra*, chapitre 13 : la turbine, le noyau.

Anouk. – Tu penses qu'on pourrait avoir accès à ce qui a la haute main sur nous tous ?

Il me répond par un mail, intitulé « Le petit trésor pour Anouk » :

« L'apprentissage et l'automatisation sont depuis longtemps des fonctions connues de cette turbine. L'idée qu'elle puisse servir à l'apprentissage et à la restitution de comportements principalement émotionnels est nouvelle. Mais l'est encore plus l'idée que, vous autres comédiens, vous pourriez utiliser, manipuler à votre guise cette turbine, pour freiner et guider comme vous l'entendez cet apprentissage et cette restitution, à des fins de représentations théâtrales. Là où le commun des mortels subit de façon passive, inconsciente, la fonctionnalité de cette turbine, à son bénéfice quand tout va bien, vous auriez, vous comédiens, la capacité de l'utiliser activement comme vous le voulez, en plus ou en moins, selon les circonstances. »

Voilà à peu près comment j'imagine on sème une fiction dans notre cerveau. Comment on peut duper un « cheval », qui n'est pas un employé de la culture. Comment le « cheval » et le « cavalier » s'entraînent l'un l'autre à devenir un autre. Comment la turbine se prend au jeu de nos métamorphoses. Comment les émotions du monde nous traversent, et comme on les travaille. C'est long, difficile, excitant ; c'est fragile, constamment menacé de n'être plus rien ou de sonner faux, mais je crois, contrairement à ce que dit Antonio Damasio[21], qu'en incarnant un grand texte, avec une équipe d'acteurs profonds et aériens,

21. Voir *supra*, chapitre 13. Et, aussi, Antonio R. Damasio, *L'Erreur de Descartes*, Odile Jacob, 2006.

un bon metteur en scène, on peut atteindre les émotions les plus reculées, les plus inconscientes, parce qu'on est sincère en mentant, on fait semblant de ne pas faire semblant. C'est ça, le mentir-vrai.
Grâce à cette collaboration entre l'archaïque et le subtil, entre le « haut » et le « bas », à ce travail du fond qui innerve la forme et de la forme qui modifie le fond, le cerveau tout entier ferait fonctionner d'autres « je » que nous-mêmes.

Sauf que voilà… Mes hypothèses rencontrent un autre sérieux problème : les scientifiques disent qu'être deux à la fois, ça ne se peut pas.
Or, c'est ça, notre métier…

Je dois encore revenir à la vie, comprendre qui est « moi », pourquoi on n'en a qu'un.

16

QUI EST DEDANS ?

(Balade n° 8 dans le jeu)

Dans la vie, on est si habitué à se retrouver chaque jour comme étant soi et pas un autre, qu'on ne se demande pas d'où vient ce sentiment d'évidence.
D'ailleurs, est-ce si évident ?
Comment se fait-il que notre éponge « qui ne comprend rien, qui est nous mais qui ne sait pas qu'elle est nous[1] » fait que l'on se sente soi ?
Moi tient à quoi ?

> VILAYANUR S. RAMACHANDRAN, *neuroscientifique*. – « On peut lui attribuer cinq caractéristiques. D'abord, la continuité : l'impression d'un fil ininterrompu qui parcourt le tissu de notre existence avec la sensation de passé, présent, futur. Deuxièmement, l'idée d'unité ou de cohérence du moi. En dépit de la diversité de nos expériences sensorielles, de nos souvenirs, de nos croyances et de nos idées, nous nous ressentons en tant qu'unité, qu'individu unique. Troisièmement, un sens de personnification ou de propriété : nous nous sentons ancrés dans notre corps. Quatrièmement, le sentiment d'être un agent, ce que nous appelons le libre arbitre, d'être responsables de nos

1. Voir, *supra*, chapitre 10, la discussion entre Jérôme Yelnik et Lionel Naccache.

actions et de nos destins. Cinquièmement, la plus insaisissable de toutes les caractéristiques, le moi est capable de réflexion, d'être conscient de lui-même[2]. »

LAURENT COHEN, *neurologue*. – « Si je me demande qui je suis, je peux me dire que j'ai un nom, une histoire, des souvenirs, des sentiments, des connaissances et que, tout ça, c'est moi. Mais, avant même cet inventaire, j'ai le sentiment évident que mon esprit, ma conscience, moi sommes installés à l'intérieur d'un corps. Et ce corps lui-même occupe un certain endroit dans l'espace. L'endroit où se trouve mon corps, et donc l'endroit où se trouve mon moi, je le connais par ce que tous mes sens m'apprennent : je me vois, et j'ai aussi des informations qui viennent par l'intérieur. Bref, cette sensation qui a l'air absolument évidente que vous êtes dans vos baskets est en réalité une conclusion à laquelle votre cerveau parvient en exploitant beaucoup d'informations. Et ces mécanismes, comme tout ce qui se passe dans le cerveau, peuvent tomber en panne[3]. »

Je vois beaucoup de gens pour qui ces conclusions ne sont pas concluantes : ils n'ont pas souvent le sentiment d'être « agents » de leur vie, ou de piloter un engin personnel obéissant. Moi est volatil, éclaté, pas compact. Un seul corps ne suffit pas, une maison ne suffit pas. Il y a bien un passé, un milieu, une famille, mais c'est trop, ou trop peu. La « continuité », c'est la perpétuité. La « cohérence » est pour eux comme un bouquet garni ficelé, et le lien est défait. Vivre avec des ciseaux ou un ouvre-boîte au bout des doigts, c'est leur liberté. Les gens

2. Vilayanur S. Ramachandran, *Le Cerveau, cet artiste*, Eyrolles, 2005.
3. Laurent Cohen, *Pourquoi les filles sont si bonnes en maths. Et 40 autres histoires sur le cerveau de l'homme*, Odile Jacob, 2012.

projettent sur eux des images qui leur semblent « hors sujet », des façons de les ramener à la case départ. S'ils acceptent les mises en boîte pour avoir une place quelque part, leur petit être disparaît dans la tristesse. Sont-ils « en panne » pour autant ? Ça dépend beaucoup de qui les regarde, de la confiance qu'on leur fait, et la grâce qu'ils s'accordent pour faire jouer ces désordres.

Il se peut que les acteurs aient fait le deuil de l'idée d'une « continuité de leur être », et que ce deuil soit aussi un pacte avec la vie. Il se peut qu'au lieu de feindre d'être un, ils donnent vie à tous ceux qu'ils portent en eux, et tous ces autres, loin ou proches, qui entrent dans leurs cerveaux-peaux. Bien sûr, tous ces autres qu'on incarne se passent dans notre tête (on n'a pas deux cerveaux) ; et quand on croit être autre, c'est encore un peu soi.
Mais moi, je ne vois pas plus d'insincérité à s'écarter de soi que de sincérité à s'attacher à soi.

Si on est dans la vie comme la chèvre de Monsieur Seguin, qui est moi ?
Celle qui vit dans l'enclos d'une bonne vie, avec un maître qui l'aime, qui l'attache pour son bien, ou celle que la montagne appelle, et peu importe si la vie sera longue ?

Les scientifiques disent qu'être deux, en même temps, ça ne se peut pas.

> VILAYANUR S. RAMACHANDRAN. – « Ressentir deux moi est logiquement impossible, car cela poserait la question de qui ou quoi ressentent les deux moi. Il est vrai que nous parlons parfois d'être divisé, mais ce n'est qu'une figure de style. Même les gens atteints d'un soi-disant dédoublement de la personnalité ne ressentent pas deux personnalités en

> même temps – elles les ressentent par cycle, et les deux personnalités sont mutuellement amnésiques ; à n'importe quel instant donné, le moi qui occupe le centre de la scène est séparé (ou très vaguement conscient) de l'autre[4]. »

Quand la chèvre était dans la montagne et que le jour baissait, Monsieur Seguin l'appelait ; la chèvre l'entendait très bien, elle se souvenait d'elle au piquet de son moi ; elle aimait Monsieur Seguin, elle aimait la paix, mais elle aimait encore plus la montagne. Elle n'était pas amnésique du tout : même dans la gueule du loup, je crois bien qu'elle était l'une et l'autre : séparée quand elle était tenue, une quand elle était perdue.

> ANTONIO R. DAMASIO, *neuroscientifique*. – « Le fait que l'on ne considère pas comme normales des personnalités multiples montre bien que tout le monde s'accorde "à trouver qu'un corps unique va de pair avec un Soi unique". [...] Si nous admirons tant les acteurs, c'est, entre autres choses, parce qu'ils peuvent nous convaincre qu'ils sont d'autres personnes, qu'ils ont d'autres esprits et d'autres *Soi*. Mais nous savons que tel n'est pas le cas, nous savons qu'ils sont seulement les purs réceptacles d'ingénieux faux-semblants, et nous louons leur travail parce que ce qu'ils font n'est ni naturel ni facile[5]. »

SAVOIR CONTRE EXPÉRIENCES

Je les lis, les relis. Je sais que les scientifiques ont mille fois multiplié leurs expériences, les ont vérifiées, recoupées.

4. Vilayanur S. Ramachandran, *Le Cerveau, cet artiste*, Eyrolles, 2005.
5. Antonio R. Damasio, *Le Sentiment même de soi,* Odile Jacob, 1999.

Leur savoir est plus rigoureux que le nôtre. Ils ont des preuves, pas nous.
Je sais qu'en étudiant les dysfonctionnements des malades, ils comprennent peu à peu le fonctionnement des gens à l'état normal. D'où peut-être le tranchant de certaines de leurs affirmations, quand on n'est ni malade, ni à l'état normal.

Je sais que les acteurs n'ont que leurs sensations pour décrire des phénomènes physiques de double et de possession, que ces sensations fluctuent d'un acteur à l'autre et d'un moment à l'autre de leurs récits. Ils disent une chose et son inverse, c'est un ballet, parce que c'est difficile de décrire la présence d'un autre en soi, à la vitesse de nos échanges secrets.
Il n'est pas impossible que nous soyons sujets à des illusions puisque nous fabriquons des illusions, qu'on se leurre sur la profondeur de ce qu'on fait, et qu'en réalité, nous ne fassions que « pianoter sur le dos des choses », et pianoter sur vos dos. Mais il se trouve aussi que les récits des acteurs se recoupent assez souvent pour ne pas complètement balayer d'un revers ces descriptions d'états troubles, de dédoublements vivifiants, et de possession. Je ne tiens pas à dire qu'il se passe dans nos cerveaux et nos corps des choses profondes si cela n'est pas vrai ; j'ai plus envie de savoir que d'avoir raison. Dans tous les cas, c'est intéressant : surface ou profondeur ? Double ou pas double ? Sincérité ou « ingénieux faux-semblants » ? Combinaison de tout ça ?

Même si je me fais l'effet d'une souris qui doute de savants, je doute des deux « impossibles » qu'ils énoncent : la vie profonde ne s'imite pas, et on n'a pas d'autre esprit que le sien. J'en doute, parce que je ne suis pas la seule souris, et aussi différentes que soient les autres souris-acteurs, elles parlent toutes de « ce quelque chose qui arrive », que les neuroscientifiques n'ont peut-être que peu analysé, dans la mesure où peu de souris-acteurs sont venus leur parler de leurs troubles, pour la bonne raison que ces troubles ne les troublent pas tant que ça. Je n'écarte pas non plus l'hypothèse d'être une souris plus troublée que les autres, sachant peut-être moins bien jouer ; je n'ai pas été à l'école, j'ai sans doute mal appris à gérer mes écluses (feintes et authenticité). Je suis plus mal à l'aise que d'autres avec les « trucs » de ce métier et, surtout, je ne suis pas certaine qu'il ne s'agisse que d'artifices.

Depuis des années que je joue avec d'autres souris ou que je les vois jouer, je regarde particulièrement celles que « je ne vois pas faire », qui font de véritables culbutes hors d'elles-mêmes avec une sincérité vertigineuse, qu'elles remettent en jeu chaque soir, se laissant traverser par des phénomènes physiques que ni leur volonté ni leur habileté ne pourraient déclencher.

C'est de ces souris que je parle. C'est à elles que je suis allée poser des questions.

Je doute aussi de ces deux « impossibles » parce qu'à vrai dire, c'est cela qui nous est demandé par chaque bon texte et chaque bon metteur en scène. Vous en avez entendu quelques-uns nous parler de sincérité dans l'altérité, de respect du texte et de folie aussi. Des plongeons dans le présent qui ne trichent pas, et du surplomb quand même.

Et si on puise en soi (au sens très large) pour habiter un autre, l'autre nous emmène parfois très loin de nous – de notre morale, notre pudeur, nos instincts –, transforme nos corps, nos formes mêmes.

Il y a de l'entre-deux, et il y a du deux.

Quand la folie de Médée traverse l'actrice qui la joue, il faut quand même admettre que tuer ses enfants, on ne connaît pas. Pour incarner des choses pareilles, on n'est pas soi.

Quand la simplicité de Jeanne d'Arc face à ses juges vous tombe dessus comme la foudre, c'est son innocence qui parle. Elle se branche peut-être sur des restes de la nôtre, mais on ne connaît pas ce point de croix entre l'ignorance et la foi. C'est un mystère qui se réalise en nous.

Je voudrais à mon tour tendre aux neuroscientifiques des « briques » d'acteurs, et leur poser des questions :
Si le sentiment de *soi* repose sur des « évidences[6] », que se passe-t-il quand on trimballe une autre histoire que la sienne, qui se déroule dans une autre époque que la nôtre, qu'on dit un texte qui agite en nous des émotions qu'on n'a jamais vécues, qui jaillissent de notre corps mais dans un corps qui agit de façon autonome, et que tout ça se passe dans un espace imaginaire qui devient réel à force de l'imaginer, qui est « moi » ? Quelles sont les « évidences » ?

Par exemple : je joue Élisabeth, dans *La Révolte*[7] de Villiers de L'Isle-Adam. L'histoire se passe au XIXe siècle, dans un château sinistre. C'est la nuit, elle va enfin quitter son mari qu'elle déteste. Le mari la surprend avec sa valise, il l'oblige à s'expliquer. Elle parle, elle veut éclairer. Mais le mari est un trou noir, la lumière se fait avaler. Sans doute parce qu'elle a trop parlé et que parler, c'est un peu faire, quand elle part pour de vrai dans la nuit, elle n'a plus de force, elle est vidée. Alors elle revient dans sa cage. Le mari est content. Il lui fait un baiser dégoûtant. Elle ne réagit pas. Son âme est morte. Qui était moi, alors ?

---

6. Voir *supra*, citation de Laurent Cohen.
7. *La Révolte* de Villiers de L'Isle-Adam, mise en scène de Marc Paquien et Blandine Masson, Théâtre des Bouffes du Nord, 2015. Avec Hervé Briaux.

Anouk qui jouait la comédie, ou Élisabeth qui ne jouait plus à rien ?
Dans quel monde j'étais ? Le Théâtre des Bouffes du Nord, ou la salle d'un château lugubre où pas une âme ne passait la muraille ? Je sais que je voyais plus le château vide que le théâtre plein.
Dans quelles baskets j'étais, quand mes pieds faisaient marcher Élisabeth ?
Quel corps, dans ce corset qui m'aidait à étouffer ?
Qui pleurait quand elle pleurait ? Moi ? Je ne commandais pas ces larmes, en effet, je n'aurais jamais pu.
À la fin de la pièce, c'était bien affreux. Le dernier acte se terminait par un long monologue où elle rendait les armes. C'était tellement triste à jouer que je ne voulais jamais répéter cette fin de pièce ; je ne savais pas comment dire ses mots lourds de sens, je trouvais ça mauvais ; je voulais même couper cette fin… Puis un jour, très peu de temps avant la première du spectacle, pendant que je répétais cette fichue scène qui me dégoûtait, je me suis souvenu d'un renard mort couché près d'une rivière. Un ami m'avait raconté qu'il avait vu cette bête à l'aube, et dans ses yeux ouverts se reflétaient les nuages. À la seconde où l'image entière m'est revenue, je suis devenue le renard, mes yeux étaient ses yeux, et les mots sont enfin sortis de moi paisiblement, sans que je ne sois plus là pour les penser, plus là pour le vivre. Et tous les soirs pendant des mois, au même moment, le renard venait me visiter sans que je le supplie, il se couchait dans moi, il me prêtait sa peau, sa paix.
Le metteur en scène m'avait demandé d'être debout à l'avant-scène, face public. Je lui avais demandé de m'aveugler le plus possible avec un projecteur pour que je ne puisse reconnaître personne. Je voyais l'ombre des têtes à quelques centimètres

de moi ; je voyais le globe de leurs yeux, mais j'en faisais des lumières dans le ciel. J'étais en partie hallucinée, et pourtant très concentrée sur le texte (je l'avais si peu répété que ma mémoire était très fragile). Des gens m'ont dit que j'avais l'air possédée. D'une certaine manière, c'est vrai. Cette fin me shootait de calme.
Bien sûr, c'était du jeu. J'étais aux manettes d'un truc qui me dépassait. Quand le spectacle se finissait, les lumières se rallumaient, et « moi » reprenait stabilité, timidité, civilité.
Le cerveau doit bien rigoler.

Évidemment, s'il y avait eu le feu ou même le son d'un portable, je me serais « réveillée ».
Mais qui j'étais *« moi »,* quand j'étais debout devant des gens et couchée près de la rivière ?

Souvenez-vous :

– Quand le cerveau imagine une scène, cela devient « une forme atténuée de l'agir[8] ».
– Quand un champion fait sa course mentalement pour s'y préparer, on enregistre chez lui une augmentation cardiaque, son cortex visuel s'allume comme si c'était vrai.
– « Quand je dis en plein hiver que j'aimerais me baigner dans une mer chaude des Antilles, je simule une perception qui vitalise mon idée[9]. »
– « L'esprit respire par le biais du corps. [...] La régulation du corps, la survie et le fonctionnement mental sont étroitement interreliés[10]. »

---

8. Roland Jouvent, *Le Cerveau magicien*, Odile Jacob, 2009.
9. Roland Jouvent, *Le Cerveau magicien*, Odile Jacob, 2009.
10. Antonio R. Damasio, *L'Erreur de Descartes*, Odile Jacob, 2006.

Si on avait enregistré mon cœur au moment où j'étais le renard mort, quel rythme cardiaque aurait-on lu ? Celui d'une actrice qui bat vite à cause du trac, ou celui d'un animal qui quitte doucement la vie ?

Si le personnage se nourrit de moi pour être lui, il devient tellement lui qu'il ressemble en tout point au « moi » défini par les scientifiques[11]. *Moi*, le personnage, je suis comme vous : je traverse ma vie (avec des bribes de passé, un présent, un futur flous) ; j'ai le sentiment d'être moi ; j'ai un sens de ma personne privée, j'habite mon corps et je suis dans un lieu que je vois de mes yeux ; je suis propriétaire de moi (je le crois) ; j'essaie d'avoir du libre arbitre et je me bats avec mon monde pour sauver ma cohérence ; je crois me connaître, des choses m'arrivent que je ne comprends pas.

Les forts en doubles[12]

Daniel Day-Lewis est un des acteurs les plus protéiformes qui soient, difficilement reconnaissable d'un rôle à l'autre ; avec lui, rien n'a l'air fabriqué. Il se prépare très longtemps avant de jouer, il apprend la langue maternelle du personnage (même quand le personnage ne la parle pas dans le film), il disparaît pendant des mois de sa vie sociale pour habiter le lieu de vie du personnage, il porte ses costumes longtemps avant le tournage pour que ce ne soient plus des costumes.

---

11. Voir *supra*, p. 209-210, la définition du « moi » donnée par Vilayanur S. Ramachandran et Laurent Cohen.
12. Voir, à la fin du livre, une liste de films qui donnent à cogiter sur cette notion de double.

Pour *Le Dernier des Mohicans*[13], il passe des mois dans la forêt, apprend à tuer et dépecer les animaux, à construire des canoës et à se battre. Pour jouer le boxeur Barry McGuigan[14], il s'entraîne des mois avec Barry McGuigan. Pour jouer *Au nom du père*[15], il se fait enfermer des jours et des nuits dans une cellule de prison, et demande à subir des interrogatoires musclés. Tout ça, parce qu'il veut savoir. Dans *My Left Foot*[16], il joue un peintre paralysé. Il est écrit dans le scénario que le héros sort un disque avec son pied, le met sur le tourne-disque et place l'aiguille dessus, avec son pied. C'est *a priori* impossible à réaliser pour quelqu'un qui a l'usage de ses mains. Pour ces quelques secondes du film, l'acteur s'entraîne des mois, et à force d'entraînement, il change le disque avec son pied et pose l'aiguille au début du morceau, comme si ça allait « de soi ». Bien sûr, il ne connaîtra jamais la paralysie, mais parce qu'il préfère que « ça » joue plutôt que jouer, il ne quittera pas son fauteuil roulant tout le temps du tournage, il ne mangera pas avec ses mains, un assistant le nourrit à part. À force d'être voûté pendant des mois, il se casse deux côtes, et son dos d'aujourd'hui n'est plus celui d'avant.
On peut dire de lui qu'il est fou, on peut aussi dire qu'il est très sérieux, voire très modeste. En tout cas, aventurier.

> DANIEL DAY-LEWIS, *comédien*. – « Plus c'est loin de moi, plus ça m'intéresse[17]. [...] Le travail d'acteur pourrait se réduire à un acte d'imitation, mais je n'en vois pas l'intérêt. [...] Mon travail est de mettre de côté toute subjectivité

13. *Le Dernier des Mohicans*, film réalisé par Michael Mann, 1992.
14. *The Boxer*, film réalisé par Jim Sheridan, 1997.
15. *Au nom du père*, film réalisé par Jim Sheridan, 1993.
16. *My Left Foot*, film réalisé par Jim Sheridan, 1989.
17. https://www.ina.fr/video/I08070463.

parce qu'il est essentiel de ne porter aucun jugement sur la vie du personnage que j'explore. Il faut être curieux de l'expérience humaine de l'autre, qui en l'occurrence est à l'opposé de la mienne ! […] Une fois que j'ai bien fait mon travail de préparation, de fondation, je commence à entendre une voix, que je tente alors de reproduire. […] Simplement, un soupir, une intonation peuvent être la clé qui débloque quelque chose en vous. La voix est une profonde représentation de notre être, c'est une empreinte. […] On en revient toujours au même problème quand je parle concrètement de mon travail. Soit, je le démystifie, soit je le "surmystifie". Démystifier ne me paraît pas être une bonne chose. Quant à surmystifier… Bah, ça me fait juste passer pour un connard prétentieux[18] ! »

*

Autre exemple de double : que s'est-il passé dans le cerveau de Bruno Ganz, cet acteur éclairé, humaniste, pour qu'il puisse incarner Hitler avec tant de vérité[19] ?

BRUNO GANZ, *comédien*. – « Le fait de ne pas être allemand m'a aidé, car je pouvais mettre mon passeport entre Hitler et moi. » Quand on lui demandait s'il avait préparé ce rôle en se persuadant qu'Hitler était un être humain, il répondait : « Bien sûr qu'il l'est. Qu'est-ce qu'il pourrait être d'autre ? Les gens ont besoin d'avoir une icône intacte du mal lui-même, mais je ne sais pas ce qu'est vraiment le mal. » Il disait qu'après chaque jour de tournage, il devait « construire un mur ou un rideau de fer dans sa tête : je ne

18. « Daniel Day-Lewis, "On me prend pour un dingue" », propos recueillis par Emmanuèle Frois, *Le Figaro*, 26 février 2008.
19. *La Chute*, film réalisé par Olivier Hirschbiegel, 2004.

> voulais pas passer mes soirées à l'hôtel avec M. Hitler à mon côté[20] ».

La folie dans ce métier, ce n'est pas d'être deux, c'est d'être un.

Sans doute qu'au cinéma, on peut aller beaucoup plus loin dans l'enfoncement d'une autre identité, dans une plus grande « amnésie » de soi : on est sur le motif dix heures par jour, c'est intense, le cerveau est super entraîné. On ne joue que des instants ; une fois que c'est fait, ce n'est plus à faire. Il y a les mots qui ritualisent les passages : « Silence ! », « Moteur ! », « Action ! », « Coupez ! ». L'acteur n'est pas responsable du récit. C'est une immersion dans quelques secondes de vie. Il faut beaucoup d'abandon pour dépasser toute la technique.

Au théâtre, tout est plus artisanal : les textes sont moins naturalistes, les artifices plus importants, ça demande plus de maîtrise et d'imagination. Quoi qu'il arrive, on doit faire exister l'autre le temps de la représentation, on doit gérer la durée, et on doit tenir longtemps : on joue des mois, parfois deux ans. Bizarrement, être soi le jour est très fatigant ; chaque soir, il faut repasser par le chas de l'aiguille, et changer de fréquences, comme si on changeait de fuseaux horaires. Après le jeu, on est en décalage, le cerveau met des heures pour revenir dans son temps. Ça ne veut pas dire qu'on est encore le personnage, absolument pas ; mais on est décalé. Je pense aussi que la peur au théâtre est plus grande, c'est un épuisement de faire comme si elle n'était pas là.
On peut bien me dire qu'on n'est pas deux, mais moi, je sais qu'on n'est pas soi quand on joue. Je le sais à la difficulté de

20. Interview de Bruno Ganz sur le site The Arts Desk, 2005.

m'échapper de moi, et à l'aisance surprenante – la jouissance parfois – d'être visitée, ou carrément doublée par un bolide.

Pour tenir le temps de la représentation, tous les acteurs ont la sensation d'être deux, l'un en haut, l'autre en bas, dans une sorte de lévitation professionnelle.

> JACQUES WEBER, *comédien*. – Le b.a.-ba du métier, c'est le dédoublement. Sans dédoublement, c'est impossible de s'en sortir. Il y a deux bonshommes, et les deux sont.

> GRÉGORY GADEBOIS, *comédien*. – C'est comme si on était deux moi. Tu es la marionnette qui est devant toi, et tu lui fais bouger la main. Mais des fois, la marionnette est plus réveillée que toi, c'est elle qui te tire la main, et tu te dis : « Zut, je devais la faire bouger comme ça… » Et d'autres fois, on est les deux synchrones : il n'y en a pas un qui tire l'autre, ce sont les deux qui bougent en même temps.

Dans combien d'espaces évoluent ces deux moi ?
Mon cerveau à moi est dans quatre endroits, et il passe de l'un à l'autre sans que je me sente franchir des portes : un peu de moi sait que je suis sur une scène de théâtre, beaucoup de moi est dans la maison des personnages ; à mesure que les scènes se déroulent, mes yeux suivent le texte en matant la rivière et le zigzag de ronds sur la page, pendant qu'un autre moi s'active dans le hangar, patine à toute allure pour « tilter » les images-souvenirs-écrans au rythme du texte qui fuse. Ce moi est mon ouvrier spécialisé, il a des patins à roulettes motorisés et des élévateurs très rapides, comme ceux des magasiniers qui gèrent les stocks, il file dans tous les sens, il peut aussi voler. Parfois, ce n'est plus lui qui patine à toute allure dans le hangar, c'est ma

rivière, pas gênée de serpenter sur les étagères pour « tilter » les émotions. Même dans les scènes de grandes émotions, j'ai mes patins à roulettes motorisés, et je « tilte » les souvenirs. Et aussi comme j'aime dessiner, en plus de ces quatre endroits et ces quatre moi qui ont des pensées différentes, des vitesses différentes, je suis parfois traversée par des pulsions de couleurs et de formes, et c'est irrésistible, je peins dans ma tête, je peins quelque chose qui n'a rien à voir avec ce qu'on joue, et ça ne me distrait pas. Comme à la Bourse, j'ai quatre cadrans horaires, et ça doit communiquer d'un espace à l'autre très rapidement.
Il y a moi, cavalière sur mon cheval, qui me bats dans mon monde. Et il y a le moi du personnage, cavalière sur son cheval, qui poursuit son but à elle, dans un autre monde.

Il arrive qu'à force de jouer trop longtemps, ou de trop penser en termes de résultats, les images soient usées, le « tilt » ne marche plus. Alors c'est imparable, les mots ont immédiatement moins de sens, et on se met à tricher. Il faut revenir au non-jeu, au secret, au Je. Revenir humblement au hangar, à la foule, au silence, oublier qu'on est acteur, et faire sa demande.

Je ne sais pas si les autres ont un hangar et des patins à roulettes motorisés ; ce que je sais, c'est qu'il faut être en bonne forme. Mais, bizarrement, la fatigue peut aider, on est parfois si atomisé, quasi gazeux d'épuisement que la peur n'a plus rien à saisir de nous, et qu'on est encore plus disponible à ce qui arrive.

Je crois qu'il y a dans les domaines artistiques des échelons dans la maîtrise, qui passe par un oubli de soi, une quasi-disparition des intentions, si bien qu'on n'a pas à s'enorgueillir de nos réussites puisqu'on n'y est pour presque rien, sauf d'avoir disparu assez pour laisser apparaître ; et qu'on pourrait réfléchir à nos échecs comme des signes un peu immatures d'excès de soi.

17

CINQ ANS ONT PASSÉ…

Avancées dans les hypothèses

(Balade n° 9 dans le jeu)

Après qu'il a lu le livre presque fini, Jérôme Yelnik a voulu reparler avec moi de l'éventuelle relation entre la turbine et le travail d'incarnation.

Jérôme Yelnik, *neuroscientifique*. – Tout ce qui se trafique dans ton cortex, tout ce que tu réfléchis passe par cette « turbine » qui réagit à la réalité, y compris quand la réalité, c'est de la fiction. Tu injectes là-haut de la fiction, et la turbine la recycle : elle la ressent, elle en ressort l'essentiel, une cohérence motrice, cognitive, émotionnelle autre que la tienne, mais colorée de ce que tu es. Le miracle dans cette « turbine », c'est qu'elle est très personnelle. Toi Anouk, si tu fais du vélo pour aller voir ton amoureux, tu pédaleras d'une certaine manière, mais si c'est Antigone qui pédale, ce sera Antigone qui pédalera à sa façon.

Anouk. – Quand je joue à Paris une Russe au XIXe siècle, ma turbine traite quelle réalité ?

Jérôme Yelnik. – Elle ne peut pas réfléchir à ce que c'est, le XIXe siècle, le pays… Ça, c'est trop compliqué pour elle. Ces informations restent au niveau cortical. Mais par contre, si ta commande au niveau du cortex est suffisamment forte quand tu travailles, ça va descendre, et elle va en être imprégnée. Tout ce que la « turbine » sait, c'est si elle est dans une situation plus ou moins dramatique ; elle sait les émotions qui s'y rapportent, et elle réagit en fonction, sans que tu y penses trop, mais en pensant quand même.

ANOUK. – Donc on peut conditionner cette « turbine » de 400 millions d'années ?

JÉRÔME YELNIK. – Elle est faite pour ça ! C'est un truc qui tourne bien, qui nous aide à apprendre ce qu'on veut, et à le reproduire autant de fois qu'on veut. Donc tu peux très bien mettre dans ta machinerie des choses qui ne sont pas Anouk et qui touchent à la femme du XIXe siècle ; elle va automatiser tout ce qui se rapporte à ce nouveau savoir, et elle va te modifier un peu. C'est pour ça que je pense que ce système est au cœur de votre travail. Ça expliquerait d'assez près comment tu peux travailler Jeanne d'Arc, puis une femme russe du XIXe siècle, puis Médée.

ANOUK. – Si ma « turbine » est si douée pour me faire agir de façon appropriée, comment ça se fait qu'elle accepte d'enfreindre des tabous majeurs, comme le meurtre de mes enfants ?

JÉRÔME YELNIK. – La turbine, elle n'éprouve pas, elle n'a pas d'état d'âme… Son rôle et son importance, c'est d'automatiser les choses pour qu'elles se fassent sans trop de coût pour toi.

ANOUK. – Et ça ne l'endommage pas d'agir en folle ?

JÉRÔME YELNIK. – Ben non ! Elle peut « agir en folle », puisque ton cortex sait que c'est du jeu.

ANOUK. – Ça fait penser aux gens qui vont très profond en plongée sous-marine : il y a un fil qui les relie à la surface avec un petit flotteur. Peut-être ça se passe comme ça dans nos cerveaux ?

JÉRÔME YELNIK. – Oui, c'est une bonne image. Il y a une partie de tout ce travail qui reste très intellectuelle, consciente et ludique. Quand tu parles des italiennes que vous faites, depuis le début de l'apprentissage jusqu'à la fin des représentations pour certains d'entre vous, je pense que vous réinjectez le texte dans la « turbine » ce qui doit réinitialiser toutes les mémoires ; et sans trop savoir comment ça se passe, ça sort au moment où il faut. C'est ce système que vous entraînez, qui vous permet de faire les choses sans trop penser, qui vous permet, avec vos cortex disponibles, d'être créatifs.

Entretien avec Laurent Cohen, neurologue

Pendant des années, j'ai souhaité le rencontrer, et chaque fois, pour des raisons à lui ou à moi, le rendez-vous a été repoussé. Nous nous sommes finalement vus à l'Institut du cerveau et de la moelle épinière. Le dialogue était haut en couleur. Après avoir lu la transcription de cet entretien, il a préféré reprendre par écrit certaines parties de ses réponses.

Elles figurent ici en caractère romain et sont précédées d'une nébuleuse de questions que je lui avais posées ce jour-là, ou suivies de réponses que son nouveau texte a suscitées en moi. Sont en italique des extraits de la transcription qu'il a laissés tels quels. Les sous-titres sont les siens.

Modèles

Anouk. – Que se passe-t-il dans notre cerveau quand on ressent des émotions d'un être qui n'est pas dans le monde réel, et qu'on les ressent comme faisant partie de soi ? Est-ce propre aux acteurs ?

Laurent Cohen. – La « raison d'être » de notre cerveau est de construire, à l'intérieur de lui-même, un modèle du monde extérieur, presque au sens de « modèle réduit ». Cette représentation est une manière de noter, dans le langage de la pensée, ce que nous croyons être l'état du monde, puis de jouer avec pour simuler l'avenir : « Si je fais ceci, alors il se passera cela. » Par exemple, si je vois une pomme rouge, cette couleur subjective, qui est le résultat d'un calcul cérébral compliqué à partir de la lumière reçue par les yeux, signifie dans notre langage mental quelque chose comme « cette pomme réfléchit les grandes longueurs d'onde de lumière mieux que les petites longueurs d'onde ». Cela m'indique qu'elle est mûre et que je peux la manger. Ce qui est vrai quand je suis devant une pomme l'est encore plus quand je suis devant quelqu'un. Devant une pomme, je ne peux m'empêcher de prêter telle ou telle qualité à sa peau et d'en déduire que son goût devrait être sucré ou pas. Devant un être animé, je ne peux m'empêcher de lui prêter des propriétés physiques, mais aussi des propriétés psychologiques. C'est évidemment vrai devant un être humain, mais aussi devant un petit chat, un emoji, ou même quelque chose de plus simple. [Il me montre une statue de bouddha dans son bureau.] *Quand je regarde ce bonhomme, avec son espèce d'enthousiasme joyeux, il se passe la même chose que quand je suis devant quelqu'un de réel. C'est moi qui fabrique ses sentiments, ou qui les infère. Je perçois des yeux, des vibrations, et comme je suis un animal social, j'attribue du sens à ce que je perçois du monde.* Si vous voyez une vidéo bien faite[1] d'un carré et d'un cercle qui se déplacent sur l'écran l'un derrière l'autre, vous aurez la nette impression que le carré est un être menaçant et malfaisant poursuivant volontairement un pauvre cercle qui essaie de lui échapper. Vous leur prêterez à tous les deux des états mentaux assez élaborés. Autrement dit, s'est créé dans votre cerveau un modèle de cette « personne » extérieure, doué d'intentions, de sentiments, de personnalité. *Tout le monde fait ça avec tout le monde. On a tous en face de nous des petits carrés et des petits triangles qui se courent après en permanence, et on a dans notre tête de quoi fabriquer un guignol intérieur, à partir de ce qu'on voit.*

ANOUK. – Dans notre travail, au début, on est « en face » de carrés et de rectangles, on leur prête des intentions, on les remplit de ce qu'on est. Puis, on n'est plus « en face », on est « dedans », et c'est comme si les figures prenaient possession de nous. Comment naissent ces autres ? De quoi sont-ils faits ? Quelle est la source ?

LAURENT COHEN. – *Quand il y a quelqu'un qu'on connaît de très près, depuis très longtemps, je pense à mon père ou à ma mère, dont on se trouve séparé, il meurt ou il vous laisse tomber, on reste avec une espèce de simulation de cette personne en nous, on a un petit bonhomme dans la tête, un dibbouk. Quand mon père est mort, j'ai eu par la suite l'impression qu'il était là, j'en avais une copie dans ma tête, une miniature pour ainsi dire complète. Il pouvait me donner son avis, avec sa voix, son truc, son machin, avec beaucoup de précision. D'une certaine manière c'est vrai, dans le sens où tout ce qu'on*

1. Court métrage d'animation fait par Heider et Simmel. Voir la fin du chapitre 3 où le film est cité.

perçoit de quelqu'un, ses sentiments, sa personnalité, ses pensées, ses intentions, ce sont des choses qu'on construit dans notre tête. Dans le film Inception[2], *la femme du héros est morte, mais elle continue à « presque vivre » en lui, comme une représentation à l'intérieur de son esprit.* Naturellement, ces poupées intérieures peuvent trouver leur source dans toutes sortes d'origines : quelqu'un de réel, le personnage d'un livre que vous avez lu, le personnage d'une histoire que vous inventez… Et comme tout cela se passe dans votre esprit, ces catégories de personnages ne sont pas étanches : l'image que vous avez du père Goriot contient des traits empruntés à un oncle bien réel et, inversement, l'image idéalisée de votre père emprunte à un Ulysse sorti des livres. Nous avons tous la capacité de sortir de la situation présente : voyage dans le passé (je revis la soirée d'hier), dans le futur (j'imagine mes vacances de la semaine prochaine), dans un autre lieu (j'imagine comment je verrais cette pièce si j'étais près de la porte plutôt que du côté de la fenêtre), dans un autre esprit (je me mets « psychologiquement » à votre place et je comprends que vous soyez malheureux de la situation alors que j'en suis content). On a même montré que toutes ces sortes de voyages hors de nous-mêmes mettent à contribution un noyau commun de régions cérébrales. Dans tous les cas, il faut récupérer des fragments de souvenirs et d'images, les réorganiser de façon créative pour fabriquer une réalité alternative dans un autre temps, un autre lieu, un autre esprit.

Je suppose qu'un acteur… doit être capable de se créer de cette façon un modèle intérieur élaboré de son personnage,

2. *Inception*, film de Christopher Nolan, avec Leonardo DiCaprio et Marion Cotillard, 2010.

mixant les ingrédients tirés du texte, de sa propre vie mentale, des interactions avec les autres acteurs, des paroles du metteur en scène. Je suppose que dans cette manufacture de la poupée, il y a une part d'automatismes, de libres associations, mais aussi un travail professionnel et de l'effort, creuser ses souvenirs, en choisir certains et en repousser d'autres, répéter encore et encore pour tester et affiner le modèle, le faire marcher, parler, l'essayer dans toutes les positions, l'ajuster aux autres personnages et au projet d'ensemble.

Mais, attention, un modèle élaboré, une belle poupée, ne veut pas forcément dire que l'acteur peut expliquer avec des mots les ressorts psychologiques de son personnage. Nous percevons « intuitivement » la personnalité des gens qui nous entourent, ils nous plaisent ou nous déplaisent, nous les évitons ou les recherchons, sans avoir à écrire sur eux des pages de psychologie de bazar. La même chose est sans doute vraie pour nous-mêmes : savons-nous bien pourquoi nous aimons un tel ou une telle, pourquoi nous faisons ceci ou cela ? Bref, il n'y a pas à attendre d'un bon acteur qu'il donne forcément de bonnes explications.

Anouk. – Oui. Aucun acteur ne peut expliquer de quoi sont faites ses poupées. Si on expliquait de quoi elles étaient faites, elles perdraient de leur pouvoir et on perdrait notre capacité à les faire vivre. C'est pour ça que les interviews nous mettent en situation d'être des fumistes. La fécondité artistique passe par une sorte de démission de la comprenette, c'est la condition même de l'interprétation.

Si on réfléchit à l'incarnation en prenant un peu du champ par rapport aux acteurs, regardez les visages de ces musiciens : Glenn Gould, Yo-Yo Ma, Itzhak Perlman, Adam Laloum ou Sonia Wieder-Atherton lorsqu'ils interprètent une œuvre, on dirait qu'ils sont un peu possédés. Est-ce qu'un de ces interprètes pourrait dire ce que la musique touche en lui, ce qui se joue entre elle et lui au-delà de l'exécution de la partition ? Ils ne peuvent pas le dire autrement qu'artistiquement. C'est aussi parce qu'ils ne peuvent pas expliquer qu'on vient les écouter.

Émotion

Je lui posais des questions autour des émotions qui nous traversent parfois, qui déclenchent des réactions physiologiques qu'on ne pourrait ni simuler ni commander…

ANOUK. – *Est-ce que des émotions qu'on a fabriquées deviennent vécues par le cerveau ?*

LAURENT COHEN. – *Vrai ou faux, c'est « du vécu ».*

ANOUK. – *Est-ce que le cerveau pourrait ne plus faire le distinguo entre une émotion vécue, telle qu'il la vit dans la vie réelle, et une émotion dite simulée ?*

LAURENT COHEN. – Normalement, nous savons toujours distinguer ces réalités alternatives de la « réalité réelle ». Certains patients ne le peuvent plus. *Quand on est bien portant, on a moyen de faire le tri entre ce qu'on vit maintenant, qui est vrai, et les situations qu'on imagine. Mais si vous êtes schizophrène, vous pouvez perdre la capacité à faire le tri : vous avez des images, et vous ne savez pas que c'est vous qui les fabriquez. Quand ces patients entendent des voix, c'est leur propre voix qu'ils entendent, ils se parlent dans leur tête comme tout un chacun ; l'erreur, c'est qu'ils les attribuent à quelqu'un d'autre, à la CIA, aux francs-maçons, au diable. C'est un problème d'attribution de la voix à sa véritable source. Ils ne savent pas que la marionnette qu'ils ont créée en est une, ils lui donnent une identité extérieure.*

ANOUK. – *Je ne crois pas que les acteurs soient schizophrènes, on tient plutôt bon,* mais peut-être que notre travail est de ne pas trop démêler ces attributions dont vous parlez ; on fait taire un peu l'esprit critique pour donner du lest à ces présences, ce qui nous donne parfois l'impression d'être commandé par elles. Quand cet autre-soi prend les commandes, on accueille ses informations, on les traite, on les affûte, on les automatise, pour les laisser bondir. Et elles bondissent, ou pas. Quand elles ne bondissent pas, on a deux solutions : ou on prend le risque de ne pas faire semblant qu'on sent, au risque d'être rien, et quelque chose se passe plus ou moins parce qu'on l'a travaillé. Ou on fait semblant, et c'est un peu dégoûtant. Mais c'est le métier...

LAURENT COHEN. – Parmi les multiples associations mentales qui constituent le personnage intérieur, la marionnette que l'acteur s'est fabriquée, il y a les émotions : « Comment fait-il pour avoir l'air si ému ? » Darwin pensait que nos émotions de base, fondamentales, comme la peur, le dégoût, sont notre héritage vieux de millions d'années, nous les partageons avec toutes sortes d'animaux. Mais il se passe chez l'homme quelque chose de particulier : ces émotions sont recyclées, c'est-à-dire qu'en plus de leur déclencheur et de leur manifestation de base (hurler si un lion entre dans la pièce), nos émotions se branchent sur tous les niveaux « supérieurs » de cognition, qui eux sont plus récents, et sont propres aux êtres humains. Ce qui nous permet, par exemple, de brancher la joie sur de l'humour : les singes et même les rats rient si on les chatouille, mais seuls les humains rient en regardant *Seinfeld.* La mécanique du rire est la même, mais son sens n'est pas le même. Cette machinerie obscure et ancienne, qui se connecte aux événements de notre vie, peut aussi se connecter à nos fictions.

Je suppose qu'un acteur… arrive là aussi, de façon en partie automatique et en partie travaillée, à enrichir le personnage qu'il construit par des liens avec ces émotions fondamentales, et grâce à cela, à susciter leur expression physique, rougir, pleurer, rire. Il pourrait, en plus, y avoir un travail de gymnaste ou de danseur ou de sportif. Il est presque impossible au commun des mortels de faire semblant de rire (ou de pleurer) de façon convaincante. Un vrai rire suppose une chorégraphie très subtile de mouvements du visage, du diaphragme, de tout le corps, du système végétatif, qui est presque impossible à simuler volontairement. Presque, mais sans doute pas complètement. J'imagine qu'un acteur… peut apprendre, au prix d'un entraînement moteur comparable à celui d'un pianiste qui fait des gammes et des arpèges, à simuler de façon crédible les expressions des émotions, et à les produire à la demande, sans aucun arrière-plan émotionnel.

Anouk. – Bien sûr, nos sensations peuvent être trompeuses, vantardes, mais serions-nous si nombreux à sentir autre chose que de la bonne simulation motrice, de la production « à la demande, sans aucun arrière-plan émotionnel » ? Nous savons mal ce qui se passe, mais je sais qu'il y a des « arrière-plans émotionnels ». On est même payés pour les faire exister. Ces « arrière-plans » sont ravivés par la fiction, ils sont actifs mais pas trop, transposés, sublimés. On n'est pas fou, on sait très bien qu'on joue quand on se prend pour Jeanne d'Arc ou Ulysse, mais les poupées qui se fabriquent en nous se retrouvent branchées sur des strates émotionnelles, physiques et inconscientes, qui sont inscrites dans les grands textes. Molière, Shakespeare, Tchekhov ont aussi travaillé avec la totalité de leurs cerveaux et de leurs corps, y compris ce dont ils n'avaient pas conscience. Notre boulot, c'est d'en être passeurs, et pour être passeurs, on doit être un peu dépassés, sinon on joue, mais ça ne joue pas. Il y a évidemment des limites à ce qu'on peut faire : rougir, ou avoir les dents qui claquent de froid, on ne peut pas. Faire tressaillir les minuscules muscles près des yeux ou des narines quand on est ému, on ne peut pas le faire sur commande, mais faire en sorte qu'ils se mettent à frémir, on peut, en convoquant des souvenirs convaincants.

Contrôle

Laurent Cohen. – Non seulement il faut mettre au point une bonne marionnette, mais il faut ensuite lui laisser la main, la laisser prendre le contrôle du jeu. Les acteurs disent paraît-il deux choses qui semblent contradictoires : d'un côté, je m'abandonne à des états du personnage, ce n'est plus moi, c'est lui qui me remplace ; d'un autre côté, je peux instantanément m'arrêter de jouer et reprendre le contrôle, je sais toujours qui je suis, et je ne me prends jamais vraiment pour mon personnage.

Anouk. – Oui. C'est un balancier, qui doit nous protéger de la confusion mentale. C'est parce qu'on sait que ce n'est pas réel que notre cerveau autorise des émotions réelles. On est très éveillés quand le dibbouk nous assaille.

Laurent Cohen. – Il me semble qu'un acteur... n'est pas fou du tout, et ne rêve pas. Il sait parfaitement faire la différence entre son personnage et lui-même, et se contente de pouvoir à son gré lui laisser la bride sur le cou. Il se trouve dans une position de contrôle qui est elle-même permise par le travail long et expert de la préparation et des répétitions. Il a créé, raffiné et décoré son personnage, intériorisé texte, mouvements, démarche, élocution et émotions, un peu comme le pianiste a mémorisé une sonate sous la forme complexe de sons, d'une partition, de mouvements, d'une structure, et n'a plus à se soucier pendant le concert de la base de l'exécution (« attention, je dois jouer un *do* avec mon index droit »). Il se trouve dans une position rare, qui fait peut-être le plaisir de la chose. *C'est peut-être cette position tout à fait intéressante d'être à la limite du sommeil, et de choisir si on regarde du côté de l'éveil ou du côté du rêve, et de pouvoir contrôler ce passage. C'est peut-être aussi comme quelqu'un qui prend une drogue. C'est le passage d'un monde à un autre, d'un état à un autre, une espèce de forme amplifiée d'expérience poétique, une perception double.*

ANOUK. – *Quand on prend des drogues, une fois qu'on l'a prise, on est sur une autre rive… Alors que dans le jeu, c'est un va-et-vient permanent. Et je ne sais pas comment le cerveau se débrouille pour faire ça.*

LAURENT COHEN. – *C'est peut-être comme les gens qui parlent plusieurs langues et qui passent d'une langue à l'autre dans la même minute. On a étudié ça : c'est un système de portes qu'on ouvre, qu'on ferme, et dont on a le contrôle. Votre travail demande à votre cerveau un contrôle important, volontaire, conscient, instruit, entraîné, parce que ce n'est pas naturel, si je puis dire. Je suppose qu'il faut avoir un bon accès aux portes.*

ANOUK. – *Je pense que le cerveau d'un acteur a pigé qu'on va appuyer très souvent sur : On/Off/On/Off/Vis/Ne vis pas/Contrôle/Abandonne, et le cerveau est OK avec ce drôle de jeu… Il fricote avec le zinzin. Et ça lui fait du plaisir.*

Entretien avec Julie Grèzes, neuroscientifique

Julie Grèzes. – Une étude très récente[3] s'est intéressée aux réseaux neuronaux impliqués quand on joue un autre que soi. Ils ont mis des acteurs qui travaillaient *Roméo et Juliette* de Shakespeare dans un IRM, et ont demandé à chaque participant de répondre à des questions, soit en prenant la perspective du personnage qu'ils incarnaient (leur JE fictionnel), soit en répondant depuis leur propre perspective (leur JE réel), soit en prenant la troisième perspective (en imaginant la réaction d'une personne proche, IL ou ELLE). L'étude a montré deux choses : quand un acteur incarne un personnage, on observe que la région préfrontale qui encode les caractéristiques stables du moi devient plus silencieuse, suggérant une perte de référence du moi RÉEL. Cette diminution du moi RÉEL s'accompagne d'une augmentation d'activités dans la région pariétale, région qui gère et répartit nos ressources attentionnelles (quand on fait plusieurs tâches en parallèle). L'augmentation d'activité dans cette région du cerveau permettrait aux acteurs d'alterner de façon très rapide entre leur moi RÉEL et leur moi FICTIONNEL, créant dans le cerveau une scission de conscience. Ce qui est intéressant, c'est que si l'acteur prend la perspective d'une personne qui lui est familière (perspective en troisième personne, IL/ELLE), cette diminution du soi RÉEL n'est pas visible, parce qu'on reste soi-même quand

3. Steven Brown, Peter Cockett, Ye Yuan, « The neuroscience of *Romeo and Juliet* : An fMRI study of acting », *Royal Society Open Science*, 13 mars 2019.

on se met à la place de l'autre. Alors que si l'acteur répond depuis son personnage, les deux perspectives sont des JE, autres et très proches. Et là il y a un problème, parce que ça veut dire… voir avec les mêmes yeux deux environnements différents, d'où une sorte de scission de conscience pour maintenir vives deux attentions, et alterner d'un moi à l'autre. L'acteur met son moi en veilleuse, mais reste quand même présent, sinon son personnage s'effondre.

ANOUK. – Alors c'est comme un duo ? Une musique de chambre dans le cerveau ?

JULIE GRÈZES. – Oui… Les auteurs de l'article proposent aussi que le jeu est une forme de possession (comme dans certains rituels), quand le personnage prend une très grande part du soi ; la différence entre le jeu et la possession, c'est que les acteurs maintiennent quand même un ancrage dans leur identité pour pouvoir investir l'autre moi. Mais les deux identités ne peuvent exister en même temps, il y a alternance, va-et-vient.

ANOUK. – Quand les scientifiques disent qu'on ne peut pas être deux « en même temps », ils réfléchissent à l'échelle de millièmes de secondes. Nous, on est dans un autre temps : le temps d'une représentation, les deux moi alternent si rapidement qu'on a l'impression et de doubles et d'unité. Concrètement, je peux être Elizabeth dans un château au XIXe siècle dans une situation X, mais au moindre problème dans ma cervelle ou avec le public, je suis expulsée de cette unité, le cœur s'accélère, la mémoire devient fragile, je n'ai plus d'autres ressources que mentir ; c'est aussi angoissant que passer la douane avec un kilo de drogue, sous la surveillance de notre police intérieure. C'est ça, pour moi, la scission.

Jointures entre deux mondes

Finalement, ce ne serait pas si étonnant que le cerveau réagisse à la fiction comme si c'était la vie, puisque dans la vie, il ne manipule que la fiction.

Quand on vit une émotion, c'est parce qu'il nous arrive quelque chose de l'extérieur, mais l'extérieur peut aussi être une œuvre, ce qui expliquerait qu'on puisse être traversé par des émotions plus ou moins réelles, vécues de bas en haut, comme dans la vie.

Le travail d'appropriation d'un texte crée une espèce de bouquet de souvenirs, réels et imaginaires, qui sont vécus dans toutes leurs modalités : intellectuelles, émotionnelles, sensorielles.

Quand on dit d'une œuvre « ça me touche », le mot « touche » touche à tout en nous : c'est un contact intime, qui passe toujours par le corps et qui le modifie. Le mystérieux, c'est qu'on puisse automatiser des émotions viscérales et les reproduire sans être trop cuits.

L'inconscient étant un lecteur toutes catégories, il fait éclore en nous des réflexes, des visions, des pensées, des émotions propres à la vie d'un texte et à la vie d'un autre. À lui de pêcher. À nous de trier.

L'autre mystère, c'est que le cerveau n'a pas l'air si désorienté quand il s'incarne dans un autre. Peut-être parce que « autre » n'existe pas dans le langage de l'inconscient. Ce qu'il est à un moment, il l'est. Criminel, il l'est ; putain, tyran, diable, chèvre, hermaphrodite… Ce qu'il lit le nourrit, il adopte ce qu'il traite, le texte le fait saliver comme un chien de Pavlov, et nous conditionne.

Alors… le vrai et le faux ne seraient plus contraires ? Cette vieille distinction était-elle aussi une histoire qu'on nous racontait, une frontière artificielle, des mots en somme, qui n'auraient pas à voir avec notre géographie mentale et ses rivières de sens ?

Les scientifiques avaient raison de me dire : « Ce n'est pas naturel ce que vous faites ! »
Nos cerveaux font des choses perpétuellement contradictoires : en haut, ils savent que c'est une fiction ; en bas, ils croient que c'est la vie…
Moi doit s'échapper de lui (je ne sais même pas comment on pourrait faire le dessin de ça…)
Ils doivent réagir avant de penser, alors qu'ils pagaient dans les pensées (c'est compliqué de ne pas savoir ce que l'on sait…)
Ils doivent fabriquer des émotions, sans qu'elles soient fabriquées…
Mettre les doigts dans les prises, sans être endommagés…
Imaginer les prises quand elles n'existent pas, et faire passer le courant…
Se rendre « consciemment inconscient », ce qui *a priori* ne se peut pas…
Inviter ce qui est obscur dans la lumière sans mettre l'obscur en vitrine…
Comme des cow-boys, tenir sur la selle de deux bêtes et passer de l'une à l'autre…
Être devant des gens pour être seuls…
Assurer le bon déroulement, sans se surveiller…
Se voir du dessus, pas planer…
Être obsédés par la vérité, et passer au travers du mensonge…
Être des instruments dans un orchestre, alors qu'on est des humains désaccordés…
Risquer l'imposture…

Jouer, c'est jouer ensemble. Nos cerveaux travaillent aussi en équipe : le cerveau tout entier œuvrerait à nos dédoublements.
Bien sûr, la conscience, qui sait que c'est du jeu…
L'imagination, qui vit ce qu'elle imagine…
L'empathie, avec ses passages de bornes et ses portes battantes…
L'inconscient et ses super radars…
Les mots, qui touchent aux entrailles…
L'arbre des émotions…
Le corps, ce violon…
Les souvenirs
La mémoire de l'espèce…
Le cheval qui aime la vie…
Le cavalier qui aime le cheval…
La turbine qui s'en fiche de la culture, qui ne sait pas que le personnage est un autre, qui le fait marcher et qui nous fait marcher…
L'attention qui joue sur plusieurs tableaux.
À quoi s'ajoutent ces composantes essentielles : l'amour, l'humour, la délicatesse, la rigueur, l'envie de réussir. La volupté. La sublimation. Le goût des bonbons. La drogue de vivre.

18

EST-IL BON DE VIVRE AUTANT ?

(Balade n° 10 dans le jeu)

Alors je me demande ce qui protège nos cerveaux de ces voltages dans ces tempêtes *in vivo* ?
On ne sait pas quoi penser de la sensibilité des acteurs…

On se dit qu'ils sont forcément toqués à force de se toquer à l'intérieur ; mais non : ils sont sensibles comme une pellicule photographique, et une pellicule ne souffre pas d'être sensible. Sauf qu'on n'est pas des pellicules.

J'ai lu dans une revue scientifique que les pics-verts tambourinaient des centaines de fois sur les arbres pour dénicher les vers. Les chercheurs se sont demandé si leurs cerveaux n'étaient pas endommagés par ces martèlements à répétition. Ils ont découvert que chez ces oiseaux, le bec était séparé du crâne par un tissu spongieux qui absorbait les chocs.
Est-ce qu'il y aurait quelque chose de semblable en nous, pour absorber les piqûres de la mémoire, si souvent martelée ?

Les acteurs disent souvent qu'ils sont des éponges.
Les éponges, ça peut passer de sec à dilaté.
« L'éponge est double. D'une part, c'est un objet minable qui absorbe les saletés, ne distingue pas entre le bon et le mauvais, se laisse souiller et contaminer. D'autre part, c'est un objet

qui nettoie, retient, abrite en soi [...]. Cet objet est double, ambigu, équivoque, il hésite entre le propre et le non-propre. Il n'est pas franc ni noble, il se remplit de n'importe quoi, il est ignoble, mais il a au moins cette qualité de reprendre contenance après usage. L'éponge est un objet passif, plutôt féminin. C'est un réceptacle [...]. Elle peut se remplir ou se vider, elle peut recevoir ou effacer un tableau, elle peut s'autoaffecter[1]. »
Mais on n'est pas des éponges. On n'est pas des violons.

On ne retombe pas toujours bien sur nos pattes. Il arrive qu'on se fasse attraper à force de jouer avec le feu ; on ne joue pas impunément sur nos cordes, il y a un effet rémanent. On est parfois sujet à des tristesses incompréhensibles, comme si nos circuits électriques avaient grillé. Trop de tempêtes simulées. Trop de mémoire excitée. Un moi trop moissonné, fatigué d'être un autre ? Sensation de terre brûlée. Parfois le corps rugit d'allumer / éteindre / allumer / éteindre ces émotions. Dans les plats qu'on offre, il y a notre cœur ; on le sale, on le fait sauter pour qu'il soit bon à manger. Qu'il est étrange de donner son cœur à manger et de se le reconstituer pour qu'il soit à nouveau bon à manger. Quelle fatigue... Pourquoi j'ai 200 ans dans la journée ? Pourquoi je maigris ? Pourquoi je suis si triste ?

Essorés

Nicolas Bouchaud, *comédien*. – « Le propre de l'acteur, qui endosse de grands rôles, c'est d'agiter de façon très forte en lui-même des contraires incroyables. À force

1. Jacques Derrida, *Signéponge*, Seuil, 1988.

d'emmagasiner les douleurs, les histoires des autres, les regrets, les vies ratées, on finit par avoir de grandes périodes de dépression. On ne peut pas impunément porter les histoires des autres, sans avoir parfois un corps qui proteste. On joue avec un désordre sans arrêt, on joue avec un chaos. Donc on n'est pas complètement indemne[2]. »

*

ANOUK. – Avant d'entrer en scène, tu es comme une cigale qui se frotte les mains en pensant « Miam-miam, je vais jouer ? »

DOMINIQUE VALADIÉ, *comédienne*. – Non, je suis cassée, c'est dur. C'est dur de refaire. Ce n'est pas le trac, c'est cafard, envie de reculer. Souvent, la fatigue est terrible avant d'entrer en scène, et curieusement, elle part en jouant. Toi aussi ?

ANOUK. – Oui, parfois, je ne peux même plus parler, je marche comme une vieille dame, j'ai l'impression que la vie ne reviendra jamais.

DOMINIQUE VALADIÉ. – J'ai longtemps nié ce que je mettais dans le jeu, dans le fait d'être là, d'exister comme ça. Je me suis rendu compte que je compensais cette immense fatigue avec de la dissipation, des blagues, une fausse présence pour faire diversion, pour cultiver je ne sais pas quoi au fond. Mais je peux aussi sentir que je suis correctement équilibrée sur le plan des énergies pour jouer.

ANOUK. – Peut-être la nature commande ça… On est comme les bêtes sauvages tapies comme des feuilles mortes, dans une sorte d'inertie avant de passer à l'attaque ?

---

2. Nicolas Bouchaud, émission *L'Humeur vagabonde*, France Inter, 2 décembre 2013.

Dominique Valadié. – Oui, les répliques, c'est des bonds. Ce n'est pas de la conversation.

*

Anne Kessler, *comédienne*. – Avant d'arriver au théâtre pour jouer, je suis triste, comme si je devais retourner à la pension. Ça me donne envie de mourir, et peut-être que tous les copains sont comme moi, ils font semblant. J'adore jouer, mais je déteste aussi. On ne sait jamais si ça aura lieu, si ce n'est pas ce soir qu'on va s'écraser. Je ne sais jamais ce qui va m'aider à m'envoler, parce que ce n'est pas la volonté. C'est bête, parce qu'il y a toujours le texte, l'énergie des autres acteurs ; tout ça va nous emporter, mais on l'oublie. Quand un acteur ose dire « je n'ai pas envie », je lui réponds qu'il va être très surpris, que ça va être formidable ; je lui dis que si ça se passe, ça ne sera pas grâce à la volonté.

*

Patrick Catalifo, *comédien*. – Avant la représentation, mon corps et ma tête sont en état de veille, comme une télévision où il n'y aurait plus d'image : un écran noir. Je ne sens presque plus rien. La veille, j'ai dû trop faire travailler mon écluse derrière la tête ; j'ai trop passé les barrières de la pudeur. Peut-être que le jour, on fait baisser nos thermomètres intérieurs.

*

Vilayanur S. Ramachandran, *neuroscientifique*. – « Je suggère que la dépersonnalisation et les autres états dissociatifs sont des manières de “faire le mort” dans le royaume émotionnel et qu'il s'agit d'un mécanisme de défense adaptatif évolutionniste. […] Cela inhibe ou ferme temporairement l'amygdale et les autres centres limbiques émotionnels, empêchant ainsi toute émotion potentiellement handicapante[3]. »

Et si le cerveau déconnectait pour nous protéger de nous-mêmes ?

Concentration

Je veux bien admettre qu'il n'y a personne d'autre dans mon cerveau, que je ne suis personne d'autre que moi, mais chaque soir, dans la loge, moi fait très bien la différence entre ce qu'il est, et l'autre qu'il doit devenir. D'ailleurs, il en a marre de changer d'identité. Il veut la paix. Il veut être lui. Il ne veut plus être secoué. Marre de traverser des gouffres, même si c'est pour de faux – il sait que ce ne sera pas complètement pour de faux. Il sait ce qu'on attend de lui. Marre d'être pris pour un violon et qu'on lui pince ses cordes. Et puis c'est dur de quitter soi, ça pègue. Ça a un poids.

Dans la loge vers 19 heures, le « cheval » est cassé, sur la paille. Il s'en fout du théâtre, et le cavalier n'en mène pas large ; il lui rappelle (doucement, dans une langue pour cheval) la joie d'aller sous les torrents, se quitter, la chance d'avoir une seconde chance de vie. La voix dit (sans mot) que peut-être ce sera joyeux d'oser être sincère, possible ; qu'on est veinard de « cesser de vivre pour soi-même et rendre sa personne semblable à un miroir, agir et pâtir tout en se voyant agir et pâtir, ou encore se refuser à prendre part au drame pour mieux le

3. Vilayanur S. Ramachandran, *Le Cerveau, cet artiste,* Eyrolles, 2005.

contempler[4] ». On – je dis on car à cette heure je ne sais plus qui je suis –, on se souvient plus ou moins vaguement que « le chant est un symptôme d'équilibre, il est une victoire sur le trouble, il est le retour de la force[5] ».

La concentration, c'est l'inverse de la concentration… On se desserre plutôt. On passe des cercles. Et plus on passe les cercles, moins le cœur tape. C'est une sorte d'éclipse de la conscience. On dirait que l'esprit en descendant s'élève. Je fais du yoga ou de la méditation ; je suis déjà moins pégueuse, moins fatiguée. Mais un rien, un bruit, une vulgarité, de l'agressivité peut faire dégringoler le calme et le désir.

À 20 heures, la loge est remplie du cheval, du cavalier, de souvenirs, de calme, de vêtements, de poudre.

Les portes du public s'ouvrent. Par les petits haut-parleurs placés dans les loges, on entend les gens qui s'installent dans la salle. Moi, je coupe le son du haut-parleur ; mon cheval et moi, on ne veut pas traiter avec cette information. On n'aime pas faire du théâtre, on n'aime pas être en représentation. On est innocents. Je sais bien qu'ils sont là les gens ; ça m'étonne toujours qu'ils viennent, je les admire d'être curieux, mais je dois les oublier. Ils me font peur.

Parfois, j'ai tellement peur que je convoque Bernadette. Bernadette, c'est ma doublure, qui rapplique quand je ne me sens pas apte. Il suffit que j'imagine que ce n'est pas moi qui vais jouer, mais elle, pour que je sois délivrée. Donc, je suis triple.

J'enfile mon costume, je me maquille, je vais plaisanter avec les copains, parfois le metteur en scène est là, il fait des

---

4. Boris de Schloetzer, *Introduction à Jean-Sébastien Bach*, Gallimard, 1947.

5. Henri-Frédéric Amiel, *Les Fragments d'un journal intime*, Librairie Stock, 1827.

recommandations de sorcier, j'aime ça ; puis je retourne dans ma grotte, je feuillette mon texte rempli de notes cabalistiques qui me renvoient à la rivière, au hangar. Comment est-ce possible ? Les souvenirs sont là, vivants, comme des oiseaux perchés. Respect. Amour… Viendront-ils, viendront-ils pas ?

La foule à qui on a affaire, c'est bien sûr celle qui s'assied dans le noir ; mais c'est surtout à la « foule inconnaissable » qu'on se voue. Sans elle, on est fichu. On ne peut pas la commander, mais son couvert est mis.

Dans les dernières minutes avant d'entrer en scène, on sent physiquement si on est fertile, si on s'est mentalement déplacé. Si on croit assez à ce qu'on ne sait pas, le cœur tape moins, les mains ne sont pas moites, on n'a pas la bouche sèche, on est excité d'aller vivre.

Il paraît que si on affabule, une autre région du cerveau s'allume que si on dit la vérité, et « quand on se trompe soi-même, ce n'est plus un mensonge[6] ». Certains soirs, si on nous passait dans le détecteur à mensonges, je crois qu'on ne sonnerait pas.

Alors, le passage de soi à l'autre devient presque naturel, comme en chimie : « Lorsqu'il arrive quelque changement dans la Nature, la quantité d'Action employée pour ce changement est toujours la plus petite possible[7]. »

> ALAIN FRANÇON, *metteur en scène*. – « L'acteur est comme l'initié d'un passage dont il ne voit pas l'issue.

---

6. Vilayanur S. Ramachandran, *Le Cerveau, cet artiste*, Eyrolles, 2005.
7. Maupertuis, physicien, devant l'Académie des sciences de Paris, 1744, *in* Florence Martin-Robine, *Histoire du principe de moindre action*, Vuibert, 2006.

[…] La représentation doit être une forme scandaleusement simple. Son apparente simplicité est le sommet de la complexité. C'est l'inverse de la tricherie, du camouflage. C'est la simplicité qui est étrange : une inquiétante simplicité[8]. »

Le plus dur, c'est la simplicité

Pourquoi c'est difficile à trouver ? Parce qu'on est mal élevé. Torsadé autour de la peur de mal faire, dressé pour plaire, dressé et autodressé aux exploits.

On devrait se laver de cette éducation qui nous a rarement donné le droit d'être là, à nu avec d'autres, mains ouvertes, sans honte ni orgueil. C'est ça, l'exploit intérieur qui nous est demandé.

Les petits enfants ont tout à nous apprendre de ce côté-là, les bêtes aussi. Pourquoi ? Parce qu'ils ne portent pas le fardeau de la conscience de soi. Ils traversent le monde et le monde les traverse sans savoir à quoi ils ressemblent, d'où leur grâce infinie.

Nous, les hommes et les femmes, on a perdu ça, et jouer devrait être le retrouver un peu. Il n'y a rien de plus séduisant, accueillant et nourricier que la vérité d'un être qui ne sait pas complètement l'effet qu'il fait.

Je crois qu'on ennuie le public et qu'on fait souffrir les œuvres avec nos mines profondes qui n'apprennent rien à personne, sauf que le monde va mal, et qu'on n'est pas libre, même dans un lieu où on devrait l'être.

---

8. Odile Quirot, *Alain Françon, La Voie des textes*, Actes Sud, 2015.

Ça me vide les habiles ; c'est peut-être épatant, mais ça me laisse seule. Il ne se passe rien de fort quand on veut me séduire à tout prix. C'est un triste raccourci que de draguer dans ce métier. Ce n'est pas l'amour ; or c'est un temps possible d'amour, sans que personne ne soit visé.
Donner… C'est quoi, bien donner ? Ce n'est surtout pas tout donner. Les gens n'ont pas besoin d'autant. Ils ont besoin de place.
Ils nous embêtent les grands donateurs avec leurs énormes cadeaux ; on ne voit pas l'humain qu'on voudrait tellement voir.
Les mauvais pianistes mettent la pédale à toutes les notes pour gonfler l'œuvre de profondeur. Ils ne la gonflent pas, ils la graissent. Nous, quand on appuie sur la pauvre tête des mots, l'air de dire : « Voyez tout ce que j'en pense… », on abîme les morts, on abîme les vivants, on abîme l'espoir de se comprendre, on abaisse ce métier et on s'abaisse.
Les gens se déplacent pour voir des êtres naturels et faillibles, qui ont réglé un compte avec l'obsession du regard, et de soi. On est contagieux les uns aux autres, en bien comme en mal, et quand on ose abandonner ces satanés vices du pouvoir et du narcissisme, ça crée un peu d'humanité.

Alors c'est ma prière à moi avant d'y aller :

> Sois simple. Tu n'as rien à prouver… Ne complique pas l'accès.
> Ne montre rien. Les choses se verront d'autant mieux qu'elles seront intérieures.
> Ne sois pas fière, ni honteuse, il n'y a pas de quoi.
> Sois présente, laisse venir et passer les choses sans te mettre devant. Tu as beau être là, ce n'est pas toi le sujet.
> Ne sois pas un problème pour toi, sinon tu en es un pour les gens et ils en ont assez comme ça.

Si tu as eu la chance d'être crue parce que tu étais vraie, le lendemain, ne montre pas que tu es vraie, car alors tu ne le seras plus…
Sois modeste, pas par honte mais par petite connaissance de la vie qui passe par toi. Tu transportes un matériau plein de secrets, ne t'en sers pas pour crâner. Tu seras une interprète si tu t'oublies.
Ne cherche pas l'amour, il viendra (ou pas) de la tranquillité de ta bagarre, qui t'échappe. Ça ne triche. Ruse avec tes névroses qui doivent servir d'hélices.
Fous-toi la paix.
Fous leur la paix.

(Je ne dis pas ça parce que je suis sage, je me le dis parce que je ne le suis pas assez.)

19

LE PUBLIC

(Balade n° 11 dans le jeu)

Pourquoi les gens viennent s'asseoir dans les boîtes noires ? Qu'est-ce qu'ils espèrent ?

> ANOUK. – C'est bizarre, tout le monde sait que c'est faux, et tout le monde vient croire que c'est vrai…
>
> DOMINIQUE VALADIÉ, *comédienne.* – Je le retournerais. Je crois que tout le monde sait que c'est vrai. Avant, il y avait les trois coups, le rideau, ça aspirait les gens. Ils se disaient : « Ah ! Je vais enfin savoir qui je suis. Je vais enfin savoir ce qui se passe. » C'est ça qui plonge les participants dans une sorte d'extase, même si c'est une tragédie.

On dirait que tout le monde a soif…
– Mais de quoi ? demandait un journaliste à Michel Bouquet.
– On ne sait pas… Mais les hommes ont soif, les hommes ont faim…

> ALAIN FRANÇON, *metteur en scène.* – « Le sujet du spectacle, c'est lui, l'oublier serait la négation de notre effort. […] Je crois que si nous jouons justement la situation, les spectateurs sont avec nous, ils auront même la sensation d'avoir déjà vécu cette situation peut-être[1]. »

---

1. Odile Quirot, *Alain Françon. La Voie des textes*, Actes Sud, 2015. © Actes Sud, 2015.

Un délire organisé

Jérôme Yelnik, *neuroscientifique.* – Vous êtes complètement dans l'anormalité quand vous faites ce que vous faites…

Anouk. – Mais vous aussi, quand vous venez nous voir, vous êtes dans l'anormalité. C'est une sorte de délire organisé par la société. Vous, vous venez assister à notre délire et vous le continuez avec nous. On le fait à plusieurs. On s'est habitué à cette anormalité, mais il y a quelque chose d'anormal dans ce qui se passe entre nous tous.

Lionel Naccache, *neuroscientifique.* – Spontanément, j'étais tout à fait disposé à penser que le comédien était un cas extrême, mais peut-être le spectateur aussi. Et ça, c'est plus original.

Anouk. – Est-ce que vous, qui êtes peut-être plus conscients de ce qui se passe dans vos cerveaux, vous vous identifiez aussi aux personnages que vous voyez ?

Jérôme Yelnik. – Quand je regarde quelqu'un qui vit une histoire incroyable, je suis touché, je me dis : « Ah, la vache c'est dur ce qu'il vit ! », mais c'est un personnage que je regarde, je sais que ce n'est pas moi.

Anouk. – Mais tu sens ce qu'il sent ?

Jérôme Yelnik. – Oui.

Anouk. – L'émotion que tu sens, tu crois qu'elle est vraie ?

Jérôme Yelnik. – Je crois que les émotions primaires sont les mêmes, même si mon cerveau sait que c'est du jeu.

ANOUK. – Donc, une part de ton cerveau croit que c'est vrai ? Ton amygdale, où sont stockés tes souvenirs et tes émotions, elle ne sait pas qu'elle est au théâtre ?

JÉRÔME YELNIK. – Je crois que non, elle ne sait pas.

LIONEL NACCACHE. – C'est parce qu'on sait que ce n'est pas vrai qu'on va jouer ensemble une vie qui n'est pas la nôtre. On autorise des émotions qu'on n'aurait pas autorisées dans la vie, et ces émotions sont les mêmes que dans la vie. On est dans une réalité entourée par une coque de *comme si*, et dans cette coque, on ressent des émotions vraies, comme dans la vie. Mais avec le jeu, on peut avoir une intelligence sur ces émotions, qu'on n'a pas toujours dans la vie. On les ressent, tout en sachant qu'on les construit ensemble, qu'elles ne se donnent pas comme elles se donnent dans la vraie vie. On est maître de ce jeu, alors qu'on n'est maître de rien dans la vie, et ça, ça fait boum… Toi, tu deviens pour nous un personnage que tu n'es pas dans la vraie vie, le spectateur joue avec toi – en tout cas moi je joue –, et on arrive de manière totalement consensuelle à créer quelque chose qui échappe à l'inéluctable de chacun de nos destins. Comme si dans ce drame de la vie et de la mort, on décidait collectivement de se livrer ensemble, comme si on allait créer de l'humain ensemble, comme si on était capables d'isoler un moment pendant lequel on serait maîtres de ce qu'on peut vouloir faire. C'est presque démiurge. Le temps de la représentation, on est ensemble, et après, quand c'est fini, on redescend tous de scène.

JÉRÔME YELNIK. – C'est vrai. Quand tu vas voir une pièce qui t'a complètement embarqué ailleurs, tu as une sensation d'être lavé. Il y a quelque chose qui s'est passé, y compris dans le cerveau, une espèce de *reset*, une remise à zéro. On a l'impression que ça te recadre dans l'univers.

Lionel Naccache. – Ça, ça donne une forme de joie. Le mot « sacré » (*kodech*) en hébreu et dans le judaïsme veut dire : « séparé », au sens d'une mise à l'écart de la vie ordinaire. Au théâtre, le temps de la représentation, les protagonistes – spectateurs et comédiens – créent ensemble de la vie dans une sorte d'espace-temps sanctuarisé.

On a vu que les humains sont *a priori* réticents à partager la peine de ceux qu'ils ne connaissent pas, mais il y a un endroit où ils le sont moins, c'est dans les salles obscures. Nos cerveaux sont prêts à partager le sort de beaucoup d'hommes différents, dont certains ne sont pas recommandables du tout. L'empathie n'a plus les mêmes bornes que dans la vie : cette histoire de « In-group » et « Out-group » semble être dépassée. On dirait que notre jugement moral vient se mesurer à des situations plus complexes et plus claires à la fois. Il vient « reprendre de la bête », il vient boire, il vient se purger.

Depuis toujours, les hommes ont eu besoin d'écouter les histoires d'autres hommes pour se reconnaître, et la société a toujours eu besoin des récits et des mythes pour assurer le tissu social. Dans la Grèce antique, les gens se ruaient au théâtre ; tout le monde y allait. La cité payait l'entrée aux femmes, aux étrangers et aux esclaves. C'est là que l'empathie se régénérait, que les passions dangereuses se purgeaient. C'était un exutoire, une cérémonie magique d'intercessions entre les hommes et les hommes, entre les hommes et les dieux. On y apprenait la vie, sans recevoir de leçon. Ça devait toujours passer par le canal du plaisir et des émotions, sinon les spectateurs criaient.

Comprendre ensemble le tragique de nos vies, rire de nos pathétiques, sentir ce que le voisin sent donne le sentiment d'appartenir à un même groupe humain, qui tient bon face au destin. Pour Darwin, le fait d'éprouver ensemble les mêmes histoires renforcerait la cohésion du groupe, augmenterait ses chances de survie. L'émotion artistique ouvre en nous ce que nous avons de plus humain ; quand on est ému, on sait qu'on a une âme, alors que souvent, on peut en douter. « Rire est une manifestation de joie sociale, une façon de se dire : "On est bien ensemble, on se fait confiance." Rire présenterait donc un certain avantage en termes de sélection naturelle[2]. » Pleurer ensemble est de cet ordre, manifester est de cet ordre. Enterrer un proche est de cet ordre. Chanter ensemble est de cet ordre. Prier, même quand on ne sait pas.

Au théâtre, au cinéma, on aime voir hors de soi ces forces qui se jouent de nous, on se soulage de notre théâtre sans fin. En assistant aux grands ou petits drames des héros (tragédies ou comédies), le public fait la paix, parce qu'il fait connaissance ; il se délivre de sentiments inavouables, il a de la pitié, il voit sa crainte, son trop d'amour, il se lave de la gangue des opinions. Il voit ce que la société fait aux hommes. Ce n'est pas intellectuel, mais ça fait une grande place à l'intelligence. Il y a un nom pour dire ce qui se passe quand ça marche : la catharsis. C'est un terme qui vient du grec, emprunté au vocabulaire médical, qui décrit une sensation physique de purification, de purgation de tout ce que l'on charrie : élans, boulets, non-dits, trop plein. Ça touche à l'intime, à la morale, au politique, au divin, au corps, à l'inextricable pelote.

L'illusion et l'empathie marchent si les malheurs auxquels on assiste sont sans conséquence pour qui les représentent, et si la virulence du réel a trouvé une forme. Sans transposition,

2. Laurent Cohen, *Pourquoi les chimpanzés ne parlent pas. Et 30 autres questions sur le cerveau de l'homme*, Odile Jacob, 2009.

pas de partage, ou sinistre partage. Donner une forme est une ruse de l'esprit pour vivre sans dommage la déraison.

> Alain Françon. – « La fiction parle du réel, mais sans l'imiter. Et l'écart entre les deux peut être infime mais indispensable quant à la mise en scène et quant au jeu des acteurs [...]. Ce n'est pas juste une situation, mais la situation juste à laquelle il faut arriver pour qu'ils en partagent avec nous le sensible[3]. »

Chasser le bison

Le premier film du monde date des hommes préhistoriques qui ont eu besoin de dessiner sur les parois des grottes les puissances qu'ils devaient affronter (ours, bisons, tigres). Ils se sont littéralement fabriqué une palette de couleurs pour faire face, et la création de ces formes sur les parois a sans doute fait naître des nouvelles forces, car si la peur mutile, l'expression de la peur libère. Un vrai bison, c'est dangereux, mais le bison qui fonce dans notre tête est plus terrible encore. Regarder des miniatures de bison, c'est transcender la peur ensemble, apaiser le flux d'images en soi, être un groupe victorieux. C'est une « façon d'apprendre à penser la peur au lieu de la déclencher[4] ».

Peindre, c'est un face-à-face ; on attrape ce qui nous occupe. On fait une place à la démesure en lui trouvant une autre mesure. Quand on peint un bison, on court avec lui dans

3. Odile Quirot, *Alain Françon. La Voie des textes*, Actes Sud, 2015. © Actes Sud, 2015.

4. Roland Jouvent, *Le Cerveau magicien*, Odile Jacob, 2009.

notre tête, on sent ses muscles dans nos muscles, on sent sa vitesse nous passer dedans ; on est animal comme lui, complètement empathique. C'est comme ça qu'on attrape la présence. Jouer, c'est un peu pareil.

Regarder une peinture aussi[5] : on est devant l'image, mais on entre dedans, le cerveau refait les gestes du peintre (coulures, brosses, jets, transparence) ; on sent dans notre corps le corps du peintre, lui-même habité par ce qu'il peint.

Écouter une histoire active les mêmes réseaux cérébraux que ceux des gens qui racontent. On entre en résonance. On se conte pendant qu'on écoute, on image.

Lire aussi, c'est écrire, produire.

L'art est un incroyable moyen d'explorer nos propres ressources face à des situations dangereuses, sans s'exposer à ses risques réels. Dans nos imaginations, nous tentons, nous courons, nous gagnons, nous perdons ; mais, dans tous les cas, nous faisons face, nous nous armons, et nous nous reposons.

> VILAYANUR S. RAMACHANDRAN, *neuroscientifique*. – « L'art se serait développé comme une forme de simulation virtuelle de la réalité. Quand vous vous représentez quelque chose, par exemple votre prochaine rencontre amoureuse, la plupart des circuits du cerveau activés sont les mêmes que lorsque vous vous trouvez vraiment dans la situation imaginée. Cela vous permet de vous entraîner mentalement à des scénarios, en simulation interne, sans dépenser d'énergie[6]. »

---

5. Voir chapitre 3, sur les neurones miroirs et l'empathie.
6. Vilayanur S. Ramachandran, *Le Cerveau, cet artiste,* Eyrolles, 2005.

Regarder, c'est vivre

Des milliers d'années avant que la neuroscience ne découvre le fonctionnement des neurones miroirs et de l'empathie, le théâtre avait peut-être la prescience de ces mécanismes, pour miser à ce point sur la capacité de nos cerveaux à s'allumer les uns aux autres. Car que fait-il d'autre, le théâtre, en représentant la vie, que tendre des miroirs aux hommes, exciter les neurones miroirs, et faire se mouvoir l'humanité ? Sans le pouvoir de l'empathie, de l'imaginaire, comment comprendre tous ces gens qui viennent dans les salles obscures, qui tombent amoureux en imagination, tuent dans leurs têtes, se projettent dans le héros, sont happés dans les histoires au point d'oublier que c'en est – alors qu'ils le savent bien, ils ont même acheté le ticket pour entrer dans la salle. Mais non, quand le spectacle est bon, la raison vacille devant la puissance des neurones miroirs, de l'empathie, et l'illusion transforme les spectateurs en acteurs.
Il paraît que quand nous sommes assis, les pensées s'échappant de nous-mêmes, nous laissant aller à notre imagination, imaginant être un autre que nous, ailleurs qu'où l'on est, les images s'activent en nous plus fort que dans la vie.

> Laurent Cohen, *neurologue*. – « Les régions du fameux réseau de repos s'activent plus dans toutes les situations où nous imaginons le monde plutôt que de le percevoir. [...] C'est sensiblement la même chose lorsque j'imagine changer de point de vue ou me mettre à la place de quelqu'un d'autre. [...] Dans tous ces cas, je change de perspective, je m'imagine dans un rapport au monde qui n'est pas celui que j'ai à l'instant présent. Dans tous

ces cas, mon réseau cérébral de repos (repos qui n'est qu'apparent) tend à augmenter son activité[7]. »

À moins de s'ennuyer beaucoup, regarder des gens vivre est profondément créatif : entrer dans la tête des gens, c'est vivre, se projeter des images. Nos cerveaux sont des théâtres où se rejoue le monde, et nous allons au théâtre avec nos théâtres portatifs. Personne ne comprend exactement la même chose puisque chacun y va de sa palette, chacun voyant à travers ses trous, ses bosses, ses biais, ses référents.

Il y a sur scène des acteurs professionnels, et dans la salle, des centaines d'acteurs inconscients de l'être, qui jouent avec nous et se métamorphosent. Pour une heure ou deux, ils s'échappent d'eux-mêmes, et se resynchronisent. Leurs voix s'entremêlent à celles de l'auteur, du metteur en scène et des acteurs. Une représentation réussie est faite de nos coexistences.

On devrait applaudir les spectateurs.

La synchronie du public

Bien que chacun se fasse sa propre représentation, comprenne autre chose que son voisin puisque chacun butine dans la représentation ce dont il a besoin, le public est étonnamment Un. Comme avec les abeilles, il semble avoir une loi propre, qui n'est pas l'addition des réactions individuelles. On pourrait imaginer que tous ces moi différents feraient une cacophonie, mais non. Chaque soir, le public rit aux mêmes moments (des moments où en répétition on ne s'était jamais dit que c'était

---

7. Laurent Cohen, *Pourquoi les filles sont si bonnes en maths. Et 40 autres histoires sur le cerveau de l'homme*, Odile Jacob, 2012.

comique), et de façon surprenante, un soir, tous ensemble, ils ne rient pas, alors qu'on croit jouer la même chose. On sent physiquement l'écho de leurs voix intérieures, et délicatement, on dialogue avec. Des soupirs filent de droite à gauche, certaines phrases ou gestes infimes touchent dans le mille, et ce mille est mille pour beaucoup de gens étrangers les uns aux autres. Quand le spectacle ne passe pas, le courant est froid, les voix intérieures sont muettes, ça s'étend, les gens toussent, ça file de droite à gauche.

> GRÉGORY GADEBOIS, *comédien.* – Le public, c'est marrant, ils sont cinq cents dans la salle, mais ils ont une humeur, une couleur, une écoute. D'ailleurs, on dit « le » public. Parfois, ils changent de couleur en cours de route, mais ils changent ensemble.

> JACQUES WEBER, *comédien.* – Il y a des bonnes ondes et des mauvaises dans le public, on les voit se propager. Quelqu'un de négatif peut empêcher les bonnes ondes. Aux championnats du monde d'échecs, des gens avaient décidé de faire perdre Kortchnoï ; ils ont mis derrière lui un homme pour fixer sa nuque, et au bout d'un moment, Kortchnoï a perdu.

Selon les villes où on passe en tournée, le spectacle se colore de ce que les gens trimballent en eux. *La Révolte*[8] était l'histoire d'une femme qui ne supportait plus de vivre dans un monde obstrué par l'argent. Dans les villes de droite, pleines de femmes riches emballées dans des visons, ennui ternissant les pupilles, affublées de maris bronzés toute l'année,

8. *La Révolte* de Villiers de L'Isle-Adam, mise en scène de Marc Paquien et Blandine Masson, Théâtre des Bouffes du Nord, 2015, puis en tournée.

sans tendresse, pognon et coma des cœurs saturant l'oxygène… la pièce, à mon grand étonnement, frémissait beaucoup plus. Elle se jouait dans la salle. Elizabeth parlait à son mari, le banquier, et la salle était remplie de ce genre de maris. J'entendais les hommes se faire dire qu'ils ne savaient pas vivre, pas aimer ; et j'entendais des soupirs de femmes s'échapper, accompagnant le cri d'Elizabeth, elles se souvenaient qu'elles avaient eu des rêves, qu'elles en avaient encore. C'est bien de réveiller des morts-vivants.
À la création, on l'avait joué au Théâtre des Bouffes du Nord, c'était une erreur : la bataille se faisait dans du beurre. En province riche, le couple était un miroir. Le sujet était dans la salle.

Une équipe de scientifiques[9] a récemment mesuré l'activité électrique de plusieurs personnes devant un film d'Hitchcock. Ils n'avaient rien en commun, ne se connaissaient pas, mais se synchronisaient entre eux : leurs activités cérébrales s'allumaient exactement aux mêmes moments et aux mêmes endroits, en deçà de leurs consciences, là où l'espèce pense pour nous.
Fait plus incroyable encore : ils ont mis un patient sans conscience apparente, devant le même film d'Hitchcock ; ce genre de personne « qui ne répond plus d'elle », dont on pense qu'elle est dans un état « végétatif » : la circulation sanguine, la respiration, la digestion fonctionne, mais la vie consciente ne semble plus là. Les chercheurs ont découvert que le cerveau de ce patient réagissait exactement aux mêmes moments, et dans les mêmes zones que les cerveaux bien portants. Ce résultat a

---

9. Lorina Naci, Rhodri Cusack, Mimma Anello, Adrian M. Owen, « A common neural for similar conscious experiences in different individuals », *PNAS*, 2014, 111 (39), p. 14277-14282.

permis de corriger le diagnostic de l'état de conscience de ce malade, qui était conscient, bien que rien de visible dans son comportement ne le révèle. Les données de l'imagerie cérébrale fonctionnelle ont permis de découvrir qu'il continuait à sentir, comprendre, analyser, et relier consciemment.

Le trou

Un trou de mémoire, c'est un trou noir qui nous avale. On ne sait plus un mot du texte, on ne sait pas ce qu'on fait sur scène, pourquoi on est dans un théâtre, quelle pièce on est censé jouer, ni qui on est censé être. Avalé par le trou, on n'est plus qu'un cœur qui tape, qui chute. Le public comprend immédiatement que le spectacle change de nature ; il sent l'acteur en danger, alors il tisse en quelques fractions de seconde une espèce de filet d'attentions pour le funambule : c'est un silence épais, tressé, qui ne ressemble à aucun autre, et dans cette espèce d'apnée si humaine, on retrouve le fil de la mémoire. Mais si on a connu le trou, on ne sera plus jamais innocent.

L'ennui et le dégoût

Au théâtre, on meurt souvent d'ennui. C'est un sentiment physique d'une telle violence qu'il est sans doute une réaction viscérale à cette promesse non tenue d'être concerné par les autres. Des acteurs vocifèrent et nous attirent dans le monde affreux où les mots ne veulent rien dire ; on dirait que le sang coule moins vite, le temps se coagule. Un sentiment de claustrophobie monte comme une marée noire, comme si toutes les issues étaient condamnées.

> ANNE KESSLER, *comédienne*. – Parfois, c'est une torture d'être coincée à regarder des humains qui sont faux. Je pourrais me lever sur mes pieds et crier : « Mais taisez-vous ! Arrêtez ! On va remettre tout ça à plat ! Refaites une lecture ! » J'en viens à détester le théâtre, je me mets à ne plus comprendre la vie. Ça me dissout. Une seconde, c'est une heure ! Tu sais, quand tu es dans la voiture en skaï, ton père fume, ça pue, tu as mal au cœur, et tu sais qu'il y a encore beaucoup de kilomètres…

Il y a des spectacles où les acteurs sont obligés de pisser sur le corps d'autres acteurs ; des metteurs en scène leur demandent de se masturber, à des actrices nues de se laisser peloter. On rase pour de vrai les cheveux d'une femme (il leur faut donc une femme par soir). Et nous, on est démoli par cet étalage de bêtise et de cruautés, qui ne donnent rien d'autre à sentir que nous sommes atroces de rester assis là sans rien dire, devant des gens qu'on avilit ; tout ça maquillé en geste artistique. Nous sommes assoiffés de vérité, mais quand on nous inflige la vérité nue, c'est comme si on la déshabillait pour l'humilier. Et quand le public applaudit à tout rompre ces instants de décadence humaine, on se sent drôlement seul en compagnie des hommes, on a envie d'aller voir des êtres pas tordus, des ours, des sapins, des copains. On pense à l'espèce humaine, à la vie qui veut la vie, à l'art qui devrait toujours nous réchauffer. On pense que ces objets culturels traînent l'espèce au sol, traînent notre vie comme si c'était une traînée. Tout ça se fait dans l'impunité, avec beaucoup d'argent, beaucoup de verbiage ; tout le monde dit bravo à la haine, sans voir qu'ils y participent et ne dénoncent rien.

Je ne sais pas si les neurones miroirs continuent de faire leur métier réflexe, mais s'ils sont actifs, combien sommes-nous à pisser sur la tête des autres, ou à raser des femmes ?

« L'art, c'est un mensonge qui dit la vérité. »
Ça a l'air compliqué cette phrase de Picasso, mais en fait, le cerveau sait bien ce qu'il lui faut. L'art peut soulager si ce qu'on voit a l'air vrai, mais si ce à quoi on assiste ne passe plus par la case du « comme si », alors il ne guérit plus ; il blesse autant que le monde.

20

QUAND L'ILLUSION FAIT DE LA VIE

(Balade n° 12 dans la vie et dans le jeu)

Il y a quelques années, j'ai vu une conférence du professeur Ramachandran qui a été une révélation pour moi[1]. Il racontait que pour soulager un patient qui souffrait de douleur fantôme après qu'on lui eut amputé un bras, il avait eu l'idée de fabriquer une boîte noire dans laquelle il avait placé un miroir incliné. Il a demandé à son patient d'introduire son bras valide dans la boîte, et grâce au jeu de miroir, l'image de son bras amputé lui réapparut aussitôt, sa douleur fantôme disparut. Pourtant, le patient savait bien qu'il n'avait qu'un seul bras, il savait que ce qu'il voyait n'était qu'une image, mais l'image avait suffi à restaurer son schéma corporel imaginaire, que nous avons tous.

Vilayanur S. Ramachandran dit que le corps entier peut devenir fantôme. Et l'esprit ? L'amour, l'enfance, la confiance, l'innocence, la paix ? Ce qui nous a été enlevé, qui a disparu de notre composition et qui n'aurait pas dû. Est-ce que les voir nous soulagerait de nos fantômes ?

Je me suis demandé : se pourrait-il que nos théâtres agissent ainsi, par effets de miroirs, sur les gens ? Se pourrait-il que

---

1. http://www.ted.com/talks/vilayanur_ramachandran_on_your_mind?language=fr.

depuis la nuit des temps, l'humanité soit allée s'asseoir dans de grosses boîtes noires, espérant y trouver des images vraies pour reconquérir des bouts d'elle-même, des bouts de sens, et se guérir de ses douleurs ? Le public serait alors comme le patient amputé. Notre cerveau sait que ce qu'il voit n'est qu'une image, mais l'image serait assez forte pour restaurer notre « carte intérieure ». Ça dure le temps de l'illusion, mais dans ce temps, ce qui manquait ressuscite, et des douleurs se calment.

Autre expérience du cerveau dupé par une illusion[2] :
Mettez deux personnes l'une en face de l'autre, de part et d'autre d'une petite table. L'une des deux (Robert) met sa main droite sous la table, sans la bouger, son autre main est posée sur la table.
Raoul met un gant de vaisselle rose sur la table, à côté de la vraie main de Robert. Puis Raoul prend deux pinceaux, et caresse en même temps, de façon synchrone la vraie main et le gant de vaisselle de Robert – le pouce droit et le pouce gauche, la paume droite et la paume gauche. Qu'éprouve Robert ? Il sent la caresse du pinceau sur ses deux mains, la vraie autant que la fausse : le gant de vaisselle est tellement intégré à l'image de son corps, que sa vraie main sous la table se refroidit, comme si, n'étant plus dans son champ de vision, son cerveau la délaissait. Si Robert s'approche du gant de vaisselle avec une aiguille, Raoul aura peur, et il aura le réflexe de retirer la main. Si on lui demande de fermer les yeux et de montrer sa main, il montrera le gant de vaisselle. Pourtant, Raoul aussi savait que sa vraie main était sous la table, mais l'illusion était suffisamment forte pour modifier la représentation qu'il avait de lui-même.

---

2. Racontée par Laurent Cohen, *Pourquoi les filles sont si bonnes en maths. Et 40 autres histoires sur le cerveau de l'homme*, Odile Jacob, 2012.

Y a-t-il un rapport avec ce que le public vit, quand il s'identifie à un autre que lui ?
Si l'illusion est assez forte, est-ce que le cerveau d'un spectateur (happé) ne ferait plus la différence entre ce qui est lui et ce qui ne l'est pas, délaissant en partie son moi réel pour habiter un moi fictif, que les acteurs caresseraient ?

*

ANOUK. – Pourquoi le cerveau, qui est si intelligent, qui peut inventer des fusées, croit dans les illusions ? Pourquoi il se fait duper à ce point ?

(Il me montre sur son ordinateur un dessin de damier, fait par des neuroscientifiques, et me demande de dire ce que je vois. Je lui décris l'image.)

LIONEL NACCACHE, *neuroscientifique*. – Ce que tu vois n'y est pas. C'est une illusion d'optique. Le mécanisme qui lui a donné naissance se situe tellement en amont de notre conscience que cette illusion est impénétrable par la conscience. Si même nous savons que ce que nous percevons est le fruit d'une interprétation illusoire de notre esprit, nous ne pouvons pas la corriger.

ANOUK. – Tu penses que sans le savoir, le jeu se faufilerait dans ce système d'illusions, pour vous duper ?

LIONEL NACCACHE. – Au théâtre, je pense qu'il s'agit d'une sorte d'entendement tacite entre les spectateurs et les acteurs, qui procède d'une fiction plus consciente, plus volontaire. Une fiction que l'on accepte de prendre comme telle. On accepte tous de se livrer au « comme si », et dès lors que nous nous donnons ce « feu vert » consciemment, il va influencer toute une multitude de processus inconscients qui vont en retour donner naissance à des contenus conscients narratifs et émotionnels non maîtrisés. On a vu que les processus inconscients exercent des influences sur notre vie consciente, et on a vu aussi que notre posture consciente exerce des influences majeures sur ce qui va se jouer en nous inconsciemment. En t'écoutant, en discutant avec toi et en te lisant, j'ai l'intuition que ce phénomène fondamental joue peut-être un rôle clé pour les acteurs, et pour les spectateurs. Vous décidez consciemment de jouer tels personnages, dans telle œuvre, et de cette posture consciente initiale (et du travail que vous allez mettre en œuvre), des processus inconscients vont pouvoir se produire sous cette influence consciente, et vous permettre alors d'accéder à une performance de jeu, dont vous ignorez les origines. Je pense que le jeu relève de ce ballet incessant et expert entre les phases conscientes et non conscientes de vos identités d'acteurs. Une dynamique, une dialectique. Pas l'une au profit de l'autre, mais l'une (consciente) qui influence les autres (inconscientes), et gagne en retour un état inatteignable seul.

21

DIDEROT NE SAVAIT PAS

Moi non plus

(Balade n° 13 dans le jeu)

Dans *Le Paradoxe sur le comédien*, Diderot a voulu entrer dans la cuisine des acteurs. Il fait l'anatomie du jeu, et comme un peu tout le monde, il projette sur son objet d'étude ce qui le constitue : il a une tête qui marche très fort, cet homme est un phare, et c'est depuis son bureau qu'il peint des rites qui lui échappent. Disons qu'un phare voit beaucoup de choses, mais n'a pas l'expérience des poissons.

C'est un texte intrépide, mais il trie dans les mystères avec trop de « donc » et de tranchant pour aborder en finesse ce qui est à l'œuvre dans le jeu. Peut-être était-il fâché de s'être parfois fait avoir, ou ne pas l'avoir été assez.

(Extraits du *Paradoxe sur le comédien*)

« C'est l'extrême sensibilité qui fait les acteurs médiocres : c'est la sensibilité médiocre qui fait la multitude des mauvais acteurs ; et c'est le manque absolu de sensibilité qui prépare les acteurs sublimes. [...]

Les grands poètes, les grands acteurs, et peut-être en général tous les grands imitateurs de la nature, quels qu'ils soient, doués d'une belle imagination, d'un grand jugement, d'un tact fin, d'un goût très sûr, sont les êtres les moins sensibles.

Ils sont également propres à trop de choses ; ils sont trop occupés à regarder, à reconnaître et à imiter, pour être vivement affectés au-dedans d'eux-mêmes. Je les vois sans cesse le portefeuille sur les genoux et le crayon à la main. […]

Les larmes du comédien descendent de son cerveau ; celles de l'homme sensible montent de son cœur : ce sont les entrailles qui troublent sans mesure la tête de l'homme sensible ; c'est la tête du comédien qui porte quelquefois un trouble passager dans ses entrailles ; il pleure comme un prêtre incrédule qui prêche la Passion ; comme un séducteur aux genoux d'une femme qu'il n'aime pas, mais qu'il veut tromper ; comme un gueux dans la rue ou à la porte d'une église, qui vous injurie lorsqu'il désespère de vous toucher ; ou comme une courtisane qui ne sent rien, mais qui se pâme entre vos bras. […]

L'acteur s'est longtemps écouté lui-même ; c'est qu'il s'écoute au moment où il vous trouble, et que tout son talent consiste non pas à sentir, comme vous le supposez, mais à rendre si scrupuleusement les signes extérieurs du sentiment, que vous vous y trompiez. Les cris de sa douleur sont notés dans son oreille. Les gestes de son désespoir sont de mémoire, et ont été préparés devant une glace. Il sait le moment précis où il tirera son mouchoir et où les larmes couleront ; attendez-les à ce mot, à cette syllabe, ni plus tôt ni plus tard. Ce tremblement de la voix, ces mots suspendus, ces sons étouffés ou traînés, ce frémissement des membres, ce vacillement des genoux, ces évanouissements, ces fureurs, pure imitation, leçon recordée d'avance, grimace pathétique, singerie sublime dont l'acteur garde le souvenir longtemps après l'avoir étudiée, dont il avait la conscience présente au moment où il l'exécutait, qui lui laisse, heureusement pour le poète, pour le spectateur et pour lui, toute la liberté de son esprit, et qui ne lui ôte, ainsi que les autres exercices, que la force du corps. [...]

Cependant je ne nierais pas qu'il n'y eût une sorte de mobilité d'entrailles acquise ou factice. Il est souvent obligé de s'en dépouiller, et cette abnégation de soi n'est possible qu'à une tête de fer. [...] Si le comédien était sensible, de bonne foi, lui serait-il permis de jouer deux fois de suite un même rôle avec la même chaleur et le même succès ? Très chaud à la première représentation, il serait épuisé et froid comme un marbre à la troisième. [...]

Mais quoi ? dira-t-on, ces accents si plaintifs, si douloureux, que cette mère arrache du fond de ses entrailles, et dont les miennes sont si violemment secouées, ce n'est pas le sentiment actuel qui les produit, ce n'est pas le désespoir qui les inspire ? Nullement ; et la preuve, c'est qu'ils sont mesurés ; qu'ils font partie d'un système de déclamation : que plus bas ou plus aigus de la vingtième partie d'un quart de ton, ils sont faux ; qu'ils sont soumis à une loi d'unité ; qu'ils sont, comme dans l'harmonie, préparés et sauvés : qu'ils ne satisfont à toutes les conditions requises que par une longue étude ; qu'ils concourent à la solution d'un problème proposé ; que pour être poussés juste, ils ont été répétés cent fois. [...]

Un grand comédien n'est ni un piano-forte, ni une harpe, ni un clavecin, ni un violon, ni un violoncelle ; il n'a point d'accord qui lui soit propre ; mais il prend l'accord et le ton qui conviennent à sa partie, et il sait se prêter à toutes. [...]

Un grand comédien est un autre pantin merveilleux dont le poète tient la ficelle, et auquel il indique à chaque ligne la véritable forme qu'il doit prendre. [...]

> S'il est lui quand il joue, comment cessera-t-il d'être lui ? S'il veut cesser d'être lui, comment saisira-t-il le point juste auquel il faut qu'il se place et s'arrête[1]? »

Tout est presque vrai, mais tout est faux.
De qui parle-t-il à vrai dire ? De quels acteurs ? Quels subterfuges ? Qui sont le « prêtre incrédule qui prêche la Passion » ; le « séducteur aux genoux d'une femme qu'il n'aime pas » ou la « courtisane qui ne sent rien » ?
N'était-ce pas aussi la société qui l'entourait, ces mines incessantes, ces roueries, l'impossibilité d'être vrai dans une vie politique, religieuse, sociale, intime, pétrifiée de commandements, où les masques collaient aux visages ?
Les acteurs en ce temps n'avaient pas encore gagné le droit de voter. On allait les voir parce qu'ils connaissaient des secrets, mais en raison de ce savoir (ou ce demi-savoir – ils ne mouraient pas en vrai mais feignaient), la religion, l'État les destituaient de leur dignité et d'une existence propre. Ils étaient privés de sépultures, enterrés dans les fosses communes, comme les prostituées, les gens de couleur. Oui, c'est ça, les gens de *couleurs*...
Être intime en ce temps-là était mal toléré, on vivait les corps contraints, enrubannés ; la peau était talquée, l'esprit en laisse. Il était interdit d'être soi. On peut imaginer que le jeu d'acteur était plus extérieur, forçant des portes closes. La psychanalyse n'avait pas encore exploré les continents intérieurs. Stanislavski, le maître incontesté du mentir-vrai, n'était pas né. Les neurosciences n'existaient pas non plus : on ne savait presque rien du fonctionnement cérébral, d'à quel point le jeu faisait partie du Je. Diderot était né trop tôt pour savoir qu'on est tous interprètes, qu'on n'échappe pas à l'imagination pour accéder au réel.

1. Denis Diderot, *Paradoxe sur le comédien*, Garnier-Flammarion, 2000.

Il croyait que le monde était séparable, d'un côté l'authentique, le vrai, le réel, et d'un autre, le monde fictif où on nous trompe. Il misait trop sur la conscience pour appréhender la vérité humaine. Il ne savait pas que la conscience, même immense, est toute petite, comparée aux forces qui nous pilotent. Il ne savait pas toutes ces merveilles de l'esprit humain que les neurosciences de ces deux derniers siècles ont mises en lumière.

Jeune, Diderot voulait être acteur, et il a renoncé. Peut-être avait-il en lui trop de conscience pour y arriver ? C'est un domaine où avoir trop de tête rend malhabile et malheureux. Il a obliqué vers le savoir, et a mis beaucoup de lumières dans cette époque obscure, pétrie de croyances et d'interdits. Il a voulu éclairer le réel, lui donner du sens. La vie devait être vraie, du bien en découlerait. Les représentations étaient forcément fausses puisqu'elles menaient en bateau. Sa nausée du faux le rendait binaire : ce qui n'était pas vrai était faux. Il croyait que les acteurs étaient des menteurs, des faiseurs.

Diderot, je voudrais vous répondre sur ce que nous faisons. Je suis comme vous, j'ai souvent la nausée au théâtre, et je ne suis que rarement fière d'en faire. C'est un métier sur l'imperfection, si difficile à bien faire. Nous sommes cernés par nos défauts, car nous sommes nos propres instruments, qui pour un rien se désaccordent. Beaucoup pavanent, sont hâbleurs, narcissiques, toxicomanes du regard. C'est vite fait de devenir cabot avec ce métier, de se mirer.

Mais vous vous trompez sur nos ressorts.

Vous pensez que si le jeu était vrai et cuisant, comme la vie est vraie et cuisante, on ne pourrait pas le reproduire : on fondrait, ou on deviendrait comme du marbre. Vous en venez à dire que les émotions jouées sont feintes, puisqu'elles ont été répétées, mesurées au millimètre. Vous pensez qu'une « tête en fer » orchestre nos mimiques, et se joue de vous. Rien n'est senti de ce qui est montré. Vous croyez que les spectateurs éprouvent des émotions qui nous laissent froids.

En fait, vous êtes fâché contre la magie de l'art.

Alors... venez dans nos cerveaux : c'est beaucoup plus bordélique que vous ne pensez, car nous sommes les miroirs de ce que vous êtes. Ce n'est pas parce qu'on ne meurt pas devant vous pour de vrai que nous sommes faux ou froids. Incarner un texte va profond, ça se fait avec toute notre chimie. On accueille la vie qu'il contient ; ça met en jeu notre mémoire, nos émotions, notre squelette, nos viscères, notre circulation sanguine, nos muscles et notre inconscient. Ces mines, ces genoux qui tremblent, que nous jouons pour vous, se jouent en nous. Chaque beau texte fait entendre la petite symphonie humaine ; notre job est de prendre son pouls. Nous sommes des instrumentistes, nous soufflons dans la « flûte de nos vertèbres[2] ». Nous travaillons une matière vivante qui nous travaille, de notre plein gré et à notre insu. Le jeu est un laboratoire, notre corps est un laboratoire, nous sommes des artificiers d'explosions sans danger, qui jouent avec d'autres artificiers. La matière première que nous manipulons est évidemment notre sensibilité. Nous travaillons son expression, nous la modelons, nous lui donnons forme et paix, pour qu'elle devienne vraie artistiquement. Nous soufflons sur nos émotions comme sur des braises, puis nous les combattons fort. On puise, et on traite ce qu'on puise ; c'est intraitable. En cela, c'est vrai, nous ne sommes pas dupes de nous-mêmes. Le combat pour et contre l'émotion se passe entre tête et chair. Il y a dans ce métier un mystérieux travail d'équipe entre le haut et le bas, le froid et le chaud, rigueur et abandon. Ce travail d'équipe, c'est le travail du cerveau tout entier,

2. Vladimir Maïakovski, *Poèmes (1913-1917)*, L'Harmattan, t. 1, 2000.

qui joue pour une part et ne joue pas pour une autre. C'est un jeu en haut, qui n'en est pas en bas. Il y a sans doute des monte-charges de larmes ou de genoux qui tremblent, mais ces monte-charges ne sont autres que des vrais souvenirs, qui dépassent notre biographie, ou le souvenir de ces souvenirs, dans lesquels l'inconscient privé et collectif joue sa partie, et fait parler nos corps. Si notre corps parle, c'est qu'il lui arrive quelque chose. C'est vrai, des larmes coulent sur nos joues presqu'à la virgule près, mais ce n'est pas vrai qu'on puisse les commander. Le jeu n'est pas un art du commandement. Il suffit qu'on veuille trop pour qu'elles ne nous viennent pas : notre corps n'est pas un self-service, ni notre mémoire. On répète cent fois un geste, une intonation jusqu'à égarement de la conscience. Les mots qu'on étudie et qu'on apprend par cœur touchent à nos entrailles, impliquant la partie la plus inatteignable de nos cerveaux, pour qu'il arrive quelque chose aux vôtres (quand ça se passe bien). Ce qu'on émet vient de ce qu'on a reçu, et ce qu'on a reçu vient en partie d'un noyau vieux de millions d'années ; mais ce noyau n'est pas un clown, nous n'avons pas la main sur lui. Tous ces messages qu'on a reçus de lui, et de l'inconscient, sont accueillis, étudiés, puis incarnés, mais tout est à recommencer, depuis un point d'aveuglement. Je ne connais pas d'acteur qui travaille ses mimiques « devant la glace ». Ça se travaille plutôt dans des grottes, dans lesquelles se projettent des images qui plus tard, viendront impressionner les vôtres. Ces images ne sont pas des photocopies mortes, ça palpite, miroite. Quand un acteur entre en scène, vous pouvez être sûr qu'il entre avec sa grotte. De nos grottes aux représentations publiques, c'est l'art de la juste distance, des façons d'« embaumer le réel », saluer nos bisons. Distance n'est pas froideur, distance est un espace fertile pour oser être sensible ensemble, peindre ensemble. Ce n'est pas parce que nous avons mécanisé un parcours que nous sommes mécaniques. Cent fois on joue, cent fois on peint. On est le pinceau, on est les couleurs, on est barbouillé, on est dans la peinture, on sait et on ne sait pas, et souvent on rate. C'est dur, la grâce : ça passe par l'oubli de soi, alors même qu'on se souvient de tant de choses. Pas de « tête de fer » ; nous sommes modérément conscients, sinon on ne pourrait pas jouer. Celui qui se regarde trop ou s'écoute trop sonne faux. C'est vrai qu'on a parfois la sensation de tenir le public dans la paume de notre main, qu'on peut ne pas être ému quand le public croit qu'on brûle, mais si le public y croit, c'est qu'on y a cru sincèrement, chimiquement, en répétitions ; l'inconscient a fait le parcours, les sillons de la mémoire sont creusés, et la musique se joue en nous, sans notre volonté. Ce n'est pas vrai qu'on maîtrise l'effet qu'on fait, ou quand on a cette tentation, on n'est pas bon. Bien qu'on soit en représentation, jouer n'est pas montrer, c'est être traversé en temps réel par des secrets qui nous dépassent. Nous sommes exercés à être dépassés, et à tenir la bride de ce qui nous dépasse. L'autre que nous devenons est peut-être un de nos fantômes, ou un des vôtres qui se met à parler. Il n'y a pas de « point juste » entre la fin de soi et le début de l'autre ; il y a écho, danse méticuleuse, vibration, réparation, petites vies et petites morts, chaque soir. Impossible de refaire la même chose d'une fois à l'autre. Seconde après seconde, l'histoire qu'on raconte résonne autrement parce que personne n'est le même qu'hier, et ceux devant qui on joue sont différents, ils peignent avec nous le tableau. Le texte est vrai, les vents de l'inconscient soufflent en vrai, une représentation n'est pas une piscine parce que le présent n'est pas une piscine. Représenter, c'est être au présent, dans tout ce que ça a d'impensé partiellement, d'incontrôlable, de pathétique et vraiment beau. Vous nous prêtez trop de conscience. Nous sommes des petites bêtes.

Mais vous avez raison : l'acteur est double, fourbe, là et pas là : il peut « déposer et reprendre son masque », passer du rire aux larmes en une seconde, être dans un drame en faisant des mines… Mais en fait, qui ne le fait pas ? On est juste plus maniaque dans le travail, on connaît les muscles de notre visage, et on a beaucoup regardé les vôtres. C'est vrai qu'on peut faire rire des gens en ayant enterré notre mère le matin, ce n'est pas pour ça qu'on est hypocrite. Comme tout le monde, on se soulève de nous-mêmes, on ferme des petites portes, on change d'identité, on se donne des chances. Notre travail est de pouvoir représenter la souffrance sans que ça nous fasse souffrir, jouer l'amour sans tomber amoureux de notre partenaire, parce que le jeu, c'est le jeu : quand un enfant fait cuire des frites sur sa dînette, ses frites cuisent, ça sent bon, ce sera bon, mais pas de risque de mettre le feu. Nos jeux à nous, avec le comique, des meurtres, des trahisons, de l'amour, des vers à bien dire, ne sont pas si différents. Le jeu a le pouvoir magique d'être vrai parce qu'il est faux. Parfois, dans nos dînettes, on est emporté par des émotions, mais parfois on ne sent presque rien, et le mystère, c'est que c'est aussi comme ça qu'on fait le plus sentir. Nous n'y comprenons rien. Nous ne savons pas faire notre métier, comme un boulanger sait faire du pain.

La règle absolue, c'est de rendre justice aux gens. C'est de la triche, mains ouvertes. L'illusion n'est pas que pour les spectateurs. Nous sommes en partie hallucinés. Quant à rester indemne de ces jeux, non, c'est faux. Le jour, le cerveau est K.O. On n'a parfois même pas la force de porter un stylo. La marée est très basse. Et par miracle, le soir, la vie revient pour vous.

FIN

Bien sûr, je n'ai pas parlé de tous les acteurs. J'ai parlé de certains qui m'ont éblouie, ceux dont on ne comprend pas comment ils font pour être si vrais, qui m'ont fait peur avec leurs cabrioles intérieures, que j'ai vus transfigurés et solides. Il y en a tant d'autres qui m'ont fait aimer ce métier. Je pensais à eux tout le temps de l'écriture.

Ceux qui parlent dans ce livre sont tous plus ou moins des amis, car dans ce métier, on ne parle pas de ce qu'on fait, de ce que ça fait. C'est presque tabou. Je les remercie infiniment d'avoir accepté de répondre à mes questions. À mon grand étonnement, aucun d'eux ne s'était jamais demandé ce que leurs cerveaux vivaient, alors qu'ils en faisaient des usages intempestifs. Ils m'ont appris tellement.

Je sais aussi n'avoir pas parlé de toutes les émotions.

Je n'ai pas non plus parlé de ce qui déraille dans ce métier : la cruauté, les abus de pouvoir, les désirs mal placés, etc. Plus je comprenais la délicatesse de nos ouvrages intérieurs, et la délicatesse qu'il faut pour nous mener ailleurs, plus ma pensée se détournait de ceux qui la brutalisent.

C'est un livre d'amour, donc un livre partiellement faux.

Pendant ces sept années d'écriture, je me suis parfois demandé si je saurais encore jouer après, ou si je disparaîtrais comme la petite dans *Barbe-Bleue*, parce que j'ai voulu savoir. Si ça ne tenait qu'à moi, avoir un peu compris ce qui nous dépasse donne encore plus envie d'entrer dans les orgues de la vie.

Quant à la rencontre avec les scientifiques, peu de gens m'ont révolutionnée à ce point. Ils ont été généreux de leur savoir, ils ont pris au sérieux mes questions les plus naïves, comme si c'était là que sciences et jeux pouvaient peut-être se rencontrer. Ils ont parfois accepté d'aller à la lisière du savoir, se risquant à faire des hypothèses dans un domaine où les faits sont peu sûrs. Et puisqu'il ne s'agissait que de l'intime, ils répondaient parfois intimement avec tant de beauté.

Il y a aussi, dans ce livre, des gens qui ne parlent pas, mais moi, je les entendais : quand je perdais confiance, ils continuaient d'avoir confiance. Quand je me croyais bête à m'encastrer dans le mur, avec l'envie de quitter cette mer de mercure, ils m'encourageaient, et me laissaient me débrouiller seule : Michel Vinaver, Michel Broué, Sarah Moon, Karine Naccache, Léonard Blier et Dominique Éddé. Et tous mes autres amis qui m'attendaient sur la rive, sûrs qu'un jour je reviendrais. Et puis, du début à la fin, proche et lointain, Lionel Naccache, avec son bon sourire et ses baskets rouges qui me rassuraient, je m'y accrochais pour galoper derrière sa rapidité, son intelligence insensées.

Immense merci à Odile Jacob d'avoir accueilli chez elle une étrangère, m'invitant à faire ce que je voulais faire. Son enthousiasme a compté très fort.
Merci à l'éditrice, Marie-Lorraine Colas, de s'être intéressée au projet quand il était encore tout ébouriffé, et de m'avoir aidée à lui trouver sa forme, sans trop aller chez le coiffeur.

Je dédie ce livre à Michel Broué, mon compagnon, pour avoir éclairé ma vie de son monde. Pour ces milliers d'heures à me faire réciter mes textes, plonger avec moi dans les secrets des personnages, des relations, du vivant. Pour accepter que je sois toujours autre et souvent très privée. Pour nos innombrables discussions autour du cerveau.

LES INTERVENANTS

Les comédiens

Anne Benoît. Comédienne de théâtre et de cinéma. Elle a appris le jeu avec Antoine Vitez.
Patrick Catalifo. Comédien de théâtre et de cinéma. Il a appris le jeu au Conservatoire.
Grégory Gadebois. Comédien de théâtre et de cinéma. Il a appris le jeu au Conservatoire, dans la classe de Dominique Valadié et de Catherine Hiegel. A passé quelques années à la Comédie-Française. Puis, l'a quittée.
Anouk Grinberg. Comédienne de théâtre et de cinéma. N'a pas été à l'école.
Anne Kessler. Comédienne de théâtre et metteure en scène. Elle fait partie de la troupe de la Comédie-Française depuis 1989.
Corinne Masiero. Comédienne de théâtre et de cinéma. N'a pas été à l'école.
Quentin. Il avait 9 ans au moment des entretiens.
Dominique Valadié. Comédienne de théâtre et de cinéma. A été professeure au Conservatoire. A appris le jeu avec Antoine Vitez.
Jacques Weber. Comédien de théâtre et de cinéma. Metteur en scène. Ancien directeur de théâtres. Il a appris à jouer au Conservatoire.
Nicolas Bouchaud. Comédien de théâtre.
Michel Bouquet. Comédien de théâtre et de cinéma. Il a appris à jouer au Conservatoire et a collaboré au TNP de Jean Vilar. Il a été longtemps professeur au Conservatoire.

Daniel Day-Lewis. Comédien de cinéma. S'est retiré du métier.
Évelyne Didi. Comédienne de théâtre et de cinéma.
Bruno Ganz. Comédien de théâtre et de cinéma.
Louis Jouvet. Comédien de théâtre et de cinéma. Metteur en scène. Professeur au Conservatoire.

Les metteurs en scène

Alain Françon. Metteur en scène de théâtre. Ancien directeur du Théâtre de la Colline.
Peter Brook. Metteur en scène, ancien directeur du Théâtre des Bouffes du Nord.
Patrice Chéreau. Metteur en scène. Ancien directeur du Théâtre des Amandiers.
Joël Pommerat. Metteur en scène, auteur dramatique.
Jean Vilar. Metteur en scène, directeur du Théâtre de Chaillot, créateur du Festival d'Avignon, acteur.
Antoine Vitez. Metteur en scène. Acteur. Professeur d'art dramatique. Ancien directeur du Théâtre de Chaillot, puis de la Comédie-Française.

Les scientifiques

Frank Bellivier. Chef du Département de psychiatrie et de médecine addictologique aux hôpitaux universitaires Saint-Louis, Lariboisière, Fernand-Widal.
Laurent Cohen. Neurologue, chercheur à l'hôpital de la Pitié-Salpêtrière, spécialiste de neurospsychologie. Professeur des universités et chercheur à l'ICM.

Julie Grèzes. Neuroscientifique. Spécialiste de l'empathie. Directrice de recherche à l'Inserm.
Lionel Naccache. Neurologue, spécialiste des neurosciences cognitives. Praticien hospitalier à l'hôpital de la Pitié-Salpêtrière, chercheur à l'ICM, membre du Comité d'éthique.
Jérôme Yelnik. Neuroscientifique, médecin à l'hôpital de la Pitié-Salpêtrière. Chercheur à l'ICM et spécialiste des ganglions de la base. Pianiste de jazz.
Yves Agid. Neuroscientifique. A créé l'Institut du cerveau et de la moelle épinière (ICM).
Antonio R. Damasio. Médecin, professeur de neurologie, neurosciences et de psychologie. Spécialiste des émotions.
Roland Jouvent. Psychiatre. Chef du service de psychiatrie à l'hôpital de la Pitié-Salpêtrière. Professeur d'université.
Étienne Klein. Physicien et philosophe des sciences.
Vilayanur S. Ramachandran. Neuroscientifique en neurologie expérimentale. Directeur du Center for Brain and Cognition, professeur de psychologie et de neurosciences à l'Université de Californie.
Théodule Ribot. Philosophe. Professeur au Collège de France. Considéré comme le fondateur de la psychologie expérimentale.
Frans de Waal. Primatologue et éthologue.

BIBLIOGRAPHIE

Jeux

Michel Bouquet, *La Leçon de comédie*, Maisonneuve et Larose/Archimbaud, 1997.

Peter Brook, *Points de suspension*, Seuil, 2004.

Peter Brook, *Oublier le temps*, Seuil, 2003.

Louis Jouvet, *Le Comédien désincarné*, Flammarion, 2009.

Louis Jouvet, *Témoignages sur le théâtre*, Flammarion, 2009.

Joël Pommerat, *Troubles*, Actes Sud, 2009.

Odile Quirot, *Alain Françon. La voie des textes*, Actes Sud, 2015.

Constantin Stanislavski, *Notes artistiques*, Circé, 1997.

Constantin Stanislavski, *La Construction du personnage*, Pygmalion, 1986.

Jean Vilar, « Du tableau de service au théâtre », *Cahiers Théâtre Louvain*, 1985, 53.

Antoine Vitez, *Écrits sur le théatre*, t. 1 : *L'École*, POL, 1994.

Antoine Vitez, *Écrits sur le théâtre*, t. 2 : *La Scène, 1954-1975*, POL, 1995.

Antoine Vitez, *Écrits sur le théâtre*, t. 4 : *La Scène, 1983-1990*, POL, 1997.

Le Rôle de l'acteur. L'Acteur et son rôle, OutreScène, 3 et 4, Les Solitaires intempestifs, 2012.

Arts

Louis Aragon, *Henri Matisse, roman*, Gallimard, 1998.

Roland Barthes, *Le Plaisir du texte*, Seuil, 1973.

Samuel Beckett, *La Dernière Bande*, Minuit, 1958.

Robert Bober, *Par instants, la vie n'est pas si sûre*, POL, 2020.

Emil Cioran, *Cahiers*, Gallimard, 1997.

Leonard Cohen, *Musique d'ailleurs*, traduit de l'anglais par Jean Guiloineau, Christian Bourgois éditeur, 1994.

Jacques Derrida, « Francis Ponge est une éponge », *Signéponge*, Seuil, 1988.

Emily Dickinson, *Poésies complètes*, Flammarion, collection bilingue, 2020.
Denis Diderot, *Paradoxe sur le comédien*, Garnier-Flammarion, 2000.
Jean Dubuffet, *Prospectus et tous écrits suivants*, Gallimard, 1967, tomes 1 et 2.
T. S. Eliot, « La terre vague », *Poésie*, traduction Michel Vinaver, 1984, 31.
T. S. Eliot, *Poésie*, traduction de Pierre Leyris, Seuil, 1969.
Friedrich Engels, *Lettre à J. Bloch*, 1890, Éditions sociales, 1976.
Gustave Flaubert, *Correspondance*, Gallimard, « Folio », 1998.
Alberto Giacometti, *Écrits*, Hermann, 2005.
Jean de La Fontaine, *Fables*, Le Livre de poche, 1971.
Vladimir Denis Maïakovski, *Poèmes*, L'Harmattan, 2000.
Henri Maldiney, « L'esthétique des rythmes », *Regard Parole Espace*, Cerf, 2012.
Henri Michaux, *Tranches de savoir,* Librairie Les Pas perdus, 1950.
Henri Michaux, *Coups d'arrêt, suivi de Ineffable vide*, Éditions Unes, 2018.
Michel de Montaigne, *Essais*, livre 1, Le Livre de poche, 1972.
Fernando Pessoa, *Le Livre de l'intranquillité*, Christian Bourgois, 2011.
Fernando Pessoa, « Autopsychographie », *Je ne suis personne. Une anthologie*, Christian Bourgois, 1994.
Marcel Proust, « Lettre à Robert Dreyfus », BNF Gallica, mise en ligne 2019.
Jules Renard, *Journal*, Robert Laffont, collection « Bouquins », 2011.
Boris de Schloetzer, *Introduction à Jean-Sébastien Bach*, Gallimard, 1947.
Botho Strauss, *Personne d'autre*, Gallimard, 1987.
Germaine Tillion, *Fragments de vie*, textes rassemblés par Tzvetan Todorov, Seuil, 2009.
Tzvetan Todorov, *Goya à l'ombre des lumières*, Flammarion, 2011.

Sciences

Yves Agid, *L'Homme subconscient*, Robert Laffont, 2013.
Gaston Bachelard, *La Formation de l'esprit scientifique*, Vrin, 1993.
Laurent Cohen, *Pourquoi les filles sont si bonnes en maths. Et 40 autres histoires sur le cerveau de l'homme*, Odile Jacob, 2012.
Laurent Cohen, *Pourquoi les chimpanzés ne parlent pas. Et 30 autres questions sur le cerveau de l'homme*, Odile Jacob, 2009.

Antonio R. Damasio, *L'Erreur de Descartes*, Odile Jacob, 2006.
Antonio R. Damasio, *Spinoza avait raison*, Odile Jacob, 2003.
Antonio R. Damasio, *L'Autre Moi-Même*, Odile Jacob, 2010.
Antonio R. Damasio, *Le Sentiment même de soi,* Odile Jacob, 1999.
Roland Jouvent, *Le Cerveau magicien*, Odile Jacob, 2009.
Étienne Klein, *Le Goût du vrai*, Gallimard, 2020.
Pierre Louis Moreau de Maupertuis, « Discours devant l'Académie des sciences de Paris », *in* Florence Martin-Robine, *Histoire du principe de moindre action*, Vuibert, 2006.
Lionel Naccache, *Le Nouvel Inconscient*, Odile Jacob, 2006.
Lionel Naccache, *Le Cinéma intérieur*, Odile Jacob, 2020.
Lionel Naccache, *Perdons-nous connaissance ?*, Odile Jacob, 2010.
Vilayanur S. Ramachandran, *Le Cerveau, cet artiste*, Eyrolles, 2005.
Frans de Waal, *Le Bonobo, Dieu et nous*, Babel, 2015.

QUELQUES EXEMPLES DE « PRÉSENCES » RÉELLES

A Star Is Born, de George Cukor, avec Judy Garland et James Mason.

Le Choix de Sophie, d'Alan J. Pakula, avec Meryl Streep.

Les Choses de la vie, de Claude Sautet, avec Michel Piccoli, Romy Schneider et Lea Massari.

Cris et chuchotements, d'Ingmar Bergman, avec Ingrid Thulin et Liv Ullmann.

De rouille et d'os, de Jacques Audiard, avec Marion Cotillard et Matthias Schoenaerts.

Le Début, de Gleb Panfilov.

La Dentellière, de Claude Gorreta, avec Isabelle Huppert et Yves Beneyton.

Dersou Ouzala, d'Akira Kurozawa.

Le Discours d'un roi, de Tom Hooper, avec Colin Firth, Geoffrey Rush.

Forrest Gump, de Robert Zemeckis, avec Tom Hanks.

Green Book, de Peter Farrelly, avec Viggo Mortensen et Mahershala Ali.

La série *Hatufim*, de Gideon Raff, avec Yaël Abecassis, Yoram Toledano, Ishai Golan.

History of Violence, de David Cronenberg, avec Viggo Mortensen.

L'Homme à la peau de serpent, de Sidney Lumet, avec Marlon Brando et Anna Magnani.

Into the Wild, de Sean Penn, avec Emile Hirsch, Marcia Gay Harden, Hal Holbrook, Catherine Keener.

Jerry Lewis, scène du match de boxe, https://www.youtube.com/watch?v=LSAXPzcFupM.

Le Juge et l'Assassin, de Bertrand Tavernier, avec Michel Galabru et Philippe Noiret.

Jusqu'à la garde, de Xavier Legrand, avec Léa Drucker et Denis Ménochet.

Kagemusha, l'ombre du guerrier, d'Akira Kurosawa, avec Tatsuya Nakaday.

Lady Bird, de Ken Loach.

Looking for Richard, d'Al Pacino, avec Al Pacino.

Louise Wimmer, de Cyril Mennegun, avec Corinne Masiero.

Loulou, de Georg Wilhelm Pabst, avec Louise Brooks.

Loulou, de Maurice Pialat, avec Isabelle Huppert et Gérard Depardieu.
Le Loup de Wall Street, de Martin Scorsese, avec Leonardo DiCaprio.
Macadam Cowboy, de John Schlesinger, avec Jon Voight et Dustin Hoffman.
Mamma Roma, de Pier Paolo Pasolini, avec Anna Magnani.
Missing, de Costa-Gavras, avec Sissy Spacek et Jack Lemmon.
My Left Foot, de Jim Sheridan, avec Daniel Day-Lewis.
Nous nous sommes tant aimés, d'Ettore Scola, avec Nino Manfredi, Vittorio Gassman, Stefano Satta Flores, Stefania Sandrelli.
Opening Night, de John Cassavetes, avec Gena Rowlands.
Parasite, de Bong Joon Ho.
Le Parrain, de Francis Ford Coppola, avec Marlon Brando et Al Pacino.
Partition inachevée pour piano mécanique, de Nikita Mikhalkov.
La Passion de Jeanne d'Arc, de Carl Theodor Dreyer, avec Falconetti.
Le Pont des espions, de Steven Spielberg, avec Tom Hanks.
Portrait de la jeune fille en feu, de Céline Sciamma, avec Noémie Merlant et Adèle Haenel.
Raging Bull, de Martin Scorsese, avec Robert De Niro.
Rashōmon, d'Akira Kurosawa, avec Toshiro Mifune.
Rome, ville ouverte, de Roberto Rossellini, avec Anna Magnani.
Sans toit ni loi, d'Agnès Varda, avec Sandrine Bonnaire.
Scarface, de Brian de Palma, avec Al Pacino.
Scènes de la vie conjugale, d'Ingmar Bergman, avec Liv Ullmann et Erland Josephson.
Séraphine, de Martin Provost, avec Yolande Moreau.
Sonate d'automne, d'Ingmar Bergman, avec Liv Ullmann et Ingrid Bergman.
Sur les quais, d'Elia Kazan, avec Marlon Brando.
Le Temps de l'innocence, de Martin Scorsese, avec Daniel Day-Lewis, Michele Pfeiffer.
(Et tous les films où joue Daniel Day-Lewis.)
The Hours, de Stephen Daldry, avec Nicole Kidman, Meryl Streep, Julianne Moore.
Tootsie, de Sidney Pollack, avec Dustin Hoffman.
Un tramway nommé désir, d'Elia Kazan, avec Vivien Leigh et Marlon Brando.
Une femme sous influence, de John Cassavetes, avec Gena Rowlands et Peter Falk.
Une vie toute neuve, d'Ounie Lecomte.

La série *Unorthodox*, de Maria Schrader, avec Shira Haas, Amit Rahav.
Vol au-dessus d'un nid de coucou, de Milos Forman, avec Jack Nicholson.
Voyage à Tokyo, de Yasujiro Ozu, avec Chishu Ryu, Chieko Higashiyama.
Z, de Costa-Gavras, avec Jean-Louis Trintignant, Yves Montand, Charles Denner, Irène Papas.
…

TABLE

Cet ouvrage a été composé
par Nord Compo
à Villeneuve-d'Ascq (Nord)

Achevé d'imprimer en France par
CPI BRODARD & TAUPIN (72200 La Flèche)
en septembre 2024

N° d'édition : 4150-0843-X – N° d'impression : 3058189
Dépôt légal : septembre 2024

Imprimé en France